독사
남편

독사 남편

초판 1쇄 찍은 날 │ 2016년 1월 27일
초판 1쇄 펴낸 날 │ 2016년 2월 5일

지은이 │ 심이령
펴낸이 │ 서경석

편 집 책 임 │ 조윤희
편   집 │ 이은주
              주은영

펴 낸 곳 │ 도서출판 청어람
등록번호 │ 제387-1999-000006호
등록일자 │ 1999. 5. 31
어람번호 │ 제5-438호

주소 │ 경기도 부천시 원미구 부일로 483번길 40 서경B/D 3F
       (우) 14640
전화 │ 032-656-4452 팩스 │ 032-656-4453
http://www.chungeoram.com
E—mail │ chungeorambook@daum.net

Chungeoram romance novel

심이령 장편소설

독사
남편

목차

4인실 정도 되는 아담한 규모의 룸에 남자 혼자 테이블 앞에 앉아 있었다. 룸은 우아한 유럽풍의 실내장식이 돋보이는 고급 레스토랑의 그것으로, 주로 화이트가 룸 전체를 지배하는 가운데 꽃무늬 벽지와 어두운 월넛 컬러의 의자가 조화를 이루고 있었다. 역시나 흰색의 격자식 창살 너머로 보이는 바깥 풍경은 겨울이 물러가고는 있으나 아직 완연한 봄이라고 말하기에는 부족하다는 것을, 가로수들의 모습이 말해주고 있었다.

남자는 30대 초반에서 중반 정도의 나이로 짐작되는 외모에, 슈트를 매우 단정하게 입은 모습이 누군가를 기다리고 있는, 그것도 예의가 필요한 만남일 것이라는 인상을 주었지만 다리를 가볍게 포개고 살짝 삐딱하니, 여유 있는 자세로 핸드폰을 들여다보고 있는 모습에서는 그가 기다리는 사람이 부담스럽거나 어려운 상대는 아닐 것이란 짐작도 가능케 했다.

남자의 핸드폰 액정에는 젊다기보다는 어리다는 것이 더 맞을 법한 스무 살 안팎의 여자 모습이 떠 있었다. 머리칼의 끝이 턱 선을 넘지 않는 단발에 수줍은 듯 보이는 미소가 싱그러운, 매우 순수한 분위기의 여자였다. 다만 여자의 눈길이 앞을 향하고 있지 않아 아마도 동의를 받고 찍은 사진은 아니지 싶었다. 그때 '똑똑' 하는 노크 소리에 이어 조심스럽게 문이 열렸다. 남자는 움직이지 않고 눈만 들어 입구를 향했다.

열린 문 사이로 모습을 드러낸 사람은 젊은 여자였다. 아이보리 컬러의 외투에 연한 회색 구두와 가방을 든 여자는 바로 남자의 핸드폰에 들어 있던 바로 그 여자의 얼굴이었으나 액정에서 보이는 단발머리가 아닌 어깨 아래로 내려오는 길이의 생머리를 하고 있었다.

"차중락…… 대표님이신가요?"

여자는 들어올 때의 모습만큼이나 조심스러운 목소리로 물었다. 중락은 대답 전에 먼저 자리에서 일어났다. 물론 핸드폰을 끄고 나서였다.

"네."

중락의 짤막한 대답에 여자는 약간 당황하면서도 얼른, 다소곳하게 고개부터 숙였다.

"처음 뵙겠습니다. 민도은입니다."

인사를 한 도은이 다시 고개를 들었을 때 중락은 이미 그녀의 코앞에 와 있었다.

"외투 벗어요."

도은이 다소 주춤거리는 몸짓으로 외투를 벗으니 중락은 그것을 받아 행거에 걸어놓고 이어 도은이 앉을 수 있도록 의자를 빼주었다.

"감사합니다……."

의자에 앉은 후 도은은 말했다. 얼굴이 약간 상기돼 있는 것이 단순한 긴장을 넘어 지금의 자리가 도은에게는 불편하고 어색한 모양이었다. 그래선지 그녀는, 중락이 맞은편에 앉은 후에도 눈길을 아래로 하고 있었다. 중락은 테이블 위의 벨을 누르고 서빙 직원이 오는 사이 약 2분여에 걸쳐 아무 말도 없이 도은을 보고만 있었으나, 그가 볼 수 있는 있는 것은 그녀의 정수리에서 앞으로 둥글게 떨어지는 앞이마와 놀라울 정도로 풍부하고 긴 그녀의 속눈썹이었다.

"스페인 요리 좋아해요?"

서빙 직원이 들어와 건넨 메뉴를 받아든 중락이 물었다.

"아뇨. 그, 그게 싫어한다는 게 아니라……. 먹어본 적이 없어서……."

도은은 메뉴를 넘기다 말고 고개를 들어 중락을 향했으나 눈을 딱히 그의 얼굴에 둔 것도 아니었다.

　"그냥 코스로 할까요?"

　"네? 네에……."

　도은의 대답은 마지못한 듯했다. 사실 첫 만남에 식사부터 하기는 불편했던 탓이었다. 그녀는 대답하고 나서도 '커피를 마시자'고 다시 말해볼까 했으나 애초에 약속 시간을 점심시간으로 정한 데다 이미 중락이 두 개의 런치 코스 중 하나를 주문하고 있어, 그녀는 곧 포기하고 말았다.

　이후 빵과 토마토소스, 올리브유 등이 먼저 서빙되기까지, 두 사람 사이에서 말소리는 들려오지 않았다. 또한 그럴수록 도은의 눈길 역시 아래를 벗어나지 못하고 있었다. 그런 상황은 샐러드가 나오고 단호박 스프에 이어 왕새우를 위주로 한 타파스와 ─스페인식 전채요리─ 스페인식 건강 스프인 가스파초가 나올 때까지도 계속되었다.

　도은은 여전히 눈도 들지 못하고 식사를 하고 있었지만 이런 자리에서는 여자인 자신이 화제를 이끌어야 한다는 부담에 적당한 화제를 떠올리려 애쓰며, 하다못해 날씨에 관해서라도 입을 열까 했지만 어쩐 일인지 그 말들은 입안에서만 맴돌 뿐이었다. 그때 테이블 위로 무엇인가 놓이는 소리가 도은의 귀에 들려왔다. 서빙 직원이 들어오지를 않았으니 중락의 움직임이 분

명했다. 아니나 다를까, 살짝 고개를 든 도은의 눈에 연한 카키
빛의 자그마한 쇼핑백이 들어왔다.

"졸업 축하합니다."

중락이 말했다.

"네?"

도은은 놀라 눈을 동그랗게 뜨며 그제서 중락을 정면으로
바라봤다. 그리고 비로소 그녀의 눈에 선명히 들어온 중락의
모습은, 그의 나이가 서른넷이라는 것도, 사진을 통해 나이에
비해 젊어 보인다는 것도, 또 그에 관한 기본 정보를 사전에 다
알고 있다는 것과 관계없이, 뭐라 딱 부러지게 설명하기 어려운
묘한 울림을 그녀의 마음에 일게 했다. 당황한 도은은, 눈길을
바로 카키빛의 쇼핑백으로 옮겼다.

"별거 아닙니다. 부담 갖지 말아요."

쇼핑백을 보며 입술을 들썩이면서도 말을 하지는 못하는 도
은을 보며 중락은 말했다. 도은은 불과 2주 전에 대학을 졸업
했다. 가족들로부터 졸업 선물도 물론 받았다. 그러나 처음 만
난 남자로부터 그것을 받는다는 것은 너무 이상하지 않은가.
그렇다고 딱히 거절하기도 어려웠던 도은은 또한 '고맙다'고도
말 못한 채, 이후 메인 디쉬에 이은 커피와 로즈마리 티, 아몬
드가 들어간 케이크 한 조각이 나올 동안까지도 계속된 침묵을
다시 견뎌야 했다.

"전공이 독문학이라고 들었는데."

도은이 찻잔을 입에 가져가던 순간, 중락이 입을 열었다.

"네."

도은이 대답했다. 대화는 거의 없었지만 시간이 흘러선지 이제 그녀는 아까보다는 편안하게 중락을 마주하고 있었다.

"독일 작가 중에서 누굴 가장 좋아해요?"

"하인리히 뵐요. 근데 사실은 문학보다는 음악을 좋아해서 독일어를 택했어요. 독일에 음악가들이 많잖아요."

"클래식?"

"네."

"누굴 좋아하는데요?"

"브람스요."

도은의 대답에 중락은 고개를 끄덕여 보였다. 그러나 그는 브람스에 대해 아는 것이 없는지 더 묻지 못했고, 도은도 브람스에 대해 더 설명하려고 들지를 않아 두 사람이 만난 이후 가장 길게 대화를 나눠, 그것이 더 이어갈 것처럼 보였음에도 룸 안은 금세 다시 조용해지고 말았다.

도은은 침묵이 불편해서라도 먼저 입을 열어보려 애썼지만 이상하게 쉬이 입이 떨어지지를 않았다. 나오기 싫은 자리를 나와서일까, 그렇다 해도 강제도 아니고, 도은 자신이 선택해서 나온 자리다, 최선을 다해야 한다, 그렇게 마음속으로 되뇌며 하다못해 가족관계라도 질문하려 결심했을 때는 핸드폰 벨 소리가 그녀의 입을 막았다. 중락의 것이었다. 중락이 받아 나 직한 소리로 통화하는 소리를 들으니 그의 업무에 관한 것인 듯해, 도은은 마침 잘됐다 싶어 숨 좀 돌릴 겸 슬며시 일어나 룸을 나왔다.

도은이 룸을 나와 들어온 곳은 화장실이었다. 그녀의 손은 제 배에 닿아 있었다. 긴장한 상태에서 식사를 한 탓인지 속이 불편했다. 도은은 곧장 문이 열려 있는 칸으로 들어가 변기 위에 앉았다.

'내가 마음에 안 드나', 도은의 머리에 가장 먼저 떠오른 것은 그것이었다. 식사 중 침묵이 전적으로 중락의 탓만은 아니라는 것을 알기에 —입을 다물고 있기는 도은, 자신도 마찬가지였으니— 결혼 생각도 없으면서 덜컥 맞선 자리에 나온 자신처럼 어쩌면 중락도 그럴지 모른나는 생각을 보태며 도은은 내심 '차라리 잘됐다' 하고는 휴지를 빼 제 아랫도리에 댔다. 소변을 본 것도 아니면서 그저 옷을 벗고 변기 위에 앉은 후의 습관처럼 그리한 것이었는데 그 휴지에 빨간 흔적이 묻어나온 것을 보고 도은은 그만 당황하고 말았다. '생리 날짜가 벌써 다가왔나' 하며 그녀는 제 생리일을 가늠해 보고, 예비용 생리대를 챙겼는지, 만약 없으면 어떻게 하지, 등등으로 어찌할 바를 몰라 했다.

도은이 다시 룸으로 돌아왔을 때 중락은 일어나 있었다. 격자 창살의 조그만 창문 앞에 서 있던 그는 도은을 보자 행거에서 바로 그녀의 외투를 집어 들었다.

　"나갑시다."

　중락이 말했다. 도은의 외투를, 그녀에게 입혀주려는 모습으로 들고서였다.

　"어, 어디로요?"

　외투에 팔을 끼며 도은이 물었다. 그러나 그는 별다른 대꾸도 없이, 도은의 가방과 카키빛 쇼핑백을 챙기게 도와준 후 그녀를 데리고 나가, 아마 사전에 계산을 끝냈는지 곧장 주차장으로 향했다. 스페인풍의 음식점 건물 옆으로 마련된 지상주차장이었다. 중락의 차는 검은색의 중형차였는데 누구라도 한눈에 알 수 있는 고급 승용차였다. 중락은 계속 아무 말도 없이, 먼저 도은을 조수석에 앉혔다.

　"어디 가려구요……?"

　운전석에 탄 중락이 차의 시동을 걸자 도은은 급히 물었다.

　"어디 가고 싶습니까?"

　중락은 오히려 되물었다. 차를 출발시킨 후였다.

　"집에…… 데려다 주세요."

　도은은 고개를 숙인 채 말을 뱉어놓고는 눈까지 질끈 감았다. 말을 뱉은 것과 동시에 차가 잠시 흔들린 것을 느낀 그녀는, 그것이 브레이크가 걸렸다 풀리는 움직임이라는 것을 눈치 채고 눈앞이 아찔했던 탓이었다. 설령 상대 남자가 마음에 들지 않아 급히 헤어지려 했다 해도 이런 식은 무례한 것이다, 더구나 나이차도 있는데 얼마나 버릇없는 계집애라 여길까, 도은은 미안하고 창피한 마음에, 잠시 후 고개를 들고 눈을 뜨기는 했어도 차마 중락 쪽으로는 고개를 돌리지 못하고 창밖에만 눈을 두었다. 차는 차도로 접어들어 서행 중이었고, 중락으로부터는 아무 말도 들려오지 않았다.

"대방동이 맞습니까?"

중락이 물었다. 차도를 달린 지 3분여가 흐른 뒤였으며 아무 감정도 내보이지 않는 건조한 말투였다.

"네에……."

도은은 아파트명과 이정표가 될 만한 건물명을 말해주었다. 이후로 도은의 아파트 앞에 도착할 때까지 차 안은 또다시 적막강산이었다.

중락의 검은색 중형차는 어느 아파트 단지의 103동 앞에 멈춰 섰다.

"바래다주셔서 감사합니다."

차에서 내리기 전 도은이 말했다. 중락은 별다른 대꾸 없이 도은 쪽으로 고개를 돌려 그녀를 바라만 보았는데 그녀는 그와 눈을 마주치는 것을 의도적으로 피하는 고갯짓을 보이며 차에서 내려, 뒤도 돌아보지 않고 103동 안으로 들어가 버렸다.

중락은 도은에게서 눈을 떼지 않고 있다, 그녀가 시야에서 완전히 사라진 후에야 이윽고 옆자리로 눈을 옮겼다. 도은이 앉았던 자리에는 카키빛 쇼핑백만 댕그라니 놓여 있었다. 도은이 의도적으로 놓고 간 것인지 아니면 서둘러 내리느라 깜박한 것인지는 알 수 없었다. 중락은 그것을 보며 천천히 담배를 꺼내 물었다.

"도은아, 너 벌써 들어온 거야?"

열린 문가에 선 50대 중반의 여인은 놀란 얼굴을 하고 있었다. 도은은 침대에 이불을 반쯤 덮은 모습으로 엎드려 있었는데, 자는 것도 아니면서 그녀는 고개도 들지 않았다. 옷도 이미 집에서나 입는 편안한 옷인 것을 보면 중락과 헤어져 집에 들어온 지도 시간이 좀 흐른 뒤인 듯했다.

"어떻게 된 거야? 언제 들어왔어? 응?"

도은의 엄마로 보이는 여인은 침대에 걸터앉아 '네 이모네 마실 다녀왔다'는 말을 덧붙였다. 도은의 침실은 조그마한 후면 베란다를 낀 직사각형의 방으로, 붙박이장과 아담한 화장대, 그리고 책상과 그것에 한 세트를 이루는 작은 서가를 갖추었는데 얼마 전까지 학생이었다는 것을 보여주듯 서가에는 책이 빽빽하게 꽂혀 있었다.

"별로야?"

부스스 일어나는 딸을 보며 엄마가 물었다.

"그냥 뭐……."

도은은 집에 들어와 '마침 엄마가 없어 다행이다' 하고는 적당한 변명거리를 만들려 궁리를 하기는 했었다. 그러나 도은이 들어온 지 불과 40여 분 만에 들어온 ―몇 시간이라도 차가 난다면 모를까― 엄마를 납득시킬 변명은 뭐가 됐든 궁색하리란 생각에, 그녀는 결국 사실대로 털어놓았다.

"뭐어?"

엄마는 어이가 없는지 혀를 찼다.

"처음 만난 남자한테 생리 터졌다고 할 수도 없잖아. 창피하게."

도은은 시무룩해서 변명했다.

"잘했다, 그래. 남자는 어땠어? 네 이모 말로는 나름 유명한 사람이라던데."

"으응. 나도 알아."

"그래서? 맘에 들었냐구?"

"이제 와서 그게 무슨 소용이야? 내가 그 남자래도 기분 나빠서 연락 안 할 텐데."

도은의 말에 엄마는 고개를 끄덕이며 짧게 한숨을 쉬었다.

"왜? 아까워?"

엄마의 눈치를 살피며 도은은 조심스럽게 물었다.

"반, 반. 엄만 너 빨리 시집보내기 싫거든. 근데 그런 자리가 또 어디 그리 쉽게 나오겠나 싶어서 말이다. 오죽했으면 너 졸업하자마자 나온 선 자리, 어지간하면 엄마가 잘랐지, 너한테 나가볼래, 물어보기나 했겠어?"

"그러니까 결론은 아깝다, 그쪽으로 더 기운 거네?"

"당연하지. 네 이모 말로는 그쪽에 맞선 대려는 줄이 서울서 부산까지라더라."

"근데 어떻게 내 차례까지 왔지? 아니다, 그런 사람이 어떻게 아직까지 결혼 안 했대? 나이도 서른넷이면서."

도은은 아랫입술을 삐죽 내밀었다.

"줄만 길지, 그 정도 성공한 사람이 어디 연애니, 맞선이니, 그런 거나 제대로 했겠어? 그러다 나이 차니, 이제 정신 차려 봐볼까 하다가 네가 딱 얻어걸린 거지."

"영광이네? 자존심 상해."

짐짓 시무룩한 표정을 짓는 도은의 얼굴은 오히려 아기처럼 천진해 보였다.

"그러세요? 지 생리 날짜도 모르는 주제에 자존심은 무슨 자존심……. 에혀, 하긴 연애를 해봤어야 맞선을 봐도 요령껏 굴지. 숙맥같으니라구, 예쁘게 낳아줬구만 뭐가 모자라 남들 다 하는 연애 한 번을 못 해?"

"엄마가 예쁜 숙맥으로 낳아줬으니까. 숙맥에 밑줄 좌악."

"너…… 설마 아직도……."

갑자기 걱정스러운 얼굴이 된 엄마가 그렇게 말을 꺼내놓고 잇지 못하는 것을, 딸은 대번에 고개를 흔들어 답을 대신했다.

"다 엄마 때문이다……."

"아니라니까."

도은은 신경질적으로 반응했다. 그 잠깐 동안에 두 사람의 눈길은 서로를 피하고 있기까지 해서, 그것만으로도 두 모녀간에 있었을 —모녀 공히 입 밖에 내기 어려워할 정도의— 어떤 사연을 짐작케 했다.

"담에 선 들어오면 또 볼게. 걱정 마."

잠시의 사이를 두고 도은이 말했다.

"아니다. 선은 이제 됐고, 며칠 좀 놀다 취직을 하든가 해. 교사 자격증도 있잖어."

엄마는 도리어 고개를 흔들었다.

"이번에야 워낙 좋은 자리라 특별인 거고, 또 네 이모 통해 들어온 거라 믿을 만해서지. 그래도 고맙다. 네가 선뜻 보겠다 해서 엄마랑 아빠 깜짝 놀란 거 알지?"

엄마는 손을 올려 딸의 이마 옆에 있는 머리칼을 정리하듯 쓰다듬었다. 그런 엄마의 손길 아래 도은의 안색은 어두웠다.

"더구나 졸업 전부터 너, 밥도 잘 안 먹고 우울해해서 아빠 너 어디 아픈 거 아니냐고, 얼마나 걱정을 하셨었는데……."

"아빠…… 실망하실까?"

이번에는 도은이 짧게 한숨을 쉬었다.

도은의 아버지로 보이는, 예순 전후로 보이는 남자가 아파트에 모습을 보인 것은 저녁 7시 넘어서였다.

"인연이 아닌 거지."

아버지는 말했다. 아마도 퇴근해 들어왔을 아버지는 두 모녀와 함께 저녁 식사가 차려진 식탁에 앉아, 전후사정을 다 듣고 난 후였다.

"섭섭은 무슨, 아빠 하나도 안 섭섭하다. 우리 착하고 이쁜 딸 못 알아본 그놈이 바보지. 안 그러냐? 도은아."

아버지는 웃는 낯으로 딸의 눈을 마주했다. 도은은 더욱 환한 웃음으로 대답을 대신했다. 언제 봐도 아버지의 소리 없는 웃음은 세상에 둘도 없을 만큼 따뜻하고 인자하다, 그녀는 느꼈다.

"잘되면 사위 덕 좀 볼 수 있다면서요?"

그 사이로 도은의 엄마가 짓궂은 표정으로 부녀의 대화에 슬쩍 끼어들었다.

"허어, 참, 농담으로 한 소릴 갖고……."

아버지는 짐짓 헛기침까지 해보였다.

"뭘, 그 남자에 대해 알아보기까지 해놓고요?"

"그거야 딸이 선볼 남자에다 건너, 건너 아는 사람들이 있으니 물어본 거지요. 사람 됨됨이가 어떤지."

"네 아빠 말이 그 사람이 그렇게 일밖에 모르고 살았댄다. 그래서 그 나이까지 장가도 못 간 거래."

도은의 엄마는 딸에게 말한 후 이어 남편에게 눈길을 돌리며 '맞죠?' 했다.

"그래요. 맞아요. 그러니 그 나이에 그렇게 성공했겠지."

"새삼 아깝네. 그런 자리 또 들어오기 힘들 텐데……?"

"그럴 땐 모자란 것만 생각해요. 솔직히 나이가 좀 많았잖아요."

"난 그거 흠으로 안 보인다니까요. 도은이 같은 앤 나이 차가 좀 있는, 넉넉하고 이해심 많은 남자 만나는 세 좋아요."

"에, 그럼…… 내, 그 얘긴 당신한테 안 했는데……."

아내를 보며 남편은 은근한 목소리로 입을 열었다.

"지금에야 하는 얘기지만 그 사람, 차중락 대표 말이야, 업계 별명이 뭔 줄 알아요? 독사래요, 독사."

"독사요?"

약간 놀라는 엄마와 함께 도은 역시 아버지를 바라봤다.

"뭐, 일에 철두철미해서 그런 거겠지만……. 암튼 우리 딸,

독사한테 시집 안 보내서 다행이다, 우리 그렇게 정리합시다."

"어머, 어머, 아녜요. 가만 보면 그렇게 바깥일에 철저한 남자들이 와이프한텐 더 잘하더라구요. 밖에서 똑 부러지는 남자들이 안에서는 말랑하고, 원래 그런 거잖아요? 세상에, 듣고 보니 더 아깝네."

"허, 당신이 반한 거 아녜요?"

부부는 몇 마디 더 농담을 주고받으며 소리 내어 웃었다. 도은은 중락의 얼굴을 떠올리며 고개를 갸웃했다. 독사라는 별명과 어울리지 않는다 생각하면서도 이상하게 그의 얼굴은 또렷하게 떠오르지 않았던 탓이었다. 슈트 재킷이 무척 잘 어울리던 날렵한 어깨선에 키가 컸던 것도, 깔끔하고 절제된 그의 움직임도 머릿속에 비교적 선명히 그려지는 반면 정작 그의 얼굴에서 풍기던 인상은, 그 첫인상으로부터 비록 강렬하지는 않았으나 묘한 울림이 이는 느낌까지 받았음에도 '그것이 뭐였지'라고 스스로에게 되물을 정도로 모호한 여운만을 남겼다.

"유찬인 오늘도 늦는대요?"

먼저 식탁에서 일어나던 도은은, 엄마가 아버지에게 하는 말을 들으며 멈칫했다.

"이젠 걔가 일을 거의 도맡아 하니, 뭐. 그래도 엄마가 걱정하니 너무 늦지는 말라고 했어요."

"아무래도 너무 무리하는 것 같아요. 밥은 잘 챙겨먹나 모르

겠네. 언제 시간 내라 해서 같이 한약방에 가 보약이라도 지어
야겠어요."

"보약은 무슨, 사내 녀석은 그 나이 때 고생도 좀 해보고 그
래야 성공도 하는 거예요. 암 걱정 말아요."

"어떻게 걱정을 안 해요?"

도리어 남편을 나무라듯 하고는 다시금 아들의 건강을 걱정
하는 엄마의 말소리를 뒤로 들으며 도은은 제 방으로 향했다.

도은은 밤 12시가 넘어서 들린 현관문 소리에 바짝 긴장한
얼굴을 해보였다. 침대 머리맡에 세워둔 베개와 쿠션에 등을
대고 비스듬히 앉아 손에 책을 들고 있던 도은은, 그 시간이
될 때까지 독서보다는 핸드폰을 들어 시간을 확인하는 데에 더
많은 주의를 기울이고 있던 차였다. 그녀는 밖에서 나는 소리
에 귀를 기울이며, 소리를 낸 주인공이 욕실에 들어가 씻고 나
오는 것 등을, 문소리와 거실을 지나는 발소리 등으로 비루어
추측해 가며 시간을 재고 있었다. 어느 순간 밖은 조용해졌다.
도은은 침대에서 급히 내려왔다.

거실은 미등만 켜져 있었다. 규모로 보아 50평형 정도로 보
이는 아파트는 집을 관리하는 주부의 솜씨가 고스란히 느껴지
는 정갈하고 온화한 실내장식으로 꾸며져 있었다. 방을 나온
도은은 살금살금 걷는 걸음으로 주방 앞을 지나, 현관에 이르
는 짧은 복도에서 현관 맞은편 쪽에 있는 문을 향해 섰다. '똑

똑' 하며 노크를 했으나 안으로부터는 아무 반응도 없다. 도은은 문고리를 잡은 손에 힘을 주어, 소리 나지 않게 조심히 문을 열었다.

"들어가도 돼?"

도은은 방 안에 머리만 디밀고 물었다. 그녀의 눈길이 닿은 곳에는, 책상 앞에서 컴퓨터 모니터를 들여다보고 있는 한 젊은 남자가 측면을 보인 모습으로 앉아 있었다. 아마도 도은 엄마의 입에서 '유찬'이라 불린 남자일 것이 분명했다. 그가 모니터에서 눈을 떼지 않은 채로 '응' 하고 대답했을 때는, 도은은 이미 방에 들어와 등 뒤로 문을 닫은 후였다.

"안 자? 피곤할 텐데……."

늦은 시간에 귀가하고도 모니터 앞에 앉아 있는 유찬을 보며 도은은 말꼬리를 흐렸다. 그녀는 유찬 앞으로 가까이 가지 않은 채 방문을 뒤로한 그대로의 모습이었다. 유찬은 대꾸 없이 천천히, 그제서 도은에게로 고개를 돌렸다. 약간 갈색빛이 나는 머리색에 맑은 피부, 거기에 역시 연한 갈색의 뿔테 안경을 쓴 유찬은 제 아버지와 닮았으면서도 미소년의 얼굴이었으나 도은과는 닮은 구석이 전혀 없는, 아직 서른은 안 돼 보이는 남자였다.

"나 선본 거 잘 안 됐……."

"알아."

유찬은 동생의 말을 잘랐다. 무뚝뚝한 말투였으며 안색도 굳어 있었다.

"알아? 아, 엄마가 전화했구나?"

유찬이 들어온 시간에 아버지와 엄마는 이미 자고 있었으니 보나마나 그 전에 엄마가 전화했을 것이라고, 도은이 짐작하는 것은 그리 어려운 일도 아니었다.

"그 말 하러 왔니?"

유찬은 물었다.

"화났어?"

"화났으면?"

"왜? 오빠가 원했던 거잖아."

"그게 그렇게 해석이 돼? 그래서 시집이나 가버리려고?"

유찬은 자신이 화가 났음을 굳이 숨기려 하지는 않았으나 큰 소리를 내지도 않았다. 오히려 조용한 목소리였다.

"응. 시집갈 거야. 이번엔 깨졌지만 선 또 볼 거야. 자꾸자꾸 볼 거야."

"도은아……."

"오빠한테 여자 생기는 걸 보느니 차라리 내가 먼저 그럴 거라구……."

순간 벌떡, 자리에서 일어난 유찬은 그 바람에 의자가 뒤로 넘어가는 것을 간신히 낚아챈다. 어쩌면 그 탓에 또한 격해진

감정을 추스를 시간을 벌었을 그는 비교적 차분한 눈빛을 도은
에게 보냈다.

"서둘지만 마."

유찬은 여전한 목소리로 말했다.

"서둘지 마. 널 버리듯 그렇게만 하지 마."

"힘든 걸 어떡해? 죽을 것 같은 걸 어떡해? 이렇게라도 하지
않으면 미쳐 버릴 것 같은데 어떡하냔 말이야. 결혼하지 않고
오빨 떠날 수 있는 방법이……."

"결혼해!"

유찬은 딱 자르듯 말했다.

"하지만 천천히 해. 사랑하는 사람 만들어서 해."

"싫어. 아무하고나 할 거야. 이왕이면 사랑하지 않는 사람이
랑 할 거야. 가능하면 날 불행하게 만들 사람이랑 할 거야. 그
것도 가능한 빨리. 그러니 똑똑히 봐둬."

저주처럼 토해낸 도은은 세차게 몸을 돌렸지만 곧장 유찬의
손에 잡혀 다시 그에게로 돌려졌다.

"상관 마. 내 맘이야. 내 인생이야. 상관 말라구……."

돌려세워지자마자 먼저 도은이 주먹으로 유찬의 가슴을 때
리며 언성을 높였다.

"동생인데 어떻게 상관을 안 해?"

"세상에 나 같은 동생이 어딨어? 강유찬 같은 오빠가 어딨

어? 우리 같은 남매가 어딨어?"

순간, 유찬이 도은을 품으로 끌어당겼다. 도은 역시 소스라 쳤다. 밖으로부터 문소리가 들렸던 것이다. 이미 도은의 언성이 꽤 높아진 후였다. 문소리에 이어 발소리가 가까워오자 두 사 람은 얼른 서로에게서 떨어졌다. 밖으로부터 '유찬아' 하는 엄 마의 목소리가 들렸다. 그리고 잠깐의 사이를 두고 문이 열린 다.

"응? 도은이도 있었네?"

엄마는 먼저 그렇게 말했다.

"으응. 오빠 들어왔기에 잠깐⋯⋯."

"그럼 니들 목소리였나, 잠결에 뭔 소리가 들리는 것 같아 깼 는데. 유찬이 이제 들어온 거야?"

"좀 전에요."

"아참, 주말에 시간 좀 내라. 유찬아."

엄마는 저녁 식사 때 말이 나왔던 보약 얘기를 다시 꺼내며 유찬에게 한의원에 같이 가자 했다. 유찬이 '됐다'며 완곡하게 거절하는 사이로 도은은 슬며시 유찬의 방을 나와 제 방으로 향했다. 그녀는 방에 들어오자마자 침대에 몸을 던지고 두 손 으로 머리를 감쌌다.

[차중락입니다.]

도은은 놀란 얼굴로 핸드폰을 귀에 대고 있었다. 중락과 맞
선을 본 다음 날이었다. 설마 그에게서 연락이 올 것이라 생각
도 못 하고 있던 터라 도은은 당황하기까지 했다.

[여보세요?]

"네? 아, 네. 차 대표님. 어쩐 일로……."

[다시 좀 뵐 수 없을까 하고요. 괜찮으시다면.]

"아…… 네에."

[오늘 시간 되십니까?]

"아, 아뇨. 오늘은 안 되고요……."

지금 생리 중인 도은은 이틀 후 주말에 시간을 잡았다. 아파
트 앞으로 온다는 중락에게 도은은 단지 내, 상가 앞에서 기다
려 달라 말했다.

"다 늦은 저녁에 어딜 가?"

이틀 후 저녁 6시가 다 돼서 외출복 차림으로 주방에 모습을
보인 도은을 보며, 저녁 식사 준비를 위해 에이프런을 막 몸에
두르던 엄마가 물었다.

"약속이 있어서. 갔다 올게."

"참, 도은아. 차 대표한테선 연락 없니?"

"응?"

도은은 눈을 동그랗게 떴다. 중락에게서 전화가 왔었다는 말을 엄마에게 하지 않기도 했지만 그 전에 이미 그 맞선에 대해서는 '끝났다' 알고 있을 엄마가 새삼 묻는 것이, 도은은 의아하기도 했기 때문이다.

"네 이모 말이……. 아니다. 가봐. 너무 늦지는 말고."

딸을 보낸 후 엄마는 고개를 갸웃했다. 제 동생인 도은의 이모에게서 들은 말을 내내 곱씹어보고 있는 것이었다. 도은과 중락의 맞선에 다리를 놓은 사람이 바로 도은의 이모였다. 물론 도은 이모가 직접 중락과 통한 것은 아니고, 중락 쪽의 한 중매쟁이를 거친 것이었는데 그런 도은 이모가 넌지시 건넨 말에 의하면 ―도은 엄마로부터 '도은의 멍청한 실수로 맞선이 깨졌다'는 말을 전해들은 후― 그 맞선은 차중락 쪽에서 강력히 원해서 이루어진 것이라 했다. 그러니 중락이 쉽게 포기할 리 없다는 말도 덧붙였다. 물론 도은 이모도 건너, 건너 들은 말이라는 것을 잘 아는 엄마는 제 동생의 말을 온전히 다 믿지는 않았지만 그럼에도 한 가닥의 기대 또한 생겼던 것이 사실이었다.

같은 시간, 도은은 이미 어둑해진 아파트 단지를 가로질러 상가를 향하고 있었다. 그녀 앞으로 중락의 검은색 승용차는 아주 쉽게 눈에 띄었다. 중락은 차 안에서 도은이 가까이 오는 것을 지켜보다 차에서 내렸다. 도은은 중락을 향해 허리를 약간 굽히고 고개를 숙여 예의 바르게 인사를 했다. 마치 선생님 앞에서 학생이 인사하는 것처럼 보이는 그것은 또한, 그런 그녀를 향해 고개조차 까닥 않고 내려다보기만 하는 중락으로 인해 더욱 완벽해진 그림이 되고 말았다. 그런데 정작 도은은 의식을 하지 못했고 중락 역시, 그럼에도 거만하다는 인상을 주지는 않았다.

"저번에 죄송했어요."

도은이 먼저 입을 열었다.

"오해하셔도 할 말은 없는데 사정이……."

"괜찮습니다."

중락은 대수롭지 않게 말을 받은 후 그녀를 차에 태웠다. 이어 그도 운전석으로 올랐지만 사이드 브레이크를 풀고도 그는 바로 차를 출발시키지는 않고 있었다.

"처음입니다."

중락이 불쑥 말을 꺼냈을 때, 도은은 그의 말이 무슨 의미인 줄을 몰라 그저 가만히 그의 얼굴을 보고만 있었다.

"그런 자리 말입니다."

앞만 보며 말하던 중락은 고개를 돌려, 그를 향해 있던 도은의 눈을 마주했다.

"그래서 서툴러요."

"아……."

도은은 그제서 그의 말을 알아듣고 입을 벌렸지만 그 입에서는 말 대신 애매한 탄식 소리만 흘러나왔다. 도은 자신은 나이도 어리니 그렇다 치고, 서른이 넘은 중락에게 맞선이 처음이라는 것은 의외라 좀 놀랐던 것이다. 더구나 그에게 맞선을 대려는 줄이 '서울에서 부산까지'라고 하지 않았던가. 그리고 보니 중락이 '일밖에 모르고 살았다' 했던 아버지의 말도 떠올랐다.

"그럼 우리 둘 다 초짜들이네요."

잠시의 사이를 둔 후 도은은 말하며 저도 모르게 배시시 웃었다. 중락과의 나이 차로 인해 느껴지던 불편함이랄까, 그 거리감에서 오는 거북함이랄까, 그런 것이 있었기에, 그런 그에게서 그녀와 똑같은 어설픔을 발견한다는 것은 색다른 즐거움이었으며, 동시에 그것은 지금껏 그녀를 지배해 왔던, 그와의 사이에 놓인 긴장을 어느 정도 해소시키기에도 충분했다.

"배고파요."

그래선지 도은은 선뜻 그렇게 말을 이었다.

"뭘 좋아합니까?"

즉시 답할 것 같던 도은은, 그런데 손끝으로 제 입술을 만지작대며 잠시 머뭇거렸다.

"솔직히 말해도 돼요?"

도은은 물었다.

그녀의 솔직한 주문으로 중락이 그녀를 차에 싣고 온 곳은 한 대학가였다. 바로 도은이 졸업한 학교로, 두 사람은 '할머니네 떡볶이'라는 초라한 간판이 걸린, 3평 남짓한 조그만 식당 안으로 들어섰다. 떡볶이와 튀김만을 파는 그곳은 따로 서빙하는 사람도 없이, 60대 후반 정도로 보이는 할머니 한 명이 떡볶이를 만들고, 대부분이 학생들인 손님이 스스로 가져다 먹는 그런 곳이었다.

마침 식당 안에 사람들이 많지 않아 바로 빈자리를 차지한 도은은 주인 할머니와 무척 친한지, 떡볶이를 주문해 가져오는 사이로 할머니와 제법 많은 수다를 떨었다. 그런 그녀에게서, 다소곳하고 예의 바른 모습만은 아닌, 제 나이에 맞는 발랄함과 생기를 발견하는 것도 어렵지 않아, 중락은 그런 그녀에게서 눈을 떼지 못한 채, 어느 순간, 입술 끝만 슬쩍 꿈틀대는 묘한 미소를 짓기도 했다.

"개강한 지 얼마 안 돼서 그나마 이 정도예요."

같은 소스에 버무려진 떡볶이와 튀김이 수북이 쌓인 접시를 가져와 탁자 위에 놓으며 도은은 말했다.

"아, 주말이기도 해서 더 그렇겠다. 보통은 자리가 없어 기다렸다 먹거든요. 드셔보세요. 다른 데서 파는 떡볶이랑은 완전 달라요. 너무 맵지도 않고 그렇다고 너무 달지도 않고, 엄청 고소하거든요."

도은의 수다를 들으며 중락은 젓가락을 들었지만 별로 기대하지도, 썩 내켜하지도 않는 얼굴인 것을 보면 아마도 떡볶이는 그가 좋아하는 음식이 아님에 틀림없었다. 그것을 아는지 모르는지 도은은, 중락이 떡볶이 하나를 입에 가져가는 것을 뚫어지게 쳐다보며, 내심 그의 반응에 기대를 거는 눈빛을 하고 있었다.

"어때요?"

중락이 아직 삼키지도 않았건만 도은은 급히 물었다.

"딴 데랑은 맛이 다르죠? 그죠?"

"네."

중락은 고개까지 끄덕였다.

"어떻게요? 어떻게 다른 거 같아요?"

'네'라는 대답만으로는 만족 못 한다는 듯 도은은 더 구체적인 감상을 재촉했다.

"글쎄……, 15년 전 기억을 떠올리기가 쉽지 않군요."

"네? 15년 전이라뇨?"

"떡볶이를 먹어본 지가 그 정도 되는 것 같아서요."

중락의 대답에 도은은 '말도 안 돼' 하면서도 활짝 웃었다. 소리는 거의 내지 않았지만 하얀 이를 모두 드러내면서였다. 이후 도은은 그 떡볶이가 얼마나 맛있는 것인지를 몸소 증명하듯 쉬지 않고 젓가락을 놀리며 소스까지도 숟가락으로 싹싹 긁어

댔다. 그리고 다 먹은 후에는 자신이 오자고 했으니 자신이 계산하겠다며 빈 접시와 지갑을 들고 다시 주인 할머니에게로 향했다.

"저 남자는 누구여?"

도은에게서 현금을 받아 잔돈을 거슬러주며 할머니는 무심히 물었다.

"그 오빠하고는 헤어졌어?"

도은은, 그러나 묵묵히 잔돈을 지갑에 구겨 넣을 뿐이다. 할머니의 말로 미루어보아 도은은 유찬과 이곳에 자주 들른 모양이었다.

"어째 그 오빠랑 오래 안 보인다 했더만. 저 남자는 새 남친이여?"

"아직 몰라요."

"몰라? 요샛말로 썸타는 중?"

도은은 대답 대신 '풋' 하고 웃었다.

도은은 중락과 떡볶이 음식점을 나와, 근처 커피전문점에서 커피를 사 들고 대학의 캠퍼스 안으로 천천히 걸어 들어갔다. 중락의 차를 대학 내에 주차했기 때문이었다.

"죄송해요."

도은은 살짝 민망한 웃음을 입가에 달고 말했다.

"나만 맛있어 해서요."

"아닙니다. 잘 먹었습니다."

"별로 안 드시던걸요, 뭐. 담엔 초밥 먹으러 가요. 나 초밥도 무지 좋아하거든요."

"다행이군요. 그건 나도 좋아합니다."

"우리 좀 더 걸어요."

도은은, 시야에 중락의 차가 들어오자 그렇게 청했다. 캠퍼스는 모든 가로등이 켜진 가운데 학생들의 모습도 많지 않아 산책을 하기에는 아주 좋은, 고적한 분위기였다. 두 사람은 그렇게 조용히 대화를 나누며 걷다, 어느덧 대학 내에 어느 인상적인 건물 앞을 지나고 있었다. 그 건물 앞에서 먼저 걸음을 멈춘 사람은 도은이었다.

"우리 학교는 기숙사로 유명해요."

그 건물을 올려다보며 도은이 말했다. 건물은 조형적인 예술품과도 같은 모습으로, 아름답다고 해도 과언이 아닐 성노의 8층짜리 건물이었다.

"제가 막 입학했을 때 거의 완공 단계였는데요, 기숙사 건물이 정말 근사해서 그땐 나도 우리 집이 지방이었으면 했었다니까요. 외관이 이리 멋지면서도 매우 기능적이고 실용적이어서 점점 유명세를 타, 오직 기숙사 하나만 보고 우리 학교 지원하는 애들도 있을 정도예요. 딴 학교 기숙사에 비해 학기당 비용이 조금 비싸다 싶은데도 다들 서로 들어가려고 난리도 아니거든요."

기숙사 건물을 보며 설명하던 도은은 눈길을 천천히 중락에게로 옮겼다.

"차 대표님의 대표작 맞죠?"

"아뇨."

중락은 대수롭지 않다는 듯 대답했다.

"아니라구요?"

"대표작이 아니라는 뜻입니다."

중락의 대답에 도은은 짐짓 아랫입술을 삐죽이 내밀었다. 성공한 젊은 실업가로 고유의 건설사를 소유한 중락은 단지 건설뿐 아니라 그것에 건축설계를 연계한 창의적인 회사로 발전시켜, 업계에 크나큰 주목을 받으며 자리를 굳힌 신진 사업가이기도 했다.

"1학년 학기 초에 완공되고 오픈될 때도 일부러 와서 구경했었는데……. 어, 그러고 보니 당시 오픈 때 당연히 오셨겠네요?"

"네."

"와, 그럼 우리 우연히 봤을지도 모르겠어요. 아니다, 우리가 아니라 제가 대표님을요. 전 존재감도 없었을 테니. 근데 어쩌죠? 저도 대표님 본 기억이 없어요."

"나도 존재감이 없었나 보죠."

"실망 마세요. 아마 장동건이 왔어도 마찬가지였을 거예요. 그날의 주인공은 사람이 아니라 바로 이 기숙사 건물이었으니까요."

도은은 다시, 가로등 불빛 속에 더욱 아름다운 자태를 뽐내고 있는 기숙사 건물을 올려다봤다. 중락의 눈은, 그러나 도은에게 있었다. 바로 그날, 중락은 '존재감 없는' 도은을, 다만 보고 있었을 뿐만 아니라 단발머리에 아직 어린 티를 벗지 못해, 그렇잖아도 아기 같은 순수한 얼굴을 더욱 맑게 빛내고 있던 스무 살의 그녀를, 그의 핸드폰에 담아 저장까지 했었다는 사실을, 그녀는 아마 꿈에도 모를 것이다.

"저기에 서봐요."

중락이 기숙사 앞에 있는 추상적인 장식물을 가리키며 말했다. 핸드폰을 꺼내면서였다. 금세 눈치를 챈 도은은 장식물 옆에 살짝 기댄 자세로 서서 손가락으로 브이까지 해보였다. 그녀의 그 모습은 그대로, 중락의 핸드폰 액정 안에 가득 담긴다. 찰칵!

얼마의 시간이 흐른 후, 두 사람은 중락의 차가 주차돼 있는 곳으로 와 차에 올랐다.

"도은 씨만 괜찮다면……."

차에 시동을 걸었으나 바로 출발시키지는 않은 채로 중락이 입을 열었다.

"도은 씨를 계속 만나고 싶어요."

도은은 눈길을 아래에 두고 제 손만 보고 있었다. 그리고 대답 대신에, 그의 말이 끝난 것에서 약간의 사이를 두고는 천천히 고개를 끄덕였다. 그것을 본 중락은 곧장 몸을 뒤로 돌려, 뒷좌석 쪽의 사물함에서 무엇인가를 꺼냈다. 바로 연한 카키빛의 쇼핑백이었다.

"이거 잊고 내렸습니다."

쇼핑백을 주며 중락이 말했다.

"아……, 네에……."

민망하고 수줍은 듯 도은은 슬며시 그것을 받았다. 사실은 그날이 마지막이라고 생각해 일부러 놓고 내린 것이었다.

"고맙습니다."

그녀는 그제서 인사를 했다.

중락의 차가 다시 도은의 아파트 단지에 모습을 보인 것은 밤 10시가 넘어서였다. 차는 103동 앞에 섰고, 중락이 먼저 내려 도은이 내릴 수 있게 조수석의 문을 열어주었다. 도은은 쇼핑백을 들고 차에서 내렸다. 그리고 두 사람이 미처 입을 열 새도 없이 한쪽으로부터 '도은아' 하고 부르는 중년 여인의 목소리가 두 사람의 눈길을 끌었다. 도은의 엄마였다. 그녀는 또한 유찬과 함께였는데 두 모자 역시 이제 막 주차장에 차를 세우고 걸어오던 중으로 보였다.

"엄마……."

입은 그렇게 말하면서도 도은의 당황한 눈빛은 유찬을 향해 있었다.

2
이루어질 수 없는
사랑

도은은 엄마, 유찬과 함께 아파트 안으로 들어섰다. 들어오 자마자 유찬은 현관에서 가까운 제 방으로 곧장 들어가고, 엄 마에게 팔을 잡힌 도은은, 거실에 있던 아버지가 '유찬이 보약 지으러 나가서 어떻게 도은이와 함께 들어오냐' 하는 말에도 아 랑곳없는 엄마에 의해, 역시나 제 방으로 끌려 들어왔다.

"오늘 차 대표 만나러 간 거였어? 왜 말 안 했어?"

도은의 방으로 들어온 엄마는 들뜬 얼굴로, 딸이 숨 돌릴 틈 도 없이 물었다.

"그냥……."

"세상에, 세상에, 직접 보니 사진은 댈 게 아니네. 사내답게

생긴 게, 키도 네 오빠보다 더 크겠더라. 차 대표한테서 먼저
연락 온 거야?"

"응? 으응……."

"그래. 그럴 줄 알았어."

"뭐?"

"아니다. 계속 만나재?"

"응."

"그래, 그래. 얼른 씻고 쉬어."

엄마는 딸의 팔을 토닥거린 후 나갔다. 도은은 맥없이 침대
위에 털썩, 주저앉는다. 103동 앞에서 중락과 악수하며 어둡
고 굳은 얼굴을 하고 있던 유찬의 모습이 머리에서 떠나지를
않았다. 도은은 가방을 열어 핸드폰을 꺼내, 잠시 주저하는 듯
하다, 이내 문자를 써 내려갔다.

〈왜 아무 말도 안 해? 괜찮은 거야? 화 안 나는 거야? 정말 아무렇지
도 않은 거야?〉

유찬의 답문은 오지 않았다.

빨간 참치 회를 올린 초밥을 보며 도은은 먼저 눈이 즐거웠다. 참치의 맛은 냉동된 그것의 해동 기술에 따라 결정돼, 고급 일식집일수록 해동 기술이 뛰어난 것은 두말할 것도 없어, 먼저 색으로 맛을 식별할 수 있을 정도다.

"마음에 들어요?"

중락이 물었을 때 도은은 오물거리는 입을 손끝으로 가리고 고개만 크게 끄덕여 보였다. 그 모습이 귀여웠는지 중락은 입꼬리를 슬쩍 올렸다. 두 사람은 어느 호텔 일식당의 테이블에 앉아 있었는데 즉석 초밥이라 바(BAR)와 연결된 테이블이었다.

"초밥이 아니라 목걸이 말입니다."

중락이 짓궂게 고쳐 묻자 도은은 저도 모르게 손끝을 자신의 목 가까이에 대며 대답 대신, 이번에는 미소만 지어 보였다. 그녀의 목에는 원피스의 스퀘어 네크라인 위로 엄지손톱 크기의 펜던트가 달린 목걸이가 반짝이고 있었는데, 18K 소재에 하늘색 터키석으로 장식된 펜던트는 그 고급스러움에 더해 우윳빛을 연상케 하는 도은의 피부 톤과도 무척이나 잘 어울렸다. 바로 카키빛 쇼핑백에 포장돼 있던 중락의 졸업 선물이었다.

"대표님은 형제분이 어떻게 돼요?"

약간의 시간이 흐른 후, 물 컵을 들어 물을 한 모금 마신 도은이 물었다.

"점점 듣기가 거북하군요."

중락은 그렇게 말을 받았다.

"네?"

"도은 씨는 내 회사 직원도, 거래처 사람도 아닙니다. 그냥 이름을 불러요."

"아……, 네에."

도은은 젓가락을 들다, 그것의 끝을 입으로 가져가며 이로 살짝 깨물었다. 머릿속으로는 '중락 씨'라고 도저히 못 부를 것 같다는 생각을 하면서였다.

"나 혼잡니다. 어머니가 계시구요."

"아버님은……."

"돌아가셨습니다. 오래전에."

"네에……."

대답의 끝을 흐린 도은은 그대로 화제를 이으려는 듯했지만 잠시의 머뭇거림 끝에서는 그저 초밥 하나를 입에 넣을 뿐이었다. 두 사람은 이제 겨우 세 번 만났을 뿐이기는 하지만 바로 직전 만남 이후부터는 전화 통화도 여러 번 했으면서 서로의 가족에 대해서는 한 번도 말을 주고받은 적이 없다, 지금에야 비로소, 그것도 도은의 입에서 먼저 말이 나온 것이었다. 특히 중락은 불과 며칠 전에 도은의 엄마와 유찬을 만나 간단한 인사까지 했음에도, 그녀의 가족에 대해 형식적인 질문조차 하지 않고 있었다. 그것은 오히려 그도 다 알고 있다는 뜻이려니 싶어, 도은은 결국 말을 꺼내기로 결심을 했다.

"저기……, 아시죠? 우리 집……."

"압니다."

도은이 무엇을 묻는 것인지 잘 안다는 듯, 중락은 그녀의 말을 다 듣지도 않고, 또 대수롭지 않다는 투로 대답했다. 이미 두 사람은 식사를 마치고 호텔 내 커피숍으로 자리를 옮기고 난 후였다.

"저도 어릴 때 아빠가 돌아가셔서……."

도은은 커피 잔을 두 손에 들어 그것의 온기를 제 손과 나누었다.

"13살 때였어요. 지금의 아빠를 만난 것은 제가 고등학교 들어가서였구요."

중락은 말없이 도은의 얼굴을 보고만 있었다. 그녀의 얼굴은 누가 봐도 사랑 받고 자란 사람의 그것이었다. 그것만으로도 그녀의 계부가 어떤 사람인지는 굳이 묻지 않아도 알 수 있었다.

"보고 싶습니까?"

중락이 불쑥 묻자 도은은 '네?' 하며 의아한 표정이더니 금세 굳은 얼굴이 되었다. '친부가 보고 싶냐'는, 어찌 보면 평범하고 당연한 질문에, 그녀는 답변은 물론 눈길조차 회피하며 마치 못 알아들은 양 커피 잔을 입에 댔다. 그 변화는, 사랑 받고 자란 얼굴 위로 삽시간에 짙은 그늘을 드리워, 도리어 그 반대의 경우인, 사랑받지 못했음을 상상해도 과히 틀리지 않겠다 싶을 정도라 중락은 내심 의아했지만 더 묻지는 않았다.

두 사람은 커피를 다 마신 후 차에 올라, 얼마 후에는 어느 공원으로 접어들고 있었다.

"춥지 않겠어요?"

공원의 주차장에 차를 세우며 중락은 물었다. 진달래가 피고 있는 계절이기는 해도 해가 진 후에는 아직 제법 추운 날씨가 계속되고 있었기 때문이다.

"걷다보면 괜찮아질 거예요. 나보단 차 대표……."

도은은 아차 하며 입을 다물었다. 그런 그녀의 얼굴을 중락이 빤히 쳐다보니 그녀는 민망한 듯 혀끝을 입 가장자리 쪽으로 날름 내밀었다. 중락이 나중에 안 사실이지만 그것은 그녀의 버릇이었다. 뭔가 말실수를 했을 때, 그래서 당황하고 또한 민망했을 때, 그것도 비교적 상대가 편안해졌을 때 나오는 버릇이었다.

"주, 중락 씨가 추우실 것 같은데……."

중락은 도은의 혓바닥 끝을 생각하며 먼저 차에서 내려 자신의 재킷부터 벗었다. 그는 그것을, 도은을 차에서 내리게 한 후에 그녀의 어깨에 덮어주려 했다.

"아, 아녜요. 전 외투도 입었는데 차, 아니다, 주, 중락 씬 암 것도……."

도은이 당황해 말을 더듬는 사이 그는 제 재킷을 그녀에게 덮어준 후 그녀의 어깨를 잡고 한쪽으로 끌었다.

"원래 남자가 추위를 더 잘 탄다던데……."

도은은 혓바닥을 한 번 더 날름하고는 그렇게 말을 이었다.

"누가 그래요?"

"누가 그런다기보다는……. 여자가 몸에 지방이 많잖아요."

"도은 씬 날씬해서 지방 별로 없어 보이는데?"

"그래도 차 대표, 아니……, 암튼…… 와아, 봐요. 춥잖아요. 춥죠? 그냥 가요."

"과식한 것 같아 산책하고 싶다면서요?"

"네. 초밥이 너무 맛있는 바람에. 근데 차……, 아니, 추우실 것 같아서……."

순간, 도은은 제 손에 따뜻한 기운을 느끼며 말을 멈췄다. 그녀의 손 하나가 중락의 손에 들어가 있었다.

"갑시다. 이왕 나왔으니 좀 걸어야죠."

그렇게 잡은 손을 중락이 끌었다. 도은은 그가 이끄는 대로 발길을 옮겼다. 두 사람 주변으로는 쌀쌀한 밤공기 속에서도 다정한 커플들의 모습이 비록 드물기는 하나 눈에 띄었다.

"안 추워요?"

걷던 중에 도은은 걱정스러운 듯 물었다.

"견딜 만합니다."

"아, 근데 말씀 놓으세요. 제가 너무 어려서……. 오히려 불편해요."

"도은 씨가 편히 내 이름을 부르면 나도 그렇게 하죠."

"그건 좀 시간이……."

"그래요. 시간이 걸리겠지요. 하지만 내 시간은 도은 씨만큼 충분치 못합니다."

"네?"

"도은 씨는 좀 억울하지 않겠어요?"

"뭐가요?"

"도은 씨 이제 스물넷인데 그 나이에 결혼하면요."

순간, 알 수 없게도 도은의 가슴은 철렁 내려앉았다. 무슨 의미로 묻는 것일까.

"결혼 생각이 있어 맞선 본 게 아닌가요?"

도은의 대답이 없자 중락은 이어서 물었다.

"아, 네에……, 네. 맞아요. 요즘 취직도 어렵구…… 그냥 시집이나 가려구요. 요즘 그걸 취집이라고 해요. 저 속물이거든요."

그렇게 말하며 도은은 중락을 향해 어색한 웃음을 지어보였다.

"다행이군요."

"네?"

"도은 씨가 속물인 덕분에 이렇게 만나게 돼서요. 난 시간이 별로 없습니다. 여름이 시작될 즈음부터는 다시 아주 바빠질 거라서요."

도은의 가슴은 이제 콩닥콩닥 뛰기 시작했다. 그것은 설렘이 기보다는 막연한 두려움에 더 가까운 것이었다. 그런 그녀의 심정은 또한 그대로 중락의 눈에도 들어왔다. 무리도 아닌 것이 도은은 불안한 사람 모양 눈동자를 이리저리 굴리고 있었으니 말이다. 그 바람에 그녀의 머리도 좌우로 약간씩 움직이고 있는 것을, 정작 그녀 자신은 의식을 못 하고 있는 것 같았다. 때문에 중락이 갑자기 발을 멈췄을 때 도은은 화들짝 놀라기까지 했다. 중락은 놀란 토끼 같은 도은의 눈동자를 빤히 내려다보다, 그녀의 어깨에 덮인 제 재킷의 앞을, 마치 찬바람이 늘어오지 않게 단단히 여며주듯, 그렇게 모아서 잡았다.

"내가 좀 성급했나요?"

중락이 물었다.

"네? 네에……. 우린 겨우 세 번 만났을 뿐인걸요?"

"그럼 이제부터는 자주 봅시다."

'자주 보자'는 중락의 말은 그저 빈말이 아니었던 모양으로, 그 후 일주일 동안 중락은 무려 세 번이나 도은을 불러냈다. 그것도 도은이 감기 기운이 있다며 한 번은 거절하였기에 세 번이었다. 마지막으로 만난 다음 날 밤, 중락은 또 '잠깐 얼굴만 보고 가겠다'며 퇴근길에 곧장 도은의 아파트 단지로 와 근처 커피전문점에서 그녀를 기다렸다. 도은은 그가 기다린 지 10분 만에 모습을 보였는데 민낯을 하고 청바지 차림에 두툼한 후드 카디건을 걸치고 온 모습이, 영락없이 집에 있다 온 사람의 그것이었다.

"실업자 같아요."

도은은 중락의 맞은편에 앉자마자 뿌루퉁한 얼굴로 말했다.

"회사 사장님이 너무 할랑한 거 아녜요?"

"사장님? 누구?"

중락이 짐짓 의아한 얼굴로 묻자 도은은 손가락으로 슬며시 중락을 가리켰다.

"내가 누군데요?"

"중락…… 씨요……."

"오늘 야근했습니다."

중락은 그렇게 해명하고 일어나 카운터로 움직였다. '뭘 마시겠냐' 묻지 않은 것으로 보아 도은이 무엇을 마실지도 아는 사람처럼 자연스러웠다. 도은은 그런 중락을 힐끔 돌아본다. 만남의 횟수가 하나, 둘 늘다 보니 도은도 이제는 그에게 어느 정도 익숙해 있는 것이 사실이었다. 데이트라고 해봐야 함께 식사를 하고, 커피를 마시고, 산책을 하고, 혹은 영화를 한 번 본 것이 다였지만 그러는 동안에 도은은 중락에게서 특별히 그녀의 마음에 못마땅하거나 싫은 점을 발견한 것도 아니어서 더욱 그러했을 것이다. 그렇다고 점점 가까워진다고 볼 수도 없는 것이, 두 사람 사이에는 처음이나 마찬가지로 여전히, 마치 무엇인가에 의해 가로막혀 있는 것 같은 거리감이 있었으니, 당연히 도은도 느끼고 있었으며 그것을 전적으로 다른 남자를 마음에 품고 있는 제 탓으로 돌렸다. 중락도 느끼고 있을까, 그녀는 갑자기 그에게 미안해졌다. 아직까지 그에게서 그녀의 마음을 흔들어놓을 만큼의 짜릿한 무엇을 느껴보지는 못했어도 그가 좋은 사람이라는 인상 정도는 갖고 있었으니 말이다. 도은은 갑자기 일어나, 계산을 하고 있는 중락 옆으로 쪼르르 다가섰다.

"테이크아웃으로 해주세요."

잠시 후 도은과 중락은 각자의 손에 테이크아웃용 종이컵을 들고 커피전문점을 나왔다.

"여기서 우측으로 가면 한적하고 분위기 좋아요. 더 가면 공원하고도 이어져 있구요."

도은은 커피전문점이 있는 길에서 오른쪽을 가리켰다. 두 사람은 바로 그곳으로 움직였다. 이면도로에 접한 길은 밤 9시 전후의 시간대인 것을 감안해도 매우 조용했고 사람의 모습도 거의 보이지 않았다. 가끔 차만 지날 뿐이었다.

"여긴 이곳 지리를 잘 아는 사람들이 주로 이용해서요, 출퇴근 시간만 좀 시끄럽지 그 외에는 되게 조용해요."

도은이 말했다.

"근데 안 피곤해요? 야근했다면서요?"

"사실은 야근이 아니라 회의가 좀 길어졌던 것뿐입니다."

"암튼 피곤할 거잖아요?"

"그러니까 집에 가서 쉬지 뭐하러 왔냐, 그 뜻인가요?"

"걱정돼서 한 말인데……."

샐쭉한 얼굴로 말하던 도은은 멈칫했다. 그녀의 말을 자른 것은 어떤 소리였다. 중락의 눈길은 먼저 그 소리에 닿아 있었으며 도은의 눈길이 뒤를 따르던 찰나에 그녀의 발밑으로 컵이 떨어져 커피 액이 바닥뿐 아니라 그녀의 신발과 바지에도 흩뿌려졌다. 그 소리는 바로, 두 사람이 서 있는 곳으로부터 사선 방향으로 50여 미터 쯤, 가로등도 닿지 않은 어두운 곳에서 그 어둠보다 더 어두운 형체들로부터 나는 것으로, 검은 형체의 하나는 여자였으며 거의 앉은 자세였고 또 하나는 남자였으며 서 있었다. 소리의 정체는 남자가 여자를 때리는 둔탁한 그것이었다. 그 외에도 남자가 뭐라 뱉어내는 욕 비슷한 소리도 가끔 섞여 들었지만 이상하게 당연히 들려야 할 여자의 비명은 들려오지 않았다.

중락의 눈은, 그러나 더 이상 그 남녀의 형체들에 있지 않았다. 그는, 하얗게 질려 아랫입술을 파르르 떨고 있는 도은을 보고 있었다. 이어 '털썩' 하는 소리와 함께 중락이 어찌해 볼 사이도 없이 그녀는 바닥으로 무너졌다. 중락이 얼른 그녀를 부축하고 보니 이제 그녀는 온몸을 사시나무 떨듯 떨고 있었다.

"도은 씨. 괜찮습니까?"

중락이 물었지만 도은의 귀에는 들리지 않는지 그녀는 부들부들 떨고만 있었다. 그때 두 사람 곁에서 '끼익' 하는 차의 급제동 소리가 들려 중락이 돌아보니 흰색 승용차로부터 급히 내리는 유찬의 모습이 보였다. 유찬은 중락과 눈이 마주치자 그와 눈인사만 대충 하고는 곧장 도은을 중락의 손에서 빼앗다시피 넘겨받았다.

"미안합니다. 지금 설명할 수는 없고⋯⋯."

유찬은 도은을 팔로 감싸 부축해 삽고는, 잠시 말을 멈추며 중락 너머로 눈길을 보냈다. 그의 눈길이 닿은 곳에서는, 여전히 남자가 여자를 때리는 둔탁한 소리가 끊어질 듯 이어지고 있었다.

"저쪽⋯⋯ 경찰에 신고를 하든지 해서 좀 부탁드립니다. 도은인 제가 집으로 데려가겠습니다."

유찬은, 중락이 대답할 새도 없이 움직여, 도은을 차의 뒷좌석에 태운 후 곧바로 사라졌다. 중락은 유찬의 흰색 승용차가 시야에서 사라지는 것을 보며 담배를 꺼내 불을 붙인 후에야 몸을 돌렸다. 그는 둔탁한 소리가 나는 곳을 향했다.

한편, 유찬은 아파트 3동의 지하주차장에 차를 세운 후 도은이 앉아 있는 뒷좌석으로 옮겨 탔다. 도은은 몸을 잔뜩 움츠린 모습으로 차문 쪽에 고개를 비스듬히 기댄 채, 아까 만큼은 아니어도 여전히 몸을 떨고 있었다.

"도은아……."

유찬은 조심히 도은의 몸을 잡아 제 품으로 끌었다. 도은은 힘없이, 쓰러지듯 그의 품으로 들어왔다.

"괜찮아……. 괜찮아. 도은아. 아무 일도 없어."

유찬은 도은을 품에 안고 그녀의 머리와 등과 팔을 위로하듯 쓰다듬었다. 퇴근하고 귀가하던 중에 도은을 발견한 것이었는데, 마치 어떻게 해야 동생을 원래의 모습으로 안정시킬 수 있는지 잘 아는 사람처럼 그는 능숙하게 도은을 달래고 토닥였다. 도은은 울고 있지 않았다. 그녀의 눈은 도리어, 마치 그 안이 텅 빈 듯 공허하고 건조했다. 눈가가 젖은 것은 오히려 유찬이었다. 시간이 약간 흐르면서 오한과도 같던 도은의 몸 떨림은 차츰 진정이 되었다.

"오빠……."

유찬의 품에서 도은이 입을 열었다. 그녀의 눈동자만큼이나 메마른 목소리였다.

"엄마한텐 말하지 마."

"그래. 알았어. 걱정 마."

"우습지? 나쁜 딸이 이런 말 하는 거……."

유찬은 대답 전에 먼저 도은의 어깨를 잡아 그녀의 눈을 마주한다.

"나쁜 딸 아냐."

"나쁜 딸 맞아. 엄마 행복보다 내 행복을 먼저 생각했어."

"누구나 그래."

"아냐. 엄마는 날 먼저 생각할 거야. 아저씨, 아니 아빠 만나서 정말 행복한데도 엄만 날 위해서라면 그것도 포기할 거야. 근데 난 오빠를 포기 못 해서 투정부렸어……. 오빨 잃고 싶지 않아서……."

"도은아……."

도은은, 유찬이 그녀의 이름을 부른 것과 동시에 다시 그의 품에 얼굴을 묻었다.

"오빠 정말 견딜 수 있는 거야? 날 보낼 수 있는 거야?"

유찬은, 그것이 마치 그의 대답인 듯 두 팔에 와락, 그녀를 가두고 그녀의 목덜미에 얼굴을 묻었다.

유찬이 도은을 처음 본 것은 7년 전, 당시 군복무 중이던 그가 휴가를 나왔을 때였다. 일찌감치 유찬의 엄마를 암으로 보낸 후 혼자된 아버지가 재혼할 여자를 소개하는 자리에 같이 나온 열일곱 살의 소녀, 바로 민도은이었다. 그때까지만 해도 유찬은 그저 여동생이 생기는구나, 그 여동생이 창백한 얼굴에 겁이 많은 아이라 조심스럽게 대해야지, 하는 마음이 다였었다. 소녀의 상처를 알고는 더욱 연민이 생겨 더더욱 잘해줘야지, 했었다. 그런 소녀는 대학에 입학하면서 여자가 되고, 유찬도 제대를 해 비록 다른 대학교이기는 하지만 3학년에 복학을 하면서 두 사람은 점차 법적인 남매 이상의 친밀감을 느끼기 시작했다. 그것은 애틋하면서도 위험한 감정이었다. 그 위험한 감정의 소용돌이 속에서 위태로운 고비도 여러 번 넘겼다. 특히 유찬에게 더욱 위태로웠을 그것을, 그는 이를 악물고 참아내야 했다. 도은에게 유찬이란, 그녀의 상처를 이해하고, 그것을 보듬어주는 이 세상 유일의, 가장 '안전한' 남자기 때문이며, 또 그것을 누구보다 잘 알고 있는 유찬이 그녀에게 상처를 주어서는 안 되기 때문이었다. 또한 자칫하면 그것은 도은뿐 아니라 두 사람의 부모에게도 씻을 수 없는 깊은 상처만 남기게 될 것 같아, 그는 두려웠다.

"견뎌보자, 우리. 견뎌내자. 도은아."

유찬은 뇌까리듯 말했다. 어쩌면 스스로에게 하는 말일 것이다. 작년 초겨울 즈음, 도은에게 '우리 이제 오빠, 동생으로만 남자' 했을 때도 사실 그녀를 포기하는 것이, 그것을 견뎌내는 일이 쉬울 것이라고는 감히 생각하지 않았다. 보통의 연인들처럼 헤어져 안 볼 수 있는 것도 아니고 늘 집에서 마주쳐야 하는 동생을, 그의 연인을 어떻게 아무 고통 없이 바라볼 수 있겠는가. 그래도 이렇게 힘들 줄이야, 유찬에게 있어 도움은 이루어질 수 없는 사랑이기 전에, 제 손가락이 잘리는 것 같은 아픔이었기에 더욱 그러했다.

✺

서울 중심가에 위치한 한 고층빌딩은 초봄의 따사로운 오후 햇살을 정면으로 받아, 그것을 더욱 강렬한 눈부심으로 되돌려주고 있었다. 바로 그 빌딩의 지하주차장으로부터 위로 오르는 승강기에 유찬과 그의 아버지가 있었는데, 아버지는 넥타이를 두 손에 잡아 고쳐 매며 가벼운 흥분에 젖어 있는 얼굴을 하고 있는 반면 유찬은 무표정했다.

"무슨 일로 보자는 걸까?"

마치 혼잣말처럼 하는 아버지의 물음에 유찬은 대꾸는커녕 아버지에게 눈길도 주지 않았다. 아버지 역시 아들의 대답을 굳이 기다리고 있는 눈치도 아니어서, 아마도 아버지는 그 질문을 한두 번 중얼거린 것도 아닌 듯했다.

두 사람은 9층에서 내려 왼쪽으로 난 복도를 통해 바로 보이는 출입구에서 걸음을 늦췄다. 출입구는 자동 유리문으로, '차 기획 건설 컴퍼니'라는 음각 현판이 벨 위에 붙어 있었다. 아버지가 벨을 누르자 10초 정도의 사이를 두고, 유리문 안쪽의 파란색 파티션 너머로부터 한 젊은 여직원이 모습을 보였다.

"난 강민식이라고 하는데요. 차중락 대표를 만나러 왔어요."

열린 유리문 사이로 유찬의 아버지가 말했다. 이어 유찬 부자는, 손님이 온다는 것을 미리 알고 있었던 것이 분명한 여직원의 친절한 안내로 사무실의 한쪽을 지났는데, 푸른 바다색을 중심으로, 농도를 조금씩 달리한 다양한 파랑과 미색, 거기에 자연적 나무색을 섞은 사무실의 내부 장식은 한눈에도 보통의 사무실과는 다른, 흡사 색다른 인테리어를 자랑하는 어느 별장에 들어온 것 같은 착각을 불러일으킬 정도여서 대번에 유찬 아버지의 입에서 감탄사를 이끌어냈다. 벽에 포인트처럼 걸려 있는 깔끔한 프레임의 액자 안에는 흔한 정물화 대신 감각적으로 채색된 건축설계도면이 들어 있는 것도 꽤 이색적이고 신선해 눈길을 끌었다.

중락의 회사는 창의적이면서도 실력 있는 신진 건축설계사들을 다수 보유, 육성하고 있을 뿐만 아니라 국내외 내로라하는 건축 분야의 전문가들과 긴밀한 교류를 통해 예술성과 기능성이 조화를 이룬 모델들을 끊임없이 제시하는 한편, 건축설계와 건설의 가장 이상적인 라인업을 짜는 데에도 독보적이라 알려져 있다.

"어서 오십시오. 강 사장님."

여직원의 안내로 대표실로 들어온 유찬 부자를 보며, 중락은 먼저 유찬의 아버지인 강 사장을 향해 깍듯하게 인사를 해보였다.

"오시느라 고생하셨습니다."

"고생은 무슨, 멀지도 않은데. 오히려 초대해 줘서 고마워요. 차 대표."

"별말씀을. 앉으시죠."

중락이 가리키는 소파로 강 사장이 먼저 움직이는 사이로, 중락은 유찬과 서로 고개를 살짝 숙여 보이는 정도의 눈인사만 나누고는 마찬가지로 소파로 가 앉았다. 중락의 집무실은 그리 크지 않은 규모에 사무실의 남다른 장식에 비해서는 또 소박한 편으로, 커다란 서가를 등진 집무용 책상을 중심으로 조형미가 가미된 장식장과 회의용 탁자, 소파 세트를 갖추고 있을 뿐이었는데 인상적인 것은 창가에 홀로 놓인 벤치였다. 전면이 창이라 시내가 한눈에 내려다보이는 곳에 벤치 하나 댕그라니 있는 모습은, 그것도 한 백 년쯤 되지 않았을까 싶을 만큼의 낡은 나무와 녹슨 청동으로 된 골동품 같은 벤치는 꽤 묘한 감흥을 불러일으켰다.

소파에 모여 앉은 세 남자는 여직원이 차를 가져올 동안까지는 대수롭지 않은 얘기들로 시간을 보냈다.

"이렇게 뵙자고 한 것은……."

여직원이 놓고 간 차를 마시던 중 중락이 입을 열었다.

"강 사장님의 도움이 필요해섭니다."

"도움이오? 조그만 인테리어 가게 하나 꾸리고 있는 내가 차 대표를 도울 일이 뭐가 있을까요? 요즘 경기도 안 좋아 직원들 월급 주기도 벅찰 지경인데."

강 사장은 민망하다는 듯 허허 웃으며 되물었다.

"지금 준공검사를 마친 빌라가 있습니다. 총 두 동뿐이긴 합니다만 거기 내부 장식을 강 사장님이 좀 맡아주셨으면 해서요."

"네?"

강 사장은 저도 모르게 큰 소리가 나갔다. 놀라서 두 눈을 부릅뜬 채였지만 본인은 의식도 못 한 듯 보였다. '차 기획 건설'에서 짓는다면 보나마나 부유층들이 선호하는 최고급 빌라일 것이고, 그것만으로도 하도급을 받으려는 실내장식업체가 줄을 섰을 텐데, 겸손하게 '도움을 달라'며 하는 말이 결국은 특혜나 다름없었으니 강 사장이 놀랄 만도 했다.

"그, 그게…… 그러니까 그건 준공검사 전에 이미 계약돼 있지 않나요?"

당황한 강 사장은 말을 더듬었다.

"네. 맞습니다. 그런데 그 업체 쪽에서 문제가 생겼습니다.

당장 교체해야 하는데 입찰할 시간도 없고, 해서 마침 강 사장님이 생각나 도움을 청하는 겁니다."

"도움은 오히려 우리 쪽에서⋯⋯."

"외람되지만 저희도 일정을 먼저 확인해 본 후에 답을 드릴 수 있을 것 같습니다."

강 사장이 마른침을 삼키느라 잠시 말을 멈춘 사이로 유찬이 끼어들었다. 놀란 강 사장은 다시 부릅뜬 눈을 이번에는 유찬에게 돌렸다.

"일정상 당장 뛰어들 수 없을지도 모르고요, 무엇보다 저희는 그런 사치스러운 자재들의 유통 쪽으로는 취약합니다."

"취약은 무슨, 그 루트들은 내가 다 알아. 경험도 있고⋯⋯."

강 사장이 유찬의 팔을 툭툭 치며 말했다.

"경험만 있으시잖아요. 오래전에. 결국은 좋은 소리도 못 듣고."

"그땐 네가⋯⋯ 강 실장이 없었을 때잖아. 거 참⋯⋯."

강 사장은 이어 중락에게 눈길을 보낸다.

"지금 우리 회사는, 아니, 회사라고 하기엔 좀 민망하긴 하지만⋯⋯. 암튼 강 실장이 거의 맡아 하고 있는데요. 아들놈이라 이런 말, 좀 거시기 하긴 해도, 강 실장 손을 거친 것들은 꽤 호평을 받는 편이에요. 남다른 감각이 있어서⋯⋯."

"많이 부족합니다."

유찬은, 그러나 아버지의 말을 완곡하게 자르며 중락을 향했다.

"현재 저희 실력으로는 아마 차 대표님의 기대에 부응하지 못할 겁니다."

"거절인가요?"

"현실을 말씀드리는 겁니다. 그런 빌라에 더 적합한 업체에 대해서라면 누구보다 차 대표님이 더 잘 아실 텐데요?"

"내가 아무 생각도, 계산도 없이 덜컥, 강 사장님의 업체를 선정했다고 생각하나요? 강유찬 실장은 사업을 그렇게 합니까?"

유찬은 입을 다물었다. 동시에 두 남자의 눈길은 서로 날카롭게 맞부딪쳤다.

거리에 주저앉은 도은을 사이에 두고 만났던 두 남자는 불과 이틀 만에, 그것도 중락의 초대로 다시 만난 것이었다. 중락은 이틀 전 도은을 유찬의 손에 보내고 난 후 같은 날 자정쯤에 유찬의 전화를 받았었다. '도은은 이제 괜찮다'는 말을 전한 유찬은, 그러나 도은이 왜 갑자기 패닉 상태에 빠졌는지에 대한 설명은, 중락이 물었음에도 불구하고 얼버무렸다. 그 다음 날인 어제, 중락은 도은에게 전화를 걸어 그녀를 만나려 했으나 그녀는 또 몸이 좋지 않다며 거절했다.

"그럼 일정을 확인해 보시고 내일까지 알려주시기 바랍니다."

중략은 그렇게 마무리했다.

'차 기회 건설 컴퍼니'를 나온 강 사장과 유찬은 승강기 앞에 갈 때까지는 서로 한 마디 말도 하지 않았다.

"왜 그런 거야?"

승강기를 기다리던 중 강 사장이 먼저 불쑥 입을 열었다. 화가 난 목소리는 아니었고 다만 회사 사정을 누구보다 잘 알고 있는 유찬이고 보면 —직원들 월급 주기도 벅차다는 강 사장의 말이 엄살만은 아니었기에— 그 자리에서는 말 못할 어떤 사정이 있으리라 짐작하는 듯했다.

"설마 차 대표가 공과 사를 구별 못 할까 봐, 네가 대신 걱정하는 게냐?"

"공과 사를 구별 못할까 봐 걱정되는 것은 차 대표가 아니라 도은이예요, 아버지."

"뭐?"

"도은이와 차 대표, 둘 사이가 지금 어떤지도 불투명하지만 우리가 차 대표에게 하도급을 받아 일이 진행되는 상황에서, 만에 하나라도 도은이가 차 대표와 헤어지고 싶은 마음이 들 때, 그때 어떨 것 같아요? 그 녀석 성격에 그게 쉽겠어요?"

유찬의 설명에 강 사장은 그제서 '으음' 하며 곤혹스러운 신음 소리를 냈다. 이후 강 사장은 내내 말이 없다 주차장에서 차에 오른 후에야 '유찬아' 하며 입을 열었다.

"차 대표가 우리한테 그런 제안을 한 것은 그럼…… 도은이와 관계가 있는 걸까?"

"그 사람 의중이야 알 수 없죠. 하지만 도은이와 관계가 있다면 더욱 그 제안을 거절해야 하지 않겠어요?"

"어쨌거나 그렇다면…… 차 대표 마음이 도은이한테 있단 거네?"

"딸 덕 보시려구요?"

유찬은 짤막한 헛웃음에 이어 그렇게 물었지만 아버지의 품성을 잘 알아 비난이나 경멸의 뜻을 담고 있지는 않았다.

강 사장은 중락의 사무실에서 있었던 얘기를 곧장 그의 아내에게 털어놓았다. 퇴근 후 침실에서 옷을 벗으면서였다.

"정말?"

강 사장의 옷을 받아든 도은의 엄마는 깜짝 놀란 얼굴을 해 보였다.

"그래요. 암만 생각해도 차 대표가 도은이한테 홀랑 빠진 것 같아요. 도은이 맘은 어떤지 혹시 알아요?"

엄마는 대꾸도 없이, 강 사장의 옷을 침대 위로 그냥 내팽개치고는 방을 뛰쳐나갔다. 엄마가 향한 곳은 당연히 도은의 방이었다. 도은은 침대에 비스듬히 앉아 핸드폰에 연결된 이어폰으로 음악을 들으며 책을 읽고 있다, 갑자기 이어폰의 줄을 잡아 뺀 엄마의 모습에 한 번 깜짝 놀라고 이어서 호들갑스러운 엄마의 다그침에 두 번 놀라야 했다.

"왜 암 말도 못해?"

눈만 껌벅이고 있는 도은을 엄마는 더욱 다그쳤다.

"너 차 대표랑 계속 만났잖아. 만났으면서 무슨 느낌 없었어? 원래 사람 좋아하는 것은 티가 나기 마련이거든. 가만, 너한테 물을 것도 없이 차 대표가 너 좋으니까 계속 만나고 있는 거겠지? 맞선인데 딴 목적이 있을 리도 없고. 근데 넌? 넌 어때?"

"으응……?"

"네 마음은 어떠냐구? 차 대표가 널 좋아하는 것은 분명한데 중요한 것은 네 마음이니까. 네가 차 대표 싫다, 그럼 아빠도 그 일을 맡을 수 없잖니."

"아, 그게 아직은 잘……. 만난 지 한 달도 안 됐는데……."

"그래도 만난 횟수는 세법 되잖니? 싫은 건 아닌 거지?"

"싫다고 할 수는 없지만……."

"그래. 뭔 말인지 알겠다. 연애도 한 번 안 해본 네가 그렇게 금방 사람이 좋아지고 그러겠어? 그래도 차 대표는 너한테 반한 것 같아서 엄만 왠지 뿌듯하고 그러네. 아참, 내 정신. 네 아빠 밥 차려드려야 하는데."

"아빠 일…… 요즘 힘들어?"

나가려는 엄마 뒤에 대고 도은이 물었다.

"좀 그렇긴 한가 봐. 직원 꼴랑 여덟인데 그중 둘은 내보낼 궁리까지 하시더라. 근데 우리만 힘든 거 아니야. 불경기잖니? 신경 쓰지 마. 네 마음 아직 불투명하면 아빤 그 일 안 맡아. 유찬이도 너 부담된다고 거절하자 그러더래."

엄마가 나간 후 도은은 핸드폰을 들고 고민하다 결국 문자를 써서 보냈다.

〈오빠. 오늘 늦어?〉
〈왜? 혹시 그 일……, 들었니?〉

그렇게 유찬의 답문이 온 것은 10분 뒤였다.

〈응.〉
〈거절할 거야. 아버지도 그렇게 마음먹고 계셔. 걱정 마.〉

도은은, 그러나 어쩐 일인지 더욱 울적해진 얼굴로 한숨을 푹 쉬었다.

도은이 방을 나오니 주방으로부터 엄마의 웃음소리가 먼저 들렸다. 보나마나 늦은 저녁 식사를 하는 아버지의 말상대가 돼주며 수다를 떠는 것이리라, 도은은 안 봐도 안다는 듯 빙그레 미소를 머금었다. 엄마와 도은의 계부는 늘 조근조근 대화가 많은 편이었는데 도은이 보기에 아버지는 밖에서 있었던 일들을 거의 하나도 빠짐없이 엄마한테 얘기하는 것 같았고, 엄마는 그것을 들으며 때로는 맞장구를 치고 또 때로는 촌평을 하기도 해, 두 사람은 이른바 '쿵짝'이 잘 맞았다. 진즉에 만나야 할 사람들이었다고, 도은은 생각을 하면서도 만약 그랬다면 '유찬 오빠도 나도 태어나지 못했겠지' 하는 데에 이르면 고개를 흔들었다. 도은 자신은 몰라도 유찬은 이 세상에 나와야 할 사람이라고, 나와서 제 아버지처럼, 아니 그 이상으로 어떤 여자에게 넘치는 행복을 주어야 할 사람이라고 생각했기 때문이다. 다만 그의 넘치는 사랑을 받을 수 있는 여자가 자신이 될 수 없음에, 도은은 '차라리 태어나지 말걸' 하는 것이었다.

"커피?"

주방으로 들어오는 딸을 보며 엄마가 물었다.

"응."

"내가 타줄까?"

"아냐. 닭살행각 중이신데 계속하시죠?"

도은은 짐짓 농담을 하며 가스레인지 위에 커피 물을 올려놓았다.

"질투 나면 너도 시집가라."

엄마는 짐짓 샐쭉한 얼굴로 툭 내뱉었다.

"오케이. 아빠 같은 사람이면."

"나 같은 남편이 흔치는 않지."

"그럼요. 당신 같은 자뻑 남편이 어디 흔하겠어요?"

"으잉?"

두 부부는 다시 키득댔다. 도은은 그런 부부를, 특히 엄마를 물끄러미 바라봤다. 엄마는 정말 많이 변했다. 지금의 엄마에게서 예전의 엄마 모습을 찾아보기는 쉽지 않았다. 엄마의 불행이 끝난 지도 10년이니 —친부의 죽음과 함께 엄마의 불행도 끝이었다— 시간이 많이 흐르기도 했지만 그보다는 지금의 남편인 도은의 계부를 만나지 못했다면, 그의 헌신적인 사랑이 없었다면 과연 엄마는 행복한 웃음을 찾을 수 있었을까. 사랑이, 남편의 사랑이 여자를 저리 바꿔놓을 수 있다는 것을, 도은은 엄마를 통해 실감하고 절실히 확인하는 중이었다.

커피를 갖고 제 방에 들어온 도은은 핸드폰을 다시 들어 통화 버튼을 터치했다.

"만나고 싶어요."

통화음이 떨어지자마자 도은은 말했다.

[지금?]

중락의 목소리다.

"늦었죠?"

[천만에요.]

얼마 후 도은은 중락의 차 안에 있었다. 거의 꾸미지도 않고 나온 모습이었다.

"밤늦게 나간다고 부모님이 뭐라 안 그래요?"

아파트 103동 앞에서 도은을 태운 중락이 다시 천천히 차를 움직이며 물었다.

"누구 만나는지 아시는데요, 뭐. 오히려 이런 모습으로 나간다고 혼났어요."

"예쁜데 왜요?"

"그럼 맨날 이러고 나와요?"

"아무래도 좋습니다."

도은의 이어지는 말이 없어 중락이 힐끔 보니 그녀의 입술 끝에 혀가 삐죽 나와 있었다. 중락은 저도 모르게 나오는 웃음을 참느라 살짝 가슴을 들썩였을 정도였다. 그런 중락을 또 도은은 의아한 눈으로 곁눈질한다. 잠시 후, 중락의 차는 근린공원의 공터에 멈춰 섰다.

"그날……, 이틀 전에요. 놀라셨죠?"

차 안에서 도은은 어렵게 입을 열었다. 눈을 아래에 두고 제 손만 보면서였다.

"설명…… 드려야 해요?"

"설명하기 싫으면 하지 말아요."

"네."

도은은 정말 그것에 대해 언급도 하기 싫은 모양이었다.

"근데…… 괜찮으시겠어요?"

"뭐가 말입니까?"

"병자…… 같잖아요…….”

"병이라면 치료 받으면 됩니다. 원한다면요. 원치 않으면 그만두고요. 난 상관없어요."

도은은 고개를 들어, 이미 그녀를 향해 있는 중락의 눈을 마주했다. 그러면서 그녀는 천천히 고개부터 끄덕여 보였다.

"네에. 제가 주……, 중락 씨 시간에 맞출게요."

중락은 제 시간이 충분치 못하다 했었다. 도은의 말은 바로 충분치 못한 그의 시간에 맞춘다는 의미였으니 그가 하자는 대로 하겠다는 의미이기도 했다. 중락은 대답 대신 손을 들어 도은의 얼굴을 향했다. 정확히 그녀의 뺨에 손을 가져갔다. 도은의 수줍은 눈은 다시 아래를 향한다. 그 수줍은 눈매 옆으로 광대뼈 부근이 살짝 빨갛게 변하는 것도 중락의 눈에 들어왔다. 그래서일까, 도은의 뺨을 쥐고 있는 중락의 손도 덩달아 달아올라 그 열기가 그녀에게서 온 것인지, 중락 자신에게서 온 것인지 그도 구분하기 힘들었다. 키스를 해도 자연스러울 분위기였다. 중락이 하려 했다면 그녀도 허락했을 분위기였다. 그런데 어쩐 일인지 그는 천천히 제 손을 거두어들였다.

자정 가까운 시간, 중락의 검은색 승용차가 들어서 곳은 높은 담벼락에 둘러싸인 개인 주택이었다. 개인 주택이라고는 하나 입구에 따로 경비실과 경비가 있는 주택으로, 한 건설사에 의해 지어진 비슷한 규모의, 그러나 저마다 특색 있는 모양으로 지어진 몇 가구들의 주택들 중 하나로, 당연히 중락의 회사에서 만든 것이었다.

중락이 들어간 주택의 외관은 적당한 규모의, 그러나 한국의 산수화 같은 정원을 끼고 돌과 나무의 자연적인 소재와 색을 그대로 담은 매우 친환경적 분위기의 그것이었다. 전체적으로 아주 호화롭다고는 말할 수 없었지만 대단히 특색 있고 아름다운 집인 것만은 분명했다. 중락이 안으로 들어서니 집 안을 관리하는 아줌마로 보이는 40대의 여자가 먼저 그를 맞았다. 1층은 중앙의 작은 홀을 중심으로, 오른쪽에 따로 룸은 아니었지만 장식적인 벽으로 구분된 리빙 룸이, 홀의 중앙을 가로지르면 주방이 있었고, 왼쪽에는 벽을 따라 2층으로 오르는 나선형의 계단이 있었다.

"사모님 지금 주방에 계세요."

아줌마가 말했다.

"이 시간에요?"

"주무시다가 깨셨대요. 꿈자리가 뒤숭숭하셨다고."

중락이 주방으로 미처 걸음을 떼기도 전에, 그쪽으로부터 반백의 노부인이 손에 물 컵을 든 모습으로 천천히 걸어 나오고 있었다. 마르고 왜소한 체격의 노부인이었지만, 그럼에도 눈빛만큼은 매우 또렷해, 거기서 내면의 강인함을 엿볼 수 있는 인상이었다.

"어째 그렇게 맨날 늦어?"

중락의 어머니로 보이는 노부인은 나무라듯 했다.

"특별히 편찮으신 데 있으세요?"

"이 나이면 허구한 날 편찮지. 특히 자네 때문에 편찮아. 나랑 말 좀 해."

"지금요?"

"잠 다 달아났어."

노부인은 리빙 룸으로 향했다. 아줌마가 '차를 내올까요?' 하니 돌아보지도 않고 '됐어' 한다. 중락은 노부인이 앉은 소파의 맞은편으로 가서 앉았다.

"수상해."

노부인은 아들을 보며 대뜸 말했다.

"일 때문이 아니지? 나도 듣는 귀 있어. 어디 실토해 봐. 결혼할 여자야?"

"네."

"그 좋은 일을 왜 쉬쉬해?"

"얼마 안 됐습니다."

"암튼 듣던 중 반가운 소리구먼. 이만하게 살면 됐다 싶구만 자꾸 일만 벌여 내, 손자는 고사하고 며느리도 못 보고 죽나 했네."

"5월 중에 결혼할 생각입니다."

"내일이라도 해. 근데 얼굴은 한 번 봐야지. 언제 데려올래?"

"허락해 주시면 데려오겠습니다."

"뭐?"

노부인은 미간을 좁혔다.

"그게 무슨 소리야? 화류계 계집이냐?"

"아닙니다."

"근데 왜?"

"민중기의 딸입니다."

순간 노부인의 안색은, 사람의 얼굴이 한순간에 그리 변할 수도 있나 싶게, 마치 딴 사람의 얼굴인 양 변해 버렸다.

"제정신이야……?"

잠시의 사이를 두고 나온 노부인의 목소리는 노기로 떨리기까지 했다.

"그렇게 됐습니다."

노부인은 다시 입을 벌렸지만 뭐라 말이 나오지 않는지 헛웃음인 듯, 한숨인 듯 이상한 소리만을 몇 번 뱉어냈다. 그러나 중락은 내내 무표정했다.

"우연이 아니구나?"

얼마 후 노부인이 다시 입을 열어 그렇게 물었을 때 중락은 긍정도 부정도 하지 않았다.

"속셈이 뭐야?"

이어서 묻는 노부인의 어조는 이제 냉정할 정도의 평정을 찾은 그것으로 돌아와 있었다.

"곁에 두고 말려 죽이려고?"

3
말려
죽이다

중락은 문을 열고 들어와 불을 켰다. 환한 불도 아니고 은은한 조명이 들어와 안을 밝힌 그곳은 침실이었다. 침실은 장식과도 같은 가벽으로 두 공간으로 나눠져, 마치 응접실과도 같은 분위기를 내는 곳과 침대만 있는 곳으로 구분되었다. 침대가 있는 곳은 전체적으로 화이트 컬러에 맞춰져, 벽의 한 면을 모두 드리운 커튼 역시 흰색이었다. 흰색의 침대 아래로, 마치 눈이 온 것처럼 포근하고 푹신해 보이는 거대한 러그 역시 눈부신 흰색이었으며, 그것이 검은색의 마룻바닥과 선명한 대조를 이루었다. 침대 발치에 있는 장식용 의자만이 짙은 와인색으로 포인트 컬러의 역할을 하고 있었다.

중락은 재킷만 벗어 소파에 던져놓고는 그대로 걸어가 침대에 털썩, 쓰러지듯 몸을 뉘였다. '말려 죽이려고 하느냐'는 어머니의 말이 귓가를 맴돌았다. 어머니가 그렇게 묻는 것도 무리는 아니라 생각했지만 역시나 그는 대답을 하지 못했다.

십 몇 년 전, 도은의 친부 민중기로 인해 중락의 집은 완전한 파산에 이르렀었다. 건설 중장비 쪽에서 민중기와 중락의 아버지가 동업을 하던 중, 명의이전과 보증에 관련해 민중기가 사기를 치는 바람에 중락의 아버지는 졸지에 빚더미 위에 올라앉게 된 것이었다. 그 화병에 피를 토하고 쓰러진 중락의 아버지는 결국 죽고, 중락과 그의 어머니는 거리에 나앉게 된 상황으로 내몰렸었다.

당시 겨우 스무 살이던 중락은 민중기에게 그것을 되갚아주려 이를 악물었지만 민중기 역시 건설 현장에서의 사고로, 중락의 부친이 사망한 지 불과 3년 만에 죽고 말았다. 그것은 곧 중락에게 복수할 대상이 없어져 버렸음을 의미하기도 했다. 천천히 말려 죽이려 했건만 그렇게 허무하게 사라지다니!

벌떡, 갑자기 중락은 몸을 일으켜 바지 주머니에서 핸드폰을 꺼냈다. 그의 손에 쥔 핸드폰의 액정에는 곧 도은의 모습이 떠올랐다. 며칠 전 그녀의 대학, 기숙사 앞에서 찍은 사진이었다. 그 사진은 잠시 후 단발머리의 도은으로 바뀐다. 두 사진의 시간 차는 4년이었지만 머리 길이만 뺀다면, 중락의 눈에 도은은 달라진 점이 전혀 없었다. 심지어는 4년 전에서 다시 10년을 거슬러 올라간, 당시 열 살의 도은의 모습까지도 그대로, 선명히 남아 있었다. 중락이 스무 살이었을 당시, 열 살의 소녀였던 도은을, 그 만남을 그는 결코 잊을 수 없었다. 그 기억 속에 소녀의 인상이 어찌나 강렬했던지, 그로부터 10년 만에 스무 살의 도은을 우연히 봤을 때 그는 그 소녀를, 그녀를 단박에 알아봤을 정도였다.

"말려 죽인다……?"

중락은, 어머니가 했던 말을 되뇌었다. 사실 그렇게 죽이고 싶었던 사람은 도은의 생부, 민중기였다. 그러니 이제 그는 스스로에게 물어야 했다. 정말 물어보고 싶었다. 민중기 대신 그의 딸을 '말려 죽이려' 하는가.

다음 날 오후, 도은이 사는 아파트 단지의 103동 앞으로 흰색 승용차가 와서 섰다. 차는 움직이지 않고 그대로 있는 것이 누군가를 기다리는 듯했고, 마침 103동 입구로부터 모습을 보인 도은이 곧장 흰색 승용차로 가 조수석에 올라탔다.

"왜?"

차에 탄 도은이 제 옆의 유찬에게 물었다. 유찬은 대꾸도 없이 차를 출발시켜, 주변 몇 개의 아파트 단지를 끼고 형성돼 있는 근린공원의 한편에 가 세웠다.

"나 지금 차중락 회사에 가는 길이야. 가는 길에 들렀어."

사이드 브레이크를 잡자마자 유찬은 말했다.

"아버지 대신 계약하러 가는 거야."

그렇게 말하며 도은을 보는 유찬의 얼굴은 화가 난 그것이었다. 도은은 또, 그가 무슨 말을 하려는지 아는 얼굴이었다.

"네가 아버지한테 그 하도급 계약하라 했다며?"

"응. 나 땜에 거절할 필요는 없는 것 같아서?"

"왜 없어? 그 일, 너 땜에 들어온 일이란 생각은 안 해봤니?"

"그러니까 더욱. 어차피 결혼할 거니까."

"너……."

그러나 유찬은 말을 잇지 못한 채 도은을 외면하고는 잠시 숨을 골랐다. 도은은 어젯밤 중락과 헤어져 늦게 들어와, 잠든 부모를 일부러 깨우기까지 해서 '차 대표의 일을 아버지가 좀 도와달라'는 부탁의 말로, 중락의 회사와 하도급 계약을 체결하라는 그녀의 뜻을 에둘러 전했다. 그것은 바로 도은이 중락과의 미래를 결정했다는 간접 표현이기도 했다.

"빠를수록 좋잖아."

유찬의 측면 얼굴을 보며 도은은 조용한 목소리로 말했다.

"오빠도 한집에서 내 얼굴 계속 보는 거 괴로울 테니. 나만 그래? 오빠 안 그래?"

"내가 집을 나가마."

유찬이 도은에게 고개를 돌리며 말했다.

"네가 괜찮다고 할 때까지 나가 있을게."

"어디로? 내가 쫓아갈 수 없는 곳으로? 거기가 어딘데? 지옥?"

"지옥이라도 원하면 갈 테니 마음 돌릴래?"

유찬은 다소 언성을 높였다.

"이건 아니야. 이런 식은 아니야. 이건 널 버리는 거야."

"응. 버리는 거야. 오빠가 아니면 누가 됐든 난 날 버리는 거야. 어차피 오빠랑 안 되는 거면 아무나 상관없다구."

유찬은 다시 동생을 외면하며 '미치겠다', 혼잣말처럼 내뱉은 후 운전대를 꽉 쥐어 잡았다.

"그럼 우리…… 원점으로 돌아갈까? 오빠."

그런 유찬을 보며 도은은 조용한 어조로 물었다.

"우리 둘만의 사랑을 키웠던 그 시간으로 돌아가…… 다시 생각해 볼래? 그럼 결론이 바뀔 수 있을까? 대답해 봐……."

도은은 손을 들어 유찬의 팔에 댔다.

"바뀔 수 있는 거야? 그럼 당장에라도 차 대표랑 헤어질게."

유찬은, 그러나 대답도, 도은을 돌아보지도 않았다. 도은은 유찬의 팔을 잡았던 손을 떼어 주먹을 쥐고는 그 주먹으로 그를 툭 때렸다. 유찬은 반응하지 않았다. 도은이 차에서 내릴 때도 꼼짝 않고 그대로 있었다. 도은이 어찌 알까, 그가 '이제 오누이로만 남자' 했을 때는 그 자신의 위험한 본능을 더 이상 억제하기 힘들어서였다는 것을 말이다. 그녀를 품에 안고, 그녀의 입술을 훔칠 때라도 그의 머리 한편에서 그를 지탱하며 버티던 실낱같은 이성이 언제 끊어져 버릴지, 끊어지고 난 후의 그 엄청난 결과를 어찌 받아들일지 다시금 생각해도 유찬의 대답과 결론은 바뀌지 않았다. 바뀔 수 없었다. 그는 거칠게 사이드 브레이크를 풀고 시동을 걸었다.

유찬은 다시 '차 기획 건설 컴퍼니'의 대표실에서 중락과 만났다. 중락은 서류봉투를 들고 일어나 유찬에게 회의용 테이블을 가리키며 앉으라 했다.

"표준이라 특별한 것은 없지만 확인해요."

아마도 계약서가 들었을 서류봉투를 내밀며 중락은 말했다. 유찬이 받아 계약서를 꺼내는 사이 중락은 맞은편에 앉고, 잠시 후에 여직원이 커피를 들고 들어와 테이블 위에 놓고 나갔다.

"한 가지 여쭤봐도 될까요?"

계약서를 읽는 듯 그것에 내내 눈을 두고 있던 유찬이 여전한 모습으로 입을 열어, 그 모습만으로는 계약 내용에 대해 물어보려는 것 같았다.

"도은이와……."

다시 그렇게 말한 유찬은 고개를 들어 중락을 향했다.

"결혼하실 생각인가요?"

"네."

중락은 당연하다는 듯 대답했다.

"외람되지만 이유를 여쭤봐도 되겠습니까? 도은이와 결혼하려는 이유 말입니다."

"좋은 아내가 될 것 같아서요."

이번에도 중락은 대수롭지 않게 대답했다.

"도은이 말고도, 아니 도은이보다 더 좋은 조건의 아내가 될 여자 분은 많지 않나요? 차 대표님 정도 되시면요."

"그걸 정하는 것은 납니다. 세상의 기준이 아니라 내 기준으로."

"네. 그렇다 해도 선뜻 이해가 안 가서요. 물론 첫눈에 반하는 일도 없잖아 있기도 합니다만……. 보통의 경우를 두고 보면 너무 서두는 것 같은 느낌이 드는데요?"

"강 실장의 화법, 나하고는 맞지 않군요. 그냥 직설적으로 말해요. 내가 동생과 결혼하는 게 못마땅한가요?"

"걱정을 한다는 쪽이 맞을 겁니다. 이런 표현 무례한 줄 알지만……. 혹시 삶의 필수품처럼 아내를 구하시는 거라면 그런 차 대표님께 도은이는 맞지 않다, 그러니 더 조건이 좋은 여자를 만나시라, 감히 말씀드립니다. 이 결혼, 아니, 꼭 차 대표님과의 결혼이 아니더라도 그것은 도은이에게는 일생이 걸린 문젭니다. 보통의 여자들이 그런 것 이상으로요."

"충고 감사히 받겠습니다. 오빠로서 동생을 걱정하는 점도 충분히 이해합니다. 깊이 명심하도록 하지요."

중락의 대답이 너무도 모범 답안 같아서일까, 유찬은 안심이 되기보다는 오히려 약간의 불신을 품은 눈길로 중락을 바라봤다. 중락의 뜻은 분명했다. 그 '모범 답안'으로 결혼에 대한 더 이상의 언급을 차단하려는 것이었고 유찬도 그것을 모르지 않았다.

결국 유찬은 하도급 계약서만 들고 그곳을 나올 수밖에 없었다. 솔직한 심정으로 그는 차중락에 대해 그리 흔쾌한 마음이 들지 않았다. 굳이 핑계를 대자면 자수성가한 청년 재벌로 뜨고 있는 중락이, 현실적인 계산으로 세상의 기준에 훨씬 못 미치는 상대인 도은과 결혼하려고 하는, 그의 속내가 미심쩍다는 데에 있었지만 그것은 합리적인 이유가 되지 못함을 또한 스스로 잘 알았다. 두 사람의 결혼을 반대하자면 보다 구체적인 명분이 필요했으나 유찬이 알아본 바에 의하면 —그 계통에 인적 관계가 더 풍부한, 그의 아버지인 강 사장도 함께 알아보았음에도— 중락에게서 치명적인 결함이라 할 만한 것은 발견되지 않았다.

사업 능력에 관한 업계의 평판은 말할 것도 없고, 그 흔한 여자 관련 스캔들은커녕 술 먹고 어쨌다더라 하는 막연히 떠도는 풍문조차도 없었다. 도리어 그의 '성공 신화'를 뒷받침할 만한, '건설 현장에서 먹고 자고 했다더라'에서부터 '불도저 같은 추진력의 사나이'라거나 '불황의 건설 시장에 새로운 패러다임을 제시했다'는 등의 소문들만 무성할 뿐이었다. 억지로라도 흠을 잡자면 한 번 찍은 것은, 그것이 무엇이든 간에 끝장을 본다 하여, '독사 같다'는 평판 정도가 다인데 그것도 뒤집어 해석하면 무한생존경쟁의 현장에서 그만큼 독했기에 성공할 수 있었으니 따지고 보면 흠이랄 것도 없었다.

중락의 빌딩을 나와 차를 달리던 유찬은 사뭇 괴로운 듯 미간을 일그러뜨렸다. 이제는 인정하지 않을 도리가 없지 않은가, 중락에 대한 자신의 막연한 불안과 불만의 진짜 이유는 다른 것에 있다는 것을 말이다. 차중락이라서 마음에 들지 않은 것이 아니다.

"사랑하는 남자 만들어서 결혼하라고? 집어치워. 강유찬. 그것도 네 본심은 아니잖아."

혼잣말로 내뱉은 유찬은 운전대를 꽉 쥐었다. 아무리 외면해도 제 본심은 따로 있었다. 도은을 보내고 싶지 않은 것이다. 상대가 차중락이든 누구든, 그녀가 다른 사내의 품에 안겨 있다는 상상만 해도 구토가 올라올 지경이었다. 아니, 그 상상은 의식적으로라도 하지 않았다. 그런데도 유찬의 속은 새까맣게 타들어가고 있었다.

　유찬과 헤어져 집에 돌아와 있던 도은은, 창밖으로 해가 천천히 지고 있을 무렵 중락의 전화를 받았다. 같이 저녁을 먹자는 것이었다. 유찬의 생각으로 머리가 꽉 차 우울해 있던 도은은 나가고 싶지 않았지만 거절하지도 못해 할 수 없이 그가 데리러 오는 시간에 맞춰 준비를 했다. 딸의 속도 모르는 엄마는, 도은이 중락을 만나러 가는 것을 알고 이 옷 입어라, 저 옷 입어라, 저 혼자 즐거운 간섭을 해댔다.

　"어디 아파요?"

　도은의 얼굴을 본 중락이 물었다. 도은의 아파트 103동 앞에 차를 세워두고 그녀를 맞은 후였다.

　"어제도 봤는데……."

　도은은 고개를 흔들고 나서 그렇게 말끝을 흐렸다.

　"밤에, 그것도 잠깐 봤잖아요. 귀찮아요?"

　"그게 아니라 바쁘신데……."

　"결혼 후에는 내가 얼마나 바쁜지 충분히 실감나게 해줄 수 있습니다."

　중락은 그렇게 말하며 조수석의 문을 열어 도은을 태웠다.

도은은 그가 결혼 전까지 그녀에게 최선을 다하려 하나 보다 생각했지만 지금은 그것이 별로 고맙지 않았다. 그냥 집에 혼자 있다가 결혼식 날이나 돼서 나갔으면 하는 것이 지금 그녀의 심정이었으니 말이다.

"밥 먹고 뭐 해요?"

국수를 젓가락에 말며 도은은 물었다. 저녁을 간단하게 먹기로 하고 베트남 전문식당에 들어와서였다.

"뭐 하고 싶어요?"

"영화 봐요."

데이트하는 남녀들이 영화를 보는 일은 흔했고, 두 사람 역시 이미 한 번의 경험도 있었지만 도은의 말소리를 듣는, 정확히는 그녀의 표정과 손짓을 보는 것을 은근히 즐기는 중락에게 영화 관람은 그리 썩 달가운 것만은 아니었다. 반면, 도은은 중락에 대한 감정과는 별개로, 그와의 만남이 유찬과의 이별에 도피수단이 되고 만 현실에 대한 미묘한 가책 때문에라도, 영화를 보는 잠시 동안만큼은 제 곁에 있는 중락을 잊고, 또 현실을 잊고 싶은 마음에 영화를 택했었고, 거기에 더해 지금은 그를 마주하고 앉아 대화를 나눌 기분도 아니라 더욱 그러했다.

두 사람은 식사 후, 그곳에서 가장 가까운 영화관을 찾아 들어갔다. 마침 상영 중인 영화 중에 로맨틱 코미디가 있어 도은은 생각할 것도 없이 그것을 선택했다. 도은이 보는 영화는 정해져 있었는데 로맨스거나 가벼운 코미디물이거나, 그것도 아니면 잔잔한 내용의 애니메이션이 다였다.

영화가 시작되었다. 영화를 보며 도은은 자주 웃음을 터뜨렸는데, 때로는 사람들이 전혀 웃지 않은 데에서도 그녀는 저 혼자 깔깔댔다. 도은이 웃을 때마다 또한 어김없이 중락의 눈길은 그녀를 향했다. 물론 도은이 중락 앞에서도 웃지 않는 것은 아니었지만 대체로 수줍은 듯 웃는 그것이거나 활짝 웃을 때라도 소리는 거의 내지 않아, 지금처럼 까르륵대는 것을 보는 것은 처음이었다. 4년 전 재회 —열 살의 도은을 본 후로의 재회— 이후로도 가끔 그녀의 대학교로 가 그녀를 찾아, 그중 두어 번은 그녀를 보는 데에 성공도 했지만 그때도 지금처럼 깔깔거리는 모습을 본 적은 없었다. 하물며 14년 전이야 말해 무엇하겠는가.

그의 뇌리에 각인처럼 새겨진 열 살의 소녀, 도은에게서 지금의 도은을 연상하기란 쉽지 않았다. 열 살이 스무 살이 되는 10년의 세월을 단숨에 뛰어넘어 그녀를 알아봤음에도 지금 중락이 느끼는 이 괴리는 또 어디서 오는 것일까 하는 순간, 영화의 한 장면이 그의 눈에 들어왔다.

사방이 고요한 가운데 둔탁한 소리, 그리고 욕지거리도 함께 들려왔다. 상영 시간의 중반을 넘어가는 영화는 어두운 거리에서, 술에 취한 남자가 여자의 뺨을 후려친 후 다시 그 여자의 멱살을 잡는 것으로 이어지고 있었다. 중락의 눈은 재빨리 도은을 향했다. 그녀는 이미 스크린에서 눈을 떼고 어쩔 줄을 몰라 했다. 로맨틱 코미디 장르의 영화에 폭행 장면이 오래 나올 리도 없어, 스크린은 이미 다른 내용으로 바뀐 후였음에도 도은은 여전히 고개를 외면한 채로 제 무릎 위에 있는 손을 파르르 떨기까지 했다. 중락은 도은의 어깨를 잡아 일으켰다. 그러나 도은은 다리에 힘을 잃은 사람처럼 축 늘어져, 그는 그녀를 두 팔에 번쩍 안아 들고서 상영관의 계단을 성큼성큼 내려갔다.

도은을 안고 상영관을 나온 중락은 대기실을 지나 주차장으로 향하는 동안, 그 길목에서 만난 모든 사람들의 눈길을 달고서 자신의 차로 향했다. 그는 별로 서두르지는 않았지만 지체할 것도 없이 도은을 차에 태우고 자신도 이어서 그녀의 옆으로 올라탔다. 그는 차를 바로 출발시키지 않고, 먼저 가만히 그녀를 지켜보기만 했다. 도은은 이미 떨고 있지 않았으나 고개를 푹 숙인 채 아무 말도 하지 않았을 뿐더러 말을 시켜도 대답하지 않을 양 제 두 손을 포개 주먹을 꼭 쥐고 있었다. 아마도 창피했거나 그 이상의 복잡한 심정을 추스르지 못해 그러리라 짐작되었다.

"집에 갈래요?"

중락은 그렇게만 물었다. 도은은 고개를 끄덕였다.

도은의 아파트, 103동 앞에 차를 세운 중락은 도은을, 그녀가 사는 현관 앞까지 에스코트해주려 했으나 한사코 사양한 그녀 혼자 103동 안으로 들어가는 모습을, 그는 그저 지켜봐야만 했다. 뒤도 돌아보지 않고 허둥대며 들어가는 그녀의 뒷모습은 심히 안쓰러울 정도였다. 중락은 다시 차에 올라 핸드폰을 꺼냈다.

"차중락입니다. 퇴근 전이시면 잠시 뵈었으면 하는데요."

핸드폰에 대고 그는 그렇게 말했다.

얼마의 시간이 흐른 후, 도은의 아파트에서 차로 10분 거리에 있는 번화한 시내에 있는 한 빌딩의 지상주차장으로부터 중락이 걸어 나왔다. 그는 곧장 빌딩 내에 있는 커피전문점으로 들어갔다.

"여기……."

자리에서 엉덩이를 살짝 들썩여 보인 사람은 도은의 계부, 강 사장이었다. 중락은 다가와 깍듯하게 인사를 했다.

"마침 거래처 손님들이 와서 막 회식을 마치던 중이었거든요."

강 사장은 반갑게 입을 열었다.

"참, 뭐 마실래요?"

"제가 주문하겠습니다."

잠시 후 중락은 커피 두 잔을 가져와 강 사장의 맞은편에 앉았다.

"회사에서 오는 겁니까?"

커피를 한 모금 마신 강 사장이 물었다.

"아뇨. 도은 씨 바래다주고 오는 길입니다."

"아, 데이트했군요? 그런데 왜 이렇게 일찍 헤어졌어요? 이제 9시 넘었는데……."

"말씀 놓으십시오."

"아, 뭐……, 천천히. 아직 결혼도 안 했잖소?"

껄껄 웃던 강 사장은 이어 용건을 물었고, 중락은 며칠 전과 오늘 영화관에서 있었던 도은의 예민한 반응과 상태에 대해 가감 없이, 그러나 차분히 설명을 했다. 그러자 강 사장은 어두운 얼굴로 먼저 곤혹스러운 신음을 흘렸다.

"병은 아니고……."

강 사장은 입 안이 마른 사람처럼 커피를 몇 모금 쉬지 않고 들이켠 후 말했다.

"병을 숨기거나 그런 건 없어요. 차 대표 마음에 걸리는 건 이해를 하지만……."

"오해하신 것 같은데 그걸 걱정하는 게 아닙니다. 다만 이유를 알고 싶을 뿐입니다."

"그게요……, 도은이, 제 엄마……, 아니지, 엄밀히 말함 제 생부 탓이지……."

강 사장은 말끝에 한숨을 실었다.

"민중기 사장이라고…… 한때 중장비 쪽에 있었다 합디다. 도은이 엄마가 그 민 사장하고 살 때 하루가 멀다 하고 맞고 살았대요. 약간 의처증인가, 그런 게 있었던 모양인데 두들겨 패고 사과하고, 두들겨 패고 또 싹싹 빌고, 뭐 그랬다나 봐요. 그걸 고스란히 도은이가 다 보며 큰 거죠. 심지어는…… 이런 말, 좀 그렇긴 한데 죽을 만큼 때려놓고 또 뭐냐, 성폭행까지요, 제 딸 앞에서까지 그런 모양입디다. 그게 뉴스에만 나오고 그런 얘기가 아니더라구……."

중락은 묵묵히 듣고만 있었다.

"도은이 엄마가 도은이 데리고 여러 번 도망도 다녀봤지만 결국 잡혀 와서는 더 두들겨 맞고……. 한 번은 가정폭력 당하는 여자들이 모여 있는, 그런 데로 도망을 치니 거기까지 쫓아왔더래요. 근데 거기 직원들이 도은이 엄마 못 데려가게 하니까 도은이만 달랑 데려가더라네. 애만 데려가니 도은이 엄마는 또 얼마나 불안할 거야? 결국 맞아죽을지 알면서도 제 발로 들어간 거죠. 가서 보니 도은이도 제 아빠한테 맞아서 팔이 부러져 있더라나……. 그 후론 다시 도망도 못 갔다네요. 에이……."

강 사장은 제 입으로 말하고도 소름이 끼친다는 듯 고개를 절레절레 흔들었다.

"듣기로는 민중기, 그 사람, 밖에서는 그렇게 사교성도 좋고 그랬다더만……. 그래놓고 사기도 쳤다 하기는 합디다. 정신병자 아닌가 몰라……."

이후 계속된 강 사장 말에 의하면 자신이 도은의 엄마를 알게 된 것은 민중기 사후 2년이 지난 때였는데 그렇게 만나서 재혼하기까지, 또 그 후로도 꽤 오랫동안 두 모녀는 민중기의 악몽에서 벗어나지 못했었다고 했다.

"그래도 시간만큼 좋은 약은 없다고, 도은이나 도은이 엄마나 차츰 차츰 좋아집디다. 이젠 거의 벗어났다고 난 봐요."

강 사장이 말은 안 했지만 그렇게 되기까지 강 사장과 유천의 무던한 노력도 크게 한몫을 했을 것이다.

"다만 성인인 도은 엄마와는 다르게 도은인 워낙 애기 때 그런 험한 일을 겪었잖아요. 그래서 아마도 무의식에는 미처 다 아물지 못한 상흔들도 있으려니…… 해요. 그 낯인지 녀석이 대학에 들어가서도 남자 한 번을 못 사귀어봤다니까요. 제 엄마가 남자들 좀 사귀어라, 사귀어봐라, 해도 통 마음이 없는지……. 도은이 친구들 말 들어보면 도은이한테 반해서 쫓아다닌 놈들도 꽤 여럿 됐다던데. 허허."

중락은 여전히 아무 말도 없이, 강 사장의 이야기가 거의 끝날 즈음에야 고개만 두어 번 끄덕여 보였을 뿐이다. 그도 막연히 추측했던 것이 있어, 그것과 강 사장의 설명이 크게 다르지 않다 여겼다. 물론 그 구체적인 내용은 상상 이상으로 참담했지만 덕분에 답을 —스스로에게 물었던 것, '민중기 대신 그의 딸을 말려 죽여야 하는가'에 대한 답을— 쉽게 찾은 느낌도 들었다. 그는 그 답을 찾아 14년 전을 더듬고 있었다.

14년 전, 스무 살의 중락과 열 살 도은의 만남은 어찌 보면 참으로 기묘했다. 당시 아버지의 죽음에 분노한 중락은 민중기가 있는 건설 현장에 와 있었다. 민중기를 만나러 왔던 그는, 그러나 그를 상대로 제대로 된 항의도 못 해본 채 오히려 그 일행으로부터 폭행을 당하고 트레일러의 창고 같은 곳에 갇히게 되었다. 40와트 정도의 등이 켜져 있어 아주 어둡지는 않았던 그곳 바닥에, 중락은 아무렇게나 내던져진 모습으로 꽤 오랫동안을 꼼짝도 않고 있었다.

중락이 눈을 뜬 것은 어떤 소리를 듣고 나서였다. 사방으로 온갖 자재들이 있다는 것을 의식할 수는 있었지만 소리를 낼 만한 것은 짐작도 할 수 없던 터라 처음에는 잘못 들었나 싶어, 그는 여전히 움직이지 않고 있었다. 온몸이 욱신욱신해, 사실은 쉽게 몸을 움직일 수도 없었다. 그러던 중 다시 소리가 났는데 그것이 매우 기이한 소리여서 중락은 신경을 곤두세우지 않을 수 없었다. 그것은 뭐라 딱히 꼬집을 수도 없는 소리였다. 분명한 것은 그 창고 안에 중락 외에도 살아 있는 무엇인가가,

숨을 쉬는 생명체가, 그것도 아주 가까운 곳에 있다는 것이었다. 소리에 이어진, 더욱 정체를 알 수 없는 비릿한 냄새까지 서서히 풍겨오고 있어, 중락은 결국 그것을 확인하기 위해 이를 악물고 천천히 몸을 움직였다. 먼저 어깨를 세우고, 바닥에 팔꿈치를 댄 상체를 의지하고는 고개를 들어 앞을 향했다.

소리와 냄새를 피운 생명체의 정체는 중락의 시야에서 불과 3미터도 안 되는 거리에 있었다. 여자아이였다. 베이지색 바지에 얇은 스웨터를 입은 여자아이는 제 뒤에 있는 자재에 등을 꼭 붙이고는, 양 무릎 역시 틈도 없이 붙인 채로 서서 벌벌 떨고 있었다. 그렇게 떨면서도 이상하게 숨을 쉬지 않은 것처럼 가슴도 들썩이지 않고 입술마저 꼭 다물고 있는 것이, 아이는 흡사 쥐죽은 듯 조용히 있으려 했다가 들킨 것 같은 모양새였다. 머리는 양 갈래로 묶었지만 마치 직전에 누군가에 의해 머리끄덩이를 잡힌 것이 아닐까 싶은 흐트러진 모양을 하고, 두려움에 가득한 눈빛을 중락의 눈과 마주하고 있었다.

아이의 창백하고 야윈 얼굴은 40와트의 전등 아래에서 더욱 하얗게 빛이 나, 살아 있는 생명체이기보다는 차라리 인형이나 혹은 유령에 더 가까워 보였다. 더구나 금방 울음을 터뜨려도 이상하지 않을 얼굴로 눈물 한 방울 내보이고 있지 않아 더욱 그러했다. 중락의 눈길은 이내 아이의 베이지색 바지를 향했다. 바지는 가랑이 주변으로 짙은 색으로 변해 있어, 그것이 냄새의 주범임을 쉽게 알 수 있게 했다. 아이의 발아래도 물론 젖어 있었다. 두려움에 그런 것인지, 창고 안에 오래 갇혀 있어 화장실을 못 간 탓인지는 알 수 없었다.

"넌 누구니?"

중락이 물었다. 아이는 대답 대신 눈만 몇 번 깜박였다.

"이름이 뭐야?"
"도……, 도은."
"도은?"

순간 창고의 문이 열렸다. 모습을 드러낸 사람은 민중기였다. 그는 들어와 도은의 팔목을 거칠게 잡아채 끌고는 창고에서 사라졌다.

"도은……."

차를 운전해 집으로 향하는 중에 중락은 입속으로 뇌까리듯 불러보았다. 그런 그의 얼굴은 밝아 보였다. 14년 전 도은과, 4년 전 도은, 그리고 지금의 도은을 죽 연결하면서, 그는 그 연결마다에 존재하는 우연과 필연을 되짚었다. 14년 전, 열 살의

어린 소녀 도은과 4년 전, 스무 살의 도은은 우연이었다. 이제
와 생각해 보니 그것은 어쩌면 또한 운명이었다고, 그렇기에 지
금의 도은을 만난 것을, 즉 의도적으로 그녀를 맞선 장소로 끌
어들인 제 노력까지를 그는 필연으로 보았다. 그러나 그 과정에
서, 도은이 민중기의 딸이라는 점은 그녀를 향한 우연과 필연,
어쩌면 운명이라 통칭할 수 있는 그것에 무거운 짐을 지우게 했
으니, 그것은 아마도 죄책감이었을 것이다. 다름 아닌 아버지
를 죽음에 이르게 한 민중기의 딸에게 마음이 끌린 것에 대한
죄책감이었다. 때문에 도은에게 마음이 흔들릴 때마다 중락은
그런 제 마음의 정체가 사실은 그녀를, 그녀의 아버지인 민중기
대신에 '말려 죽이려'는 것뿐이라고 은연중 스스로를 설득해 보
기도 했지만 종국에는 '마음이 끌리는 것'인지 '복수'인지, 둘
중 이도저도 아닌 채로, 분명하게 그것을 가르려 하기는커녕 오
히려 회피한 채로 지금에 이르게 된 것이다.

그런 그도 며칠 전, 결국은 그 회피와 정면으로 맞닥뜨리고
말았다. 어머니로부터 민중기의 딸을 곁에 두고 '말려 죽이려
하느냐'는 말을 듣고 나서였다. 더 이상은 피할 방법도 없이, 그
는 그것에 답을 내야 했다. 그리고 비로소 답을 얻었다. 아니,
사실 답은 처음부터 정해져 있었다. 다만 아버지를 향한 죄책
감이 그것을 가로막고 있었을 뿐으로, 그가 도은을 마음에 품
었다는 것은 부인할 수 없는, 엄연한 '현실'이었다. 중락은 이제

기분 좋은 미소마저 띠고 있었다.

※

　며칠 뒤 중락과 도은은 어느 고급 백화점의 명품 보석 매장 안으로 들어서고 있었다. 잔뜩 긴장한 도은이, 그녀의 어깨를 부드럽게 잡아서 이끈 중락에 의해 주춤주춤 끌려 들어가는 모양새였다.

　"괜찮은데……."

　도은은 중락의 눈치를 보며 중얼거렸다.

　"이미 예약했어요."

　중락의 말대로 매장의 매니저는 예약한 손님에게 으레 그렇 듯 두 사람을 반갑게 맞아, 먼저 안락한 소파로 안내 후 차 주 문을 받았다.

　"프러포즈도 정식으로 못 하고 약혼식도 건너뛰어야 하니, 최소한 반지 정도는 해야 내가 체면이 서지 않겠어요?"

　차 주문을 받은 매니저가 자리를 비운 사이로 중락이 도은 을 보며 말했다.

　"근데요……."

　도은은 수줍은 듯 입술 끝을 살짝 올렸다.

　"원래 이런 건 남자가 혼자 알아서 준비한 다음 '짠' 하고……

그러는 거 아닌가요?"

도은의 말에 중락은 마치 '아, 그런가' 하는 듯 입을 벌렸지만 미처 말은 내놓지 못한 채 눈만 멀뚱거렸다. 그의 그런 모습이 우스운지 도은은 '킥' 하는 소리를 낸다.

"난 도은 씨 취향도 모르는데?"

"그럼 이건 어떻게 했어요?"

도은은 제 목을 가리켰다. 그녀의 목에는 중락이 선물해, 그를 만날 때마다 늘 하고 나오는 하늘색 터키석의 펜던트가 달랑거렸다.

"그건 여직원에게 부탁해서……. 하지만 반지는 손가락 사이즈도 알아야 하잖습니까?"

중락은 다시 겨우 그렇게 변명했다.

"그것도 요령껏 알아내야 하는 거죠."

"그렇군요. 한 번도 안 해봐서……."

그러자 도은은 다시 '킥' 하며 손끝을 입에 댔다. 두 사람은 영화를 보러 갔던 날 이후 오늘 처음 보는 것은 아니었다. 그 사이에 한 번, 중락이 퇴근길에 도은의 아파트 앞으로 와서 그녀를 불러내 만난 적이 있었는데 비록 함께 커피를 나누어 마시는 동안의, 잠깐의 만남이었고, 또 특별한 말을 나눈 것도 아니었지만 두 사람 다에게 편안한 시간이었다.

도은은 무엇보다 영화관에서의 일로 중락이 아무것도 묻지 않고, 또 그것이 의식될 만한 어떤 눈치도 전혀 주지 않은 채 평소처럼, 아니 그 이상으로 그녀를 편하게 대해준 것에 무척 감사했다. 그것은 아마도 그녀가 그렇게 느낄 정도로 중락이 그녀를 배려했으리라 짐작되는 일이었지만 사실 그의 마음은 그 이상이었다. 답을 얻은 그는 보다 명쾌해졌다. 그의 눈에 비친 도은의 모습도, 그동안 안개가 가려진 상태의 그것에서 보다 선명히 다가와 있었다. 그는 이제 머뭇거릴 필요도, 이유도 없었다. 그런 중락의 마음가짐이 가져온 미세한 변화를, 조금만 세심히 주의를 기울여 보았다면 도은도 느낄 수 있었을 터였다. 그러나 마음을 다른 곳에 둔 여자의 눈에는 그것이 보이지 않았다.

잠시 후, 매니저가 커피를 든 여직원과 함께 다가왔을 때 매니저의 손에는 40센티 크기의 납작한 케이스가 들려 있었다. 매니저는 그것을 한쪽 테이블 위에 놓고 자못 조심스럽고 세련된 손길로 뚜껑을 열었다. 그러자 도은의 눈이 동그래지고 입도 벌어졌는데 비록 소리를 내지는 않았지만 분명한 감탄의 얼굴이었다. 케이스 안에는 다양한 모양의, 아름다운 다이아몬드 반지가 진열돼 있었다.

"먼저 마음에 드시는 걸 골라 보세요. 하드웨어는 모두 금이 아닌 플래티넘입니다."

매니저가 도은을 보며 친절하게 말했다. 도은은 중락을 힐끔 보고는, 어서 골라보라는 그의 눈짓을 받고서야 흥분된 얼굴로 잠시 반지들을 눈으로 고른 후 이윽고 하나를 가리켰다. 매니저는, 도은이 선택한 반지를 빼 그녀의 약지에 끼워주었다.

"손가락이 가느시네요."

도은의 약지에 약간 헐거워 보이는 반지는 5부 크기의 다이아몬드를 중심으로, 링 전체에도 깨알 같은 멜리 다이아몬드로 장식된 것이었다.

"예쁘군요."

도은의 손을 보며 중락이 말했다.

"제가 하나 골라 드릴까요?"

매니저는 2캐럿 크기의 다이아몬드 반지를 꺼냈다.

"약혼반지라면 좀 화려한 게 좋거든요. 요즘엔 웨딩 링을 커플링 개념으로 심플하게 하는 추세라서요."

그러나 이제 24살의 도은이 보기에 매니저가 추천한 반지는 부담스러웠건만 곁에 있는 중락은 또 '예쁘다' 한다. 그는 흡사 고장 난 녹음테이프처럼 도은이 끼는 반지마다 '예쁘다'고만 했다.

"그렇게 다 이쁘다고만 하니까 시간이 걸리잖아요."

어느새 식당으로 자리를 옮기고 난 후 도은은 마치 나무라듯 했다. 두 사람은 반지를 골라 사이즈를 예약한 후, 같은 백화점 내 한식당에서 식사를 하던 중이었다.

"내가 보기엔 좀 별론데 옆에서 이쁘다 그러면 '이걸로 해야 하나' 하고 또 고민하게 되거든요."

"다음부터는 입 다물고 있을게요."

중락은 애매한 표정으로 대꾸했다.

"그런 뜻은 아니구요. 암튼 결과는 제 맘에 드는 걸로 하기는 했지만……."

도은은 젓가락 끝을 입에 물고, 결국 고르기는 했으나 수 천만 원에 달했던 가격을 되새기며 말끝을 흐렸다. 중락이 계산을 위해 매니저와 따로 움직이는 사이로 도은은 슬쩍 직원에게 가격을 물어봤던 것이다. 그렇게 비쌀 줄이야.

"사실은 그게 제일 예뻤습니다."

중락은 진지하게 말했다.

"바보 같애……."

무심코 말하던 도은은 '아차' 하는 얼굴을 얼른 아래로 향하며 혀를 깨물었는데 그 깨물린 혀끝은 또 그녀의 입 가장자리로 삐죽 나와 있었다.

"죄, 죄송해요……."

도은은 고개를 들지 못했다. 그런데 중락으로부터 아무 반응이 없어, 혹시 자신이 너무 버릇없이 굴어 화가 났나 싶어 가슴까지 철렁했다. 결국 도은이 벌게진 얼굴을 슬며시 들어 중락을 향하니, 그는 얼굴을 약간 외면한 상태로 냅킨을 입에 대고 있다, 기침하는 것 같은 소리를 살짝 내더니 곧장 도은의 눈길을 마주했다.

"시례 들릴 뻔했습니다."

냅킨을 입에서 뗀 그의 얼굴에는 웃음을 간신히 참아낸 흔적이 너무도 역력해 도은은 오히려 어리바리한 표정을 짓고 있었다. 원래 도은의 성품이 내성적이고 겁이 많아 사람을 타기는 해도 어두운 성격은 또 아니라 친한 사람에게는 곧잘 농담도 하고 심지어는 장난기마저 있다는 것을, 이제는 중락도 눈치를 챘을 것이다.

"내가 바보 같아서 실망했어요?"

중락은 결국 위로 올라가는 제 입꼬리를 어쩌지 못하는 얼굴로 물었다. 심지어 그의 웃음에서는 유쾌함마저 엿보여 도은은 더욱 어리둥절했다. 사실 중락 자신도 몰랐다. 누군가에게 '바보'라 불리는 것이 이렇게 듣기 좋을 줄이야.

"종종 바보 같을지 모르는데 걱정입니다."

도은은 고개를 흔들며 그제서 그를 따라 배시시, 그러나 쑥스러운 웃음을 지었다. '바보 같다'는 말실수를 할 정도로, 원래 사람을 가리는 그녀의 성격에서 보자면 오히려 중락과는 빠르게 친해진 편이었고, 스스로 의식도 하고 있었으니까.

"조심할게요."

"아니. 조심하지 말아요. 아, 좋은 생각이 있는데 내 이름 부르기 어렵거든 그냥 바보라고 불러요. 어때요?"

"네에?"

도은은 눈을 동그랗게 떴다.

"불러봐요. 한 번."

"놀리는 거죠?"

"천만에요."

중락은 완전 정색했다.

"정 싫으면 이름을 거침없이 부르든가."

"중락 씨……."

어둠이 내린 한강 위로 도은의 나직한 소리가 미끄러졌다. 그녀는 중락과 함께 한강이 바로 보이는 곳에 서 있었다.

"한 번 더."

중락이 주문했다.

"벌써 다섯 번 했는걸요?"

도은은 살짝 발끈한 얼굴을 해보였다.

"아직 별로 자연스럽질 않아요."

"그러는 그쪽……, 아니 중락 씬 왜 저한테 말 편하게 못 놔요? 내가 중락 씨라고 부르면 중락 씨도 말 놓을 거라면서요? 그러니 못 하는 것은 피차일반이라구요."

도은은 따지듯 했다.

"이제 자연스럽게 부르네? 잘했어."

중락은 대번에 말을 놓으며 도은의 머리에 손을 대, 살짝 비비듯 쓰다듬었다. 도은은 '벙 쪄서' 입을 헤, 벌린다. 그런 그녀의 얼굴을 웃음으로 바라보던 중락이 이윽고 그녀의 어깨를 한 팔로 힘 있게 안아 이끌었다. 두 사람은 강을 따라 걸었다.

"여자를 많이 알 만큼 사귀어본 적이 없어서 아마 내가 그리 세심하지 못할 수도 있을 거야."

중락이 말했다.

"세련되지도 못할 거고, 앞으로도 많이 바보 같을 거야. 그럴 땐 혼자 섭섭해하지 말고, 삐치지도 말고, 꼭 말을 해. 그럼 고치도록 노력할 테니."

그가 하는 말을 도은은 묵묵히 듣고 있었다. 그녀 자신은 그의 이름을 부르는 것도 그리 힘들었건만 그는 마치 오래된 연인에게 하듯 무척이나 자연스럽게 말을 하고 있었다. 그런데 그것이 또 금세 그녀의 귀에 익숙해져서 전혀 이상하게 들리지 않았다.

도은은 고개를 들어 그를 바라봤다. 그녀의 시야에서 측면을 보이는 그의 얼굴은 턱에서 귀밑까지 이어진 수염 자국에, 귀밑에서 다시 각을 이루며 시작하는 턱 선은 날렵하기보다는 단단해 보이는 쪽이라, 그녀의 머릿속에는 자연스레 '사내답다' 했던 엄마의 말이 떠올랐다. 순간, 도은은 문득 유찬을 떠올렸다. 그리고는 두 남자의 모습이 너무도 다름에 내심 깜짝 놀랐다. 정확히 말하면 그제서 중락의 외모를, 그녀의 의식이 분명하게 받아들였음을 의미했다. 그녀에게 그동안 남자란 유찬이 전부나 다름없어, 그 외에 남자란 '남자'가 아닌, 그저 막연한 타인일 뿐이었으니 말이다.

도은은 다시 깜짝 놀랐다. 중락의 눈과 마주친 것이다. 아마도 그녀의 눈길을 느꼈을 그가 고개를 내려, 이제는 그녀 앞에 제 정면에 가까운 얼굴을 보이고 있었다. 그의 그 얼굴을 보는 순간, 도은은 정확한 이유를 알 수 없게도, 제 심장박동이 점점 세차게 울리는 것을 느낄 수 있었다. 마냥 기분 좋은 두근거림만은 아니었다. 그렇다고 전처럼 불투명한 두려움 때문도 분명 아니었다. 그렇다면 뭐지, 몸의 어딘가가 살짝 불편해지는 묘한 그것의 정체는 무엇일까.

"지금부터 민도은은 내 여자야."

어느덧 발길도 멈춘 채로, 속삭이듯 나직한 중락의 목소리는 강 위로 짙게 내려앉은 어둠과 하나 된 듯 깊고 무거워, 밀어(蜜語)라기보다는 차라리 주술문(呪術文)에 가까웠다.

"민도은의 남은 인생 모두, 민도은의 머리끝에서 발끝까지 모두 내 것이고, 내가 책임질 거야."

놀란 도은이 가슴을 크게 들썩이는 찰나, 그가 그녀의 얼굴을 덮쳤다. 그 바람에 뒤로 확 꺾인 도은의 허리 뒤에는 중락의 손이 먼저 닿아 있었다. 그의 다른 손은 또한 그녀의 목 뒷덜미를 잡고 있어, 그녀는 옴쭉달싹을 못 한 채 그에게 갇혀 제 입술과 혀를 고스란히 내어 주었다. 도은은 아찔한 현기증과 함께 제 몸에 남은 기운이 모두 달아나는 것만 같았다. 그녀는 정말 그의 품 안에서 축 늘어졌으며 그에게서 담배향이 섞인, 아침 이슬처럼 맑으면서도 비릿한 체취를 맡았다.

호텔의 테이블 룸에 도은의 가족과 중락이 모여 있었다. 도은과 중락이 나란히 앉고 그 맞은편에 강 사장과 도은의 엄마, 유찬이 나란히 앉아, 테이블 위에 깔끔하게 차려진 일식으로 식사 중이었으며 비교적 화기애애한 분위기였다. 또한 모두 격식을 갖춘 옷차림인 것이 상견례 같은 분위기였다.

"어머님께서 많이 편찮으신 건 아녜요?"

도은의 엄마가 중락을 향해 걱정스러운 얼굴로 물었다.

"병원에 입원하신 건 아니고?"

"아닙니다. 주치의께서 다녀가신 정도고, 그래도 웬만하면 나오시려 했는데 아직 거동이 불편하십니다. 거듭 죄송하단 말씀 드립니다."

중락은 정중히 대답했다.

"아니, 아녜요. 죄송하단 말을 또 듣잔 게 아닌데……."

손사래를 치며 도은 엄마는 민망한 웃음을 보였다.

"어머님 건강이 걱정돼서 한 소리죠. 결혼식 전에 도은이가 어머님도 봬야 하고 그래서……."

"네. 어머니께서 몸을 추스를 정도 되시면 도은 씨 데리고 갈 겁니다."

중락은 역시 정중하고 태연하게 대답했지만 사실 그의 어머니는 '편찮은 것'이 아니라 다만 아들의 결혼을 허락하고 있지 않을 뿐이었다. '우리 핏줄에 민중기의 피를 섞을 수 없다'는 것이 이유였다. 남편을 죽음으로 내몰고 집을 풍비박산 냈던 민중기의 여식이었으니 당연했으리라.

"은근히 걱정이네. 도은이가 시어머니께 잘 보여야 할 텐데, 나이가 어려 암 것도 몰라서 말예요……."

도은 엄마는 딸을 향해 걱정스러운 눈길을 보내며 딱히 누구에게 하는 말이랄 것도 없이 중얼거렸다.

"걱정 말아요. 도은이 정도면 어디 내놔도 꿀릴 거 없어요. 얼굴 예쁘지, 좋은 대학 한 번에 떡 붙을 정도로 머리 좋지, 예의 바르지, 품성 착하지, 뭐 하나 빠지는 게 있어야지."

도은 엄마 곁에서 강 사장은 정말 제 딸인 양 으스댔다.

"그거야 우리가 우리 딸 보는 시각이고요, 고슴도치도 제 자식은 이쁜 법이라잖아요."

"알고 보면 사람 눈 다 똑같아요. 우리 눈에 이쁘면 딴 사람 눈에도 이쁜 거라는 말도 있잖아요."

"그런 말이 어딨어요?"

"논어에 있나……? 공자님이 말씀하셨을걸요?"

두 부부의 티격태격에 도은은 미소를 지어 보였지만 썩 밝은 표정은 아니었다. 그녀의 바로 맞은편에 앉아 있는 유찬 때문이었는데, 내내 아무 말도 없이 식사만 하고 있는 그가 신경 쓰이면서도 그런 그에게 선뜻 눈길도 보내지 못하고 있는 도은이었다. 비단 이 자리에서 뿐만이 아니라 집에서도, 그녀는 유찬과 점점 서먹해지고 있었다. 둘 다 겉으로는 아무렇지도 않게 일상을 보내고 있었지만 연인 사이였던 전과 같은 친밀감은 말할 나위도 없거니와, 오누이 사이로만 지냈던 그 이진보다도 못한 관계를, 두 사람은 견디고 있는 중이었다.

유찬은, 그에게 눈길도 못 주고 있는 도은과 달리 가끔씩 그녀에게 눈을 두고 있었다. 특히 그의 눈을 잡아끈 것은 그녀의 왼손 약지에서 빛나고 있는 약 1.5캐럿 정도의 다이아몬드 반지였다. 물론 엊그제 집에서 도은 엄마로부터 '네 동생 약혼반지 봐라. 너무 근사하다' 하는 호들갑을 듣지 못한 것은 아니었지만 그것이 보기 좋을 리 없는 그는 내내 무관심한 척하다 지

금에서야 비로소 확인을 한 것이었다. 유찬에게는, 양가의 상
견례 같은 이 자리보다 도은의 손가락에서 빛나는 반지가 더욱
그녀의 결혼을 실감나게 했다.

"참, 결혼식 날짜는……."

도은 엄마는 중락에게 눈길을 보냈다.

"다음 달 중순 전후로 날짜를 받아보려 하는데 좀 걱정이네.
5월이라 말예요, 겨우 한 달 남겨놓고 예식장 잡을 수 있을지
몰라."

"식장은 걱정 마십시오. 친구가 호텔에서 일하고 있어 제가
미리 말해놨습니다. 가능한 빨리 날짜만 말씀해 주시면 됩니
다."

"어이구, 그러면 걱정할 게 하나도 없네."

도은 엄마는 소리 내어 웃었다.

"그래도 결혼 준비하는 데에 한 달이 넉넉한 것은 아니니 내
일부터 서둘러야겠어요."

도은 엄마는 남편을 보며 말했다.

"그래서 드리는 말씀인데요."

중락은 다시 입을 열었다.

"웬만한 것은 다 생략할 생각입니다. 다른 것은 필요 없고,
도은 씨에게 필요한 것만 준비해 주세요."

중락은 재킷 안주머니에서 편지봉투 크기의 흰 봉투를 꺼내

도은 엄마 앞에 놓았다. 묻지 않아도 그 봉투는 도은에게 줄 예물과 그 외에 '필요한 것들'을 준비해 달라는 뜻일 것이다. 중 락은 그저 '부탁드립니다'라고만 했다.

"얼만지 확인해 보세요, 어머니."

갑자기 유찬이 입을 열었다. 룸으로 들어와 중락과 서로 인 사말을 건넨 후 처음 입을 연 것이고, 도은 엄마가 조심스레 봉 투를 집어 든 순간이었다.

"여자 측에서도 그 반은 해야 하니까……. 궁금한데요."

유찬의 어조는, 그러나 시비조는 전혀 아니었다. 그럼에도 봉투를 받은 자리에서 액수를 확인해 보라는 무례한 언사는 평 소의 유찬에게라면 절대 볼 수 없는 일이라 도은 엄마와 강 사 장은 물론 도은도 깜짝 놀란다. 때문에 도은 엄마가 어찌할 바 를 몰라 이러지도 저러지도 못하는 사이, 유찬은 태연하게 엄 마의 손에서 봉투를 가져갔다. 바로 옆자리니 어려울 것도 없 었다.

"3억이군요?"

봉투에서 수표 한 장을 살짝 빼 액수를 확인 후 유찬은 말했 다. 그 액수 때문에 도은 엄마와 강 사장은 다시 한 번 깜짝 놀 랐다.

"액수가 너무 크네요."

유찬은 중락을 빤히 보며 말했다. 중락은 별다른 대꾸를 하지 않았다.

"우린 여기서 2억을 뚝 떼서 보내면 되겠네요. 어머니. 인심 쓰는 셈치고."

"아무것도 보내실 필요 없습니다."

중락은 도은 엄마를 향해 말했다.

"그건 우리 집을 모욕하는 거지요. 우리도 여동생 하나 바리 바리 싸서 시집보내는 데에 아무 문제가 없을 정도로는 삽니 다. 차 대표님."

"유찬이, 너 대체 무슨 짓이야?"

그때 갑자기 강 사장의 호통이 들려왔다. 단순한 호통도 아 니고 매우 노기 띤 어조여서, 순간 룸 안은 찬물을 끼얹은 듯 조용해졌다. 그러한 잠시 후, 유찬이 조용히 일어나 그곳을 나 갔다. 도은은 불안한 눈길로 그를 좇다 저도 모르게 자리에서 일어나고 말았다.

"화장실에 잠깐⋯⋯."

중락의 눈길을 받은 그녀는 그렇게 말하고 나서 역시 룸을 나갔다.

"아들놈 대신 내가 사과하겠네. 차 서방."

강 사장이 중락에게 말했다. 이제 강 사장은 중락을 편하게 대하는 것 같았다.

"원래 저런 녀석이 아닌데⋯⋯. 아마도 동생을 보내야 하는 오빠 입장에서, 제 나름으로 섭섭해 그런 것이라 이해해 주게."

"그럼요. 유찬이가 얼마나 심성이 바르고 착한 앤데요."

도은 엄마가 맞장구를 쳤다.

"자존심이 좀 세서 그러려니 해요. 그거 빼면 나무랄 데 없어. 차 서방이 너그럽게 이해를 해요."

"전 괜찮습니다. 심려치 마십시오. 두 분."

중락은 정말 전혀 개의치 않는 얼굴이었다.

얼마의 시간이 흐른 후, 테이블 룸을 나온 중락이 호텔의 대기실과 홀을 지나며 두리번거렸다. 그의 손에는 도은의 것이 분명한 여자 가방이 들려 있었다. 화장실을 간다며 나간 도은이 오랫동안 돌아오지 않아서였는데 유찬도 마찬가지로 돌아오지 않고 있어 ─강 사장이 유찬의 핸드폰으로 전화를 몇 번 걸었지만 받지 않는 데다 도은 역시 제 핸드폰이 든 가방을 두고 갔다─ 그는 두 사람이 함께 있을 것이라 생각했다. 강 사장 부부는 로비에서 기다린다며 이미 1층으로 내려간 후였다.

중락은 홀을 지나 붉은 카펫이 깔린 짧은 복도를 지나다 갑자기 발길을 멈췄다. 복도에서 오른쪽으로 꺾어지는 모퉁이 안쪽으로부터 도은의 목소리가 들린 탓이었다. 그것도 언성을 높인 소리라, 중락은 천천히 그 모퉁이로 발길을 옮겼다.

모퉁이 안은, 벽에 나란히 붙어 있는 소파 한 개와 의자 두 개가 있는 공간으로, 호텔의 식당과 룸 테이블을 이용하는 손님들이 오가며 담소를 나눌 수 있도록 마련된 곳이었다. 주중에, 그것도 마침 식사 때에서도 약간 비켜난 시간대라선지 그곳에는 도은과 유찬 둘뿐이었고, 유찬은 소파에, 도은은 그 맞은편에 서 있었다.

"이럴 거면서……. 겨우 이것밖에 안 되면서……."

도은은 화가 나 있었다.

"후회해? 그런 거야?"

"그런 거 아니라고 했잖아."

몸을 약간 숙이고 아래만 보며 대답하는 유찬의 목소리는 도은과 달리 조용했다.

"후회하는 거 맞잖아."

"조용히 해."

"차라리 후회한다고 해. 원래대로 돌아가자고 해. 당장 결혼 때려치우라 하라구……."

그러나 도은의 목소리는 도리어 커졌다.

"아니라니까."

유찬이 자리에서 일어나며, 언성을 높이지는 않았지만 강한 어조로 말했다. 그런 그를 도은이 와락 잡는다.

"진심을 말해봐, 오빠. 내가 결혼하는 게 싫은 거잖아?"

"그래. 이 결혼은 싫었어."

"그럼 결혼 깰까? 지금이라도 늦지 않았어. 깨? 그걸 원해?"

"내 말은…… 난 다만, 네가 이렇게 빨리 가버리는 게…….”

"그럼 일 년 뒤면 참을 수 있어? 십 년 뒤면? 백 년 뒤?"

"도은아…….”

"말해! 오빠가 시집가랄 때 갈게.”

"네 말이 맞아. 시간이 아니야. 시간이 아무리 흘러도, 백 년이 흐르고 천 년 흘러도 네가 다른 남자 품에 안기는 건 마찬가질 테니.”

유찬은 와락, 도은을 품에 안았다.

"그래서 미치겠다. 그게 참아지지 않아서 미치겠다…….”

유찬의 말은 신음에 실려 나왔다.

"그럼 오빠가 먼저 날 안아.”

유찬의 품에 안겨 있으면서 도은은 그렇게 말했다. 떨리면서도 단호한 목소리였다.

"오빠가 먼저 날 가져.”

놀란 유찬은 얼른 제 품에서 도은을 떼어냈다. 그러나 곧바로 도은이 그의 품으로 다시 몸을 던져 두 팔로 그의 몸을 꼭 끌어안는다. 어차피 유찬은 그러지 못하리라는 것을 도은은 알고 있었다. 할 수 있었다면 그는 진즉에 그러했을 것이다. 도은을 사랑하는 만큼 가족을 지키고 싶어 하는 유찬이, 그 '가족'을 해체시키고 모두를 불행하게 만들지 모르는 그 욕망에 쉽게 몸을 던지지 않았다는 것을, 그리고 않으리라는 것을, 누구보다 도은이 잘 알았다. 그러니 도은이 '먼저 날 가져' 했던 것은, 차라리 유찬을 향한 그녀의 서글픈 위로였으리라. 그녀의 그 위로는 유찬의 입술을 찾아 제 입술을 포개는 것으로 나아갔다. 두 사람이 할 수 있었던 유일한 욕망의 몸짓인 그것으로, 위로와 더불어 이별을, 연인으로서의 이별을 고하려 했다. 유찬과의 입맞춤은 늘 그렇듯 부드럽고, 라일락 향기와 같은 달콤함에 젖어들게 했다. 도은은, 그러나 곧 짧게 몸서리를 치며 눈을 부릅떴다. 어디선가부터 은은한 담배향이 섞인 비릿한 무엇이 코끝을 맴돌았기 때문이다. 비리면서도 이슬처럼 투명하고 담백하기도 해, 그것을 처음 접했을 때는 몰랐었다가, 지금에서야 비로소 그것이, 오래토록 도은에게 익숙해 있던 라일락 향을 단숨에 덮어버릴 정도로 독한 향이라는 것도, 그녀는 함께 깨달았다. 바로 그 독한 향의 주인이 근처에 있다는 것을, 그녀는 아마 꿈에도 몰랐을 것이다.

중락은, 도은과 유찬, 두 사람의 모습은 보이지 않으나 목소리는 충분히 들리고도 남을 모퉁이의 바로 끝에서, 장승처럼 움직이지 않고 있다가 마침내 몇 발자국 뒷걸음으로 천천히 물러나, 더욱 느린 움직임으로 등을 보였다. 그는 등을 보인 채로도 잠시 움직임이 없더니 갑자기 성큼, 앞으로 발을 내디뎠다. 도은의 핸드백을 쥔 손에 어찌나 힘을 주고 있는지 그것이 찌그러져 있을 정도였지만 그는 의식도 못 하는 것 같았다.

노부인은 좌식 탁자 앞에 놓인 책에서 눈을 떼 고개를 들었다. 노부인의 눈길이 닿은 곳에는 이제 막 방문을 열고 들어왔을 중락이 서 있었다. 노부인의 방은 창호지를 연상케 하는 실내장식과 전통 고가구, 경대, 도자기 등 한식으로 꾸며진 곳으로, 황금빛 보료 위에 앉아 있는 노부인 역시 소박한 생활한복 차림이었다. 노부인은, 아들이 다가와 맞은편 방석 위에 앉는 것을 보며 아마도 불경(佛經)인, 읽던 책을 덮었다. 노부인의 다른 손에는 염주가 들려 있었다.

"일찍 들어오는구먼."

노부인은 툭 던지듯 말했다. 얼굴에는 못마땅한 기색이 역력했다.

"얼굴이 왜 그래?

노부인은 금세 의아한 얼굴이 돼서 아들의 안색을 살폈다.

"에미 따돌리고 자네 혼자 결혼 준비하느라 오전에 나갈 때만 해도 얼굴에 화색이 돌더만 어째 사흘 낮밤을 피죽도 못 얻어먹은 꼴로 들어와?"

"며칠 뒤에 며느리 인사 받으세요."

중락은 '피죽도 못 얻어먹은' 얼굴 그대로, 제 어머니처럼 툭, 뱉어 놓았다.

"데리고 오겠습니다."

"데리고 오지 마. 나가 살아. 평생 볼 생각 없어."

"데리고 올 겁니다. 인사 받으시고 결혼식에도 나오세요."

아들의 고집에 노부인은 오히려 입을 다물고 손에 든 염주 알을 손가락으로 만지작댔다. 아들은 지금껏 결혼 허락을 구하는 청은 했어도, 마치 그것이 이미 정해진 일인 양 강압적인 언사를 보인 적은 없었다. 아들답지 않다, 그렇게 걱정하는 것 같은 노부인의 눈은 아들의 얼굴에 고정돼 있었다. 중락은, 그러나 어머니를 보고 있는 것이 아니라 무엇인가 다른 것을 보고 있는 눈빛을 하고 있었다. 낮게 깔린 눈길에, 그렇다고 초점이 안 맞는 것도 아니어서 마치 저 혼자만 볼 수 있는 무엇을 노려보고 있는 것 같은 인상마저 주었다.

"제가 하고 싶은 대로, 하자는 대로 하세요."

"중락아……."

"그렇게 알고 나가보겠습니다."

"어리석은 짓이야."

몸을 일으키는 아들을 보며 노부인은 말했다.

"아무리 철천지원수라 해도 당사자가 죽으면 그걸로 끝인 게야. 끝을 내야 하는 게야."

그러나 중락은 아무 대꾸도 없이 노부인의 방을 나갔다. 노부인은 눈을 감고 입술을 들썩였다. 아마도 불경을 외는 듯 그녀의 손에서는 염주가 쉼 없이 움직였다.

5월 13일은 따사로운 햇빛이 눈부신 전형적인 봄의 날씨였다. 시내 중심가에 있는 한 호텔에서 도은과 중락의 결혼식이 있는 날이기도 했다. 식장 입구에서는 화사한 한복을 입은 도은 엄마와 새로 맞춘 것이 분명한 정장 차림의 강 사장이 하객들을 맞고 있었다. 유찬은 축의금 접수대에 있었다. 신랑 측에서는 짙은 회색의 예복 차림을 한 중락 혼자서 ―중락의 모친은 '건강상의 이유'로 식장 안에 앉아 있었다― 식장에 막 도착한 하객들과 차례로 악수를 나누고 있었다. 물론 중락의 주변으로 그의 친척이거나 회사 직원으로 보이는 사람들이 북적거리기는 했다.

"도은아."

신부 대기실로 막 들어선 도은 또래의 젊은 여자 두 명이 반갑게 소리쳤다. 대기실에는 웨딩드레스를 입고 앉아 있는 도은 주변으로 이미 비슷한 또래의 여자들 세 명과 그 외에 웨딩 업체의 여직원, 사진기사의 모습도 보였다.

"어서와. 재인아, 혜미야."

도은은 미소를 지으며 답했다.

"늦어서 미안. 우왕, 드레스 너어무 이쁘다."

"진짜! 드레스 잘 골랐다, 얘. 하긴 거기 드레스 다 끝내주지. 최고다. 최고."

늦게 온 친구 둘은 도은 앞에서 호들갑을 떨었다. 도은의 웨딩드레스는 가슴 위로 화려한 레이스 자수가 놓인 시스루에, 그것이 긴 소매로 이어지는 디자인으로, 소매 쪽에는 또 자수를 최대한 절제해 가냘픈 그녀의 팔을 더욱 돋보이게 하고 있었다. 머리에는, 말끔히 드러낸 단아한 이마 위로 투명한 빛을 내는 심플한 티아라 장식을 하고 그것에 또, 잠자리의 날개 같은 천을 아낌없이 썼을 법한 풍부하고 긴 면사포를 달았다.

"허니문은 유럽으로 간다고 했던가?"

늦게 온 친구들 중 하나가 물었다.

"유럽 어디, 어디? 5개국 정도?"

"영국에서 프랑스 거쳐 이태리로 간댄다. 6박 7일이래."

다른 친구가 도은의 대답을 대신했다.

"엑셀런트네. 비행기 오늘 타? 오후 4시 결혼이라 빡빡하겠다. 몇 시 비행긴데?"

"오늘은 여기 호텔에서 지내고 내일 오전 비행기 타."

도은이 대답했다.

"좋겠다······. 도은이가 1호로 결혼하는데 유럽 허니문에 남편까지 대박, 부럽다. 부러워. 너 꼭 새끼 쳐야 해? 알았지?"

"야, 야, 번호부터 받어. 새끼 치는 것도 예약 순이야."

"난 도은이 신랑 쪽에서 새끼 치는 거 안 바래. 걍 소박하게 도은이랑 시누이, 올케 할래."

한 친구가 그렇게 말하자 동시에 다른 친구들은 '꺄악' 하며 소리쳤다. 그 바람에 도은의 친구들이 잠시 '유찬 오빠'에 대해 열을 올리며 수다를 떠는 사이로 도은은 아련한 미소만을 머금고 있었다. 그 미소는, 그동안에 심적으로 어려운 가운데서도 이제는 포기를 했고, 그 포기를 통해 완전히는 아니어도 견딜 수 있을 만큼의 평온도 찾았다는 의미를 담고 있었다. 도은은 유찬과 특별히 말을 나누지 않은 가운데서도 '가족을 지켜내자'는 쪽으로 서로의 마음을 확인했다. 도은은, 자신으로 인해 엄마가 불행해지기를 바라지 않듯 유찬 역시 자신의 아버지에 대해 마찬가지라는 것을 알고 있었다.

식장 입구는, 초대된 하객들이 식장을 거의 채운 가운데 비교적 한산한 모습을 보이고 있었다. 그런 중에 아직 남아 있던 유찬이, 역시나 남아서 웨딩 업체의 직원으로 보이는 남자의 말을 들으며 서 있던 중락에게 다가서고 있었다.

"잠시 얘기 좀……."

유찬과 중락은 사람의 모습이 전혀 보이지 않는 곳으로 자리를 옮겼다. 그 자리에서 유찬은 먼저 바른 자세로, 중락을 향해 정중히 고개를 숙였다. 중락은, 그러나 무표정한 얼굴을 하고 있을 뿐으로, 놀라지도 당황하지도 않았다.

"그동안에 혹시 저로 인해 불쾌한 점이 있었다면 늦었지만 정중히 사과드립니다."

유찬은 그렇게 말을 꺼냈다.

"도은이…… 행복하게 해주시리라 믿습니다. 부탁드립니다."

"부탁할 거 없어요. 내 여자, 이제 내 아내인데 당연히 평생을 함께하고, 희로애락도 함께할 겁니다."

중락이 유찬의 말을 받았다.

"죽을 때까지 말입니다."

중락은 유찬을 정면으로 보며 그렇게 말을 이었다. 그런 중락의 눈길에서 유찬은 왠지 알 수 없는 불길한 느낌을 받았지만 곧 떨쳐냈다. 아직도 자신이 도은에 대한 미련을 못 버리고 있어 그런 것이라 여겼다. 유찬은 손을 내밀었다.

"이젠 한 가족이니 앞으로 잘 지냈으면 합니다."

유찬의 손을 중락은 아주 천천히 잡았다.

"그러죠. 아주 잘 지내봅시다."

도은과 중락의 결혼식은, 중락의 어머니인 노부인이 어두운 낯빛으로 지켜보는 가운데 예식순대로, 그러나 별다른 이벤트는 없이 무난히 치러졌다. 폐백에 이은 피로연에서는 도은이 연한 핑크빛의 이브닝드레스를 입고 중락과 함께 테이블을 돌며, 피로연 자리를 메운 양가 친인척들과 두 사람 각자의 친구, 지인들과 인사를 나눴는데, 시폰실크에 반짝이는 별을 뿌려놓은 것 같은 이브닝드레스의 도은은, 약간 피곤한 듯 보이는 그녀의 안색에도 불구하고 빛이 날 정도로 아름다웠다. 그래선지 중락의 눈길은 자주 도은에게 머물러 있고는 했다.

도은에게 넋을 놓은 눈길은, 그런데 중락뿐이 아니었다. 도은의 움직임을 따라 은밀하게 따라붙는 또 하나의 눈길이 있었으니 바로 유찬이었다. 유찬은 그런 자신이 의식될 때마다 억지로라도 제 눈길을 거두었지만 얼마 못 가 또다시 도은을 눈으로 좇고 있는 자신을 발견하고 마는, 그것을 무한반복하고 있었다. 그런 그가 도은에게서 완전히 눈길을 거둔 것은 중락의 눈빛을 의식하고 나서였다. 도은을 바라보던 유찬은, 그런 제 모습을 지켜보는 어떤 눈길을 깨닫고 내심 소스라쳤는데 다름 아닌 중락이었던 것이다. 그 후로 유찬은 도은에게 눈을 주지 않으려 애를 쓰다, 결국에는 피로연장을 나가 버리고 말았다.

호텔의 스위트룸으로 도은 혼자 들어왔을 때는 밤 11시가 넘어 있었다. 이브닝드레스 차림 그대로였으며 피로연을 다 끝내고 온 것도 아니었다. 피로연장에는 아직 양쪽의 친구들이 남아 떠들썩하게 놀고 있었고, 중락도 친구들에게 잡혀 있던 중에 도은 혼자 몰래 빠져나온 것이었다. 그녀는 피로의 흔적이 역력한 얼굴로 소파에 풀썩 몸을 쓰러뜨렸다. 이제 다 끝났구나, 하는 생각과 함께 지난 한 달간의 일이 주마등처럼 뇌리를 스쳤다. 중락의 집에 가서 시어머니 될 노부인을 처음 만났을 때의 인상에서부터 ―말도 거의 없던 노부인의 인상은 무척 무서웠다― 엄마와 함께 예물과 혼수를 보러 다녔던 일, 결혼식 날 아침부터 눈물을 보인 엄마가 결국 식장에서는 손수건에 얼굴을 파묻던 모습 등이었다. 같이 혼수를 보러 다닐 때는 딸보다 더 신이 났던 엄마였는데, 그것이 말이 혼수지, 가구나 주방 용품은 필요 없다 해서 거의 도은 자신이 쓸 것들로만 마련해, 그것을 중락의 집 2층에 있는 그의 침실과 서재 등으로 옮겨 꾸밀 때만 해도 역시 딸보다 더 신경을 쓰며 잔소리를 늘어놓던 엄마가 웨딩드레스의 딸 앞에서는 끝내 오열을 터뜨리고야 만 것이었다. 시어머니 될 분이 무서워 보인다면서도 그래도 '시어머님께 잘해라' 하며 몇 번을 당부하던 엄마였다.

도은은 새삼 코끝이 시큰해지는 것을 느끼며 무심히 손을 들다가 그 왼손의 약지에 끼워진 결혼반지에 눈길을 모았다. 18K의 옐로 골드에 5부 정도 되는 다이아몬드가 깊이 박힌 심플한 디자인의 반지는 물론 중락의 왼손 약지에도 똑같이 끼워져 있을 것이었다. 사실 예단도 시댁에서 알아서 한다 하여 생략돼, 도은이 시댁에, 정확히 중락에게 해준 것이라고는 결혼반지가 다였다. 그런데 그것도 따지고 보면 다 중락이 준 돈에서 나온 것이고, 혼수를 다 하고도 넘치게 남았던 터라 엄마는 그것을 통장에 넣어 도은에게 주었다. '남편 잘 만났다' 하면서. 그럼에도 남편 될 남자는 정작 결혼 날짜가 잡히고부터는 전처럼 그렇게 자주 도은을 불러내지 않았었다. 그는 회사 일이 바쁘다 했고, 도은 자신도 혼수 준비하느라 바쁘기는 했으니 기분 탓이었을까, 그런 생각을 하다 도은은 소스라치듯 눈을 떴고, 또 그런 후에야 자신이 소파에서 깜박 잠이 들었다는 것을 알았다. 눈앞에는 중락이 있었다. 그녀는 아마도 그 기척에 눈을 떴으리라. 중락은 다소 흐트러진 차림에 양손을 바지 주머니에 찌르고는 입구 쪽을 등진 채 서 있었는데 그의 그런 모습은 첫날밤을 위해 신부에게 돌아온 남자의 그것이기보다는 흡사 하렘에 들어선 술탄과도 같은, 지배자의 형상이었다. 그 때문일까, 도은은 소파에서 몸을 일으키고도 선뜻 그에게 다가서지 못한 채 제자리서 머뭇거리고만 있었다. 그러자 그가 먼저 천천히 움직였다.

"많이 마셨어요?"

그의 움직임에 도은이 먼저 입을 열었으나 중락은 대답도 없이 그녀를 위아래로 훑어볼 뿐이었다.

"10시까지 공항에 가려면 일찍 자고 나가야 할 텐데……. 벗어요."

도은은 그의 재킷에 손을 댔다. 거의 동시에 중락이 그녀의 젖가슴을 움켜잡았다. 깜짝 놀란 도은은 저도 모르게 뒤로 한 발자국 물러섰지만 금세 그에게 허리를 잡히고 만다.

"나, 당신 남편이야."

그렇게 말하는 중락의 목소리는 나직하면서도 강압적이었다.

"네에……."

도은은 마치 순응하겠다는 듯 눈을 아래로 떨어뜨렸다. 그런 그녀의 어깨를 잡아 제 앞에 세운 중락은 이어 그녀의 머리를 잡아서 고개를 위로 들게 했다. 수줍은 듯 뺨이 살짝 발그레해진 도은의 얼굴은 피로연장에서 봤을 때보다 중락의 눈에는 한층 더 매혹적이었다. 그의 눈을 바로 보지 못하고 이리저리 흔들리는 눈빛도, 약간 벌린 채인 작은 입술도, 거기에 그의 손에 전달되는 약한 떨림까지 모두, 또한 오늘 밤 그 자신이 먹어치울 아름다운 제물의 모습으로 다가왔다. 그는 그녀의 얼굴 위로 제 머리를 기울였다.

"난 전부를 갖거나 아무것도 갖지 않아."

흡사 속삭이듯 말하는 중락의 입으로부터 그녀는 독한 알코올의 향을 맡았다.

"민도은의 전부를 원해. 민도은이니까 전부를 원해. 민도은의 전부가 내 것이야. 머리부터 발끝까지, 네게 남은 시간도, 영혼이 있다면 그것도, 당연히 네 마음까지 모두, 내가 그것들의 주인이야."

도은은 이제 그의 눈을, 독한 알코올에 실린 말과 함께 뜨겁고 사나운 격정을 드러내고 있는 그의 눈빛을 보고 있었다.

"알겠어?"

그녀는 고개를 끄덕였다. 그것도 머뭇거림 없이 끄덕였다. 그의 말을 알아들어서가 아니라 도리어 그 반대였다. 사실 그녀는 그가 하고 있는 말을 하나도 알아들을 수가 없었다. 한강변에서는 이해할 수 있었던 말이 지금은 전혀 다른 것처럼 느껴졌다. 그럼에도 서슴없이 고개를 끄덕인 이유는 단지 두려움 때문이었다. 이유는 알 수 없었지만 그녀의 눈에 그는 화가 난 사람처럼 보였다. 그 화가 난 얼굴이 가까워오는 것을 보며 도은은 눈을 감았다. 곧 매캐한 알코올 향과 함께 그의 입술과 타액이 도은, 제 것과 섞이는 것을 느꼈다.

중락은, 도은이 따끔한 통증을 느낄 정도로 그녀의 입술을 빨아들였다. 그녀의 머리는 점점 뒤로 꺾여 그것을 그가 손으로 받쳐 들고 다른 손으로는 그녀의 가슴을 더듬어 올라 이브닝드레스의 네크라인을 움켜잡았다. 찌익, 도은의 드레스가 찢겨져 나갔다. 도은은 저항하듯 몸을 꿈틀댔다. 그가 굳이 옷을 찢어서 벗겨내는 것에 대한 반사적인 두려움 때문이었으리라. 그런 그녀를 잡고 그는, 거침없이 그녀의 드레스를 찢었다. 마치 그녀의 몸뚱이를 그렇게 하고 싶은 것을 드레스로 대신하는 양, 그의 손길에는 분노 섞인 난폭함마저 묻어났다.

도은은 결국 중락의 눈앞에 거의 벌거벗은 모습이 되었다.

그녀가 걸친 것이라고는 살빛에 가까운 팬티뿐이라, 그것 한 장에 가려진 그녀의 몸은 처연해 보일 만큼 새하얗게 빛이 난 것에 더해, 당황스러움이 묻어난 두 팔이 제 가슴 앞을 가리려는 것도, 아닌 것도 아닌 어정쩡한 모습으로 인해 욕정을 불러일으킬 만하기보다는 오히려 어설퍼 보이는 그것에 더 가까웠다. 그러나 그것도 중락의 뜨거운 눈길 앞에, 귀밑까지 빨갛게 물든 도은의 얼굴이 더해지니 오히려 효과는 그 반대였나 보다. 중락은 도은의 몸에서 눈을 떼지 않은 채로 재킷을 벗어 아무 데나 던져놓고는 이어 셔츠의 커프스단추를 풀어 그마저도 벗는가 싶더니, 마치 급하다는 듯 먼저 그녀의 젖가슴 한쪽을 와락, 손에 쥐기부터 했다. 도은은 비틀하니 뒤로 반보 정도 휘청한다. 그런 그녀를 잡은 그가 그녀의 젖가슴에 닿은 제 손을 더욱 밀착시켰다. 남자 손안에 가득 들어올 정도의 크기인 그것은 그의 손안에서 이리저리 꿈틀대다, 그 손가락 틈을 비집고 부풀어 올랐다. 도은은 고개를 옆으로 돌린 채 소리를 내지 않기 위해 어금니를 꽉 깨물었다. 그가 너무 세게 쥐어 통증이 온 것이다. 그는 제 품에 그녀를 더욱 밀착시키며 그녀의 다른 젖가슴으로 손을 옮겼다. 애무가 이어지며 숨결이 거칠어진 쪽은 도은이 아니라 중락이었다. 도은은 제 귀 가까이 있는 그의 가슴으로부터 고동 소리를 들었다. 어쩌면 들은 것이 아니라 그 울림을 느낀 것이었는지도 몰랐다. 순간 도은의 몸이 위로 쑥

올랐다.

"아……."

도은은 놀라 소리를 냈다. 중락이 그녀의 몸을 세운 채로 잡아서 위로 올린 것이다. 그는 그대로 그녀를 소파 위에 올려놓았다. 푹신한 소파 위에 발이 닿은 도은은 중심을 잡느라 잠시 비틀댔다.

"정말 예쁘군."

그녀의 허리를 양손에 잡고 그가 말했다. 소파에 올라선 도은과 마주선 그의 키 차이가 별로 많이 나지도 않아, 그는 바로 그의 눈높이에 그녀의 젖가슴을 볼 수 있었다. 그 젖가슴에 얼굴을 가져간 그는 젖무덤에서부터 핥아 올라 금세 젖꼭지를 입에 물었다. 도은은 남자 앞에 알몸을 보인 것도, 지금 중락이 그녀의 몸에 하는 것을 경험하는 것도 당연히 처음인 데다 또한 막연히 상상하고 있었던 것과노 달라서 심한 부끄러움과 함께 당혹감을 느꼈지만 또한 바로 거기서 오는 묘한 흥분에, 몸의 어딘가가 저릿저릿해 오는 것도 동시에 받아들이고 있었다. 도은은 떨리는 두 팔을 들어, 그녀의 젖가슴을 다 먹어버릴 듯 맹렬히 물고 빠는 중락의 머리를 끌어안았다. 그러자 어쩐 일인지 마음이 아주 편안해졌다. 이렇게 큰 남자가 꼭 아기 같잖아, 그 생각에 그녀는 미소마저 머금었다. 그녀의 달콤한 기분은, 그러나 중락이 머리를 들고 그녀의 팬티에 손을 대는 순간 마치 꿈이었던 듯 사라졌다. 그는 도은의 엉덩이 쪽에서부터 애무하듯 손을 대, 그대로 그녀의 팬티를 잡아 내렸다.

"가만히 있어."

중락이 도은의 얼굴을 보며 말했다. 도은이 무릎을 굽히며 주저앉을 듯 엉덩이를 내렸을 때였다. 그녀는 마지못해 도로 무릎을 세우면서도 그것을 안으로 모았다. 그러는 사이로 중락은 그녀의 팬티를 허벅지 중간 정도까지 내린다. 여전히 엉덩이를 뒤로 살짝 빼고 있는 그녀의 그곳은 검은 체모 가득한 치골 부위를 더욱 안으로 모이게 했다. 그 치골 아래, 가랑이 사이로 중락의 손이 들어가자 그녀는 엉덩이를 더욱 뒤로 빼며, 그의 어깨를 잡은 손에도 힘을 주었다. 그의 손이 그녀의 깊은 그곳에 닿기도 전이었다. 그녀의 샅은 파르르 떨리고까지 있었다.

"처음인 척하는 건가?"

그가 도은의, 눈을 꼭 감은 얼굴을 보며 물었다. 그의 말에 도은은 눈을 떴다. 그녀의 눈빛은 그의 말을 이해하지 못하는 그것이었다. 아마도 그는 도은이 유찬과 몸을 섞었다 짐작한 모양이었다. 그러나 그녀는 제 깊은 곳에 그의 손끝을 느끼며 다시 눈을 감고는 아무 변명도 하지 않았다. 중락의 손끝은 조심스레 그녀의 내밀한 부위를 더듬어 그 안에 있는 연약한 것들을 하나, 하나 정복하듯 어루만지며 점점 깊이 들어가고 있었다. 그렇게 거의 끝까지 들어갔을 때 도은은 움찔댔다. 자극으로써의 그것이기보다는 약간의 통증에 가까운 탓이었는지, 그녀는 그의 손가락을 피하듯 허리를 살짝 틀기까지 했다. 그 순간에 참기 힘들었던 것은, 그러나 오히려 중락 자신이었다. 진즉부터 허리 아래에 팽배해 있는 그것이 어느 한계에 이르러 이제는 그것을 토해내지 않으면 극심한 통증에 이를 지경이었으니까. 그는 도은의 허리를 대번에 낚아채 안아 들고는 침실로 향했다.

침실의 새하얀 시트 위로 도은의 벌거벗은 몸이 던져졌다. 그것을 보며 중락은 제 셔츠를 잡아 뜯듯 벗어버리고 이어 바지의 벨트를 풀었다. 도은은 침대 위에 떨어져 몸이 한 번 뒤집힌 후 시트에 얼굴을 묻고, 두 다리를 꼭 붙여 오므린 채로 꼼짝을 않고 있었다. 얼마 가지 않아 그런 그녀의 몸을 중락이 덮치듯 제 품에 넣었다. 그는 두 팔로 그녀의 몸을 안고 두 다리로는 그녀의 아랫도리를 결박하듯 감은 상태로 그녀의 입술을 덮쳤다. 그의 혀는 무기가 돼 그녀의 입안을 휩쓸고, 그녀의 혀를 끌어내고, 그녀의 타액을, 마치 흡혈귀가 피를 빨듯 한 방울도 남김없이 빨아내려는 듯 집요했다. 공격적이고 숨이 막힐 것 같은 입맞춤이었다.

"말해……."

입맞춤 끝에 그가 거친 숨을 토해내며 입을 열었다. 그의 목소리에 눈을 반쯤 뜬 도은 역시 거친 숨결을 토해내기는 마찬가지였다.

"말해봐."

"뭐, 뭘요……?"

"네가 사랑하는 사람이 누군지."

도은은 제 눈꺼풀의 나머지를 모두 위로 올렸다.

"말할 수 있어?"

도은은, 그가 무엇을 묻는 것인지 몰라 당혹스러웠다. 사랑하는 사람이 있었느냐는 뜻일까, 아니면 중락, 그를 사랑하느냐는 뜻일까, 설마 유찬을 묻는 것은 아닐 터인데, 하며 그녀는 가슴을 졸였다.

"앞으로 중락 씨를……."

도은이 말했다.

"남편을 사랑하도록 할게요……."

"남편이라서?"

"좋은 아내가 되도록 할게요."

"그건 내 질문에 대한 답이 아니야."

"노력할게요."

중락은 더 이상 묻지 않았다. 그녀는 아마 노력할 테고 좋은 아내도 될 수 있을 것이다. 그것이 그녀가 할 수 있는 전부일 테니, 다른 사내를 위해 결혼을 택하고 그 사내를 마음에 품은 채 껍데기만으로도 그것은 가능한 일일 테니 말이다.

"그래. 넌 네가 할 수 있는 것을 해. 난 내가 할 수 있는 것을 할 테니."

그 말을 마지막으로, 중락은 마치 자신의 일이란 그녀의 몸을 탐하는 것이라는 양 격렬한 애무를 이어갔다.

"아······."

도은이 소리를 질렀다. 그녀의 다리가 중락의 손에 활짝 벌어진 순간이었다. 그녀의 다리 하나는 금세 중락의 목 뒤로 걸쳐진 채, 그녀의 가랑이 중앙이 그의 눈앞에 적나라한 모습을 드러냈다. 그는 도은의 입술을 빼앗은 것과 같은 맹렬함으로 그것 역시도 지배했다. 도은은 고개를 옆으로 돌리고 미간을 잔뜩 좁힌 채 입을 꾹 다물고 있었다. 그녀의 길고 풍성한 속눈썹은 쉼 없이 파르르 떨렸다.

얼마나 시간이 흘렀을까. 도은은 제 몸을 누르는 그의 무게를 느꼈다. 또한 거의 동시에 그녀는 세 하체로부터, 송곳으로 찌르는 것 같은 날카로운 통증을 전달받는다.

"악!"

짧고 격한 비명과 함께 그녀는 그에게서 빠져나가려 했다. 그의 어깨를 밀며 몸부림을 쳤다. 그럴수록 그는 그녀와 더욱 밀착하며 보다 깊이 들어왔다.

"아아악······."

도은이 내지른 비명은 그저 목에서 나오는 소리가 아닌, 마치 몸 깊은 곳에서 내장을 뒤엎으며 그 사이를 비집고 나온 것 같은 그것이었다. 듣는 것만으로도 끔찍한 소리였던 탓인지 중락 역시 움직임을 멈췄다. '처음인 척'하는 것이라 생각하기에는 그녀의 반응이, 소리뿐 아니라 몸의 반응까지도 너무나 생생히 전달되었던 탓이다. 하나 상관없다, 처음이 아니어도 아직 미숙할 수 있고, 처음이어도 '껍데기'일 뿐일 테니 말이다. 그는 다시 움직였다. 조심스럽게도 아니고, 마치 제 욕정을 못 이기듯 격렬한 행위였다. 그런 그의 아래에서 속절없이 흔들리는 도은은 이제 처음과 같은 비명은 아니어도, 비명도 신음도 아닌 이상한 소리를 토해내다, 그의 행위가 더욱 맹렬해지는 순간에는 도리어 가느다란 신음을, 그러나 더욱 고통에 찬, 비틀리는 그것을 흘리고 있었다.

중락이 끝을 냈을 때 도은은 경기 들린 것 모양으로 부들부들 떨고 있었다. 그런 그녀에게서 떨어진 후에야 그는 무엇이 이상하다는 것을, 잘못 되었다는 것을 알았다. 도은의 아랫도리 밑으로 하얀 시트에, 손바닥 두 개 정도의 크기로 새빨간 피가 흥건히 배어 있었던 것이다. 생리도 아닐 테고, 처녀막이 파열된 것이라고 하기에는 그 양이 턱도 없이 많았다. 놀란 중락이 그녀의 다리를 잡아 벌려보니 그녀의 그곳도 마찬가지였을 뿐만 아니라 그 피가 그의 몸에까지 묻어났다.

"이봐, 도은아. 괜찮아?"

중락이 도은의 어깨를 잡고 말을 시켜보지만 그녀는 덜덜 떨기만 할 뿐이었다. 그는 얼른 일어나 욕실에서 흰색 타월을 가져와 도은의 그곳에 대주고는 이불을 덮어주며, 그도 같이 누워 그녀를 제 품으로 끌었다. 그러자 오한 든 것처럼 떨고 있는 그녀의 몸이 고스란히 그에게도 느껴졌다. 어떤 이유로 하혈을 하는지 그도 알 수가 없어, 그저 그녀의 몸을 어루만져 주기만 했다. 그리고 그렇게 잠이 든 것 같았다. 그가 다시 눈을 뜬 것은 여전한 그녀의 오한과 함께 그녀의 신음 소리를 마치 꿈인 듯 아스라한 의식 속에서 듣고 난 후였다.

"도은아……."

어깨를 일으킨 그가 도은의 얼굴에 손을 대며 그녀의 이름을 불렀다. 그녀의 얼굴은 차가웠다.

"왜 그래? 어디 아픈 거야?"

눈을 반쯤 뜨고 있는 도은이 그를 보며 입을 벙긋했으나 그 입에서는 말 대신 뜨거운 입김만 새어 나왔다. 그러나 중락이 정말 놀란 것은 이불을 들춰 그녀의 아랫도리를 봤을 때였다. 그녀의 가랑이 사이 그곳에, 그가 대주었던 흰색의 타월은 이미 반 이상이 빨갛게 변해 있었다.

　도은은 눈을 떴다. 그렇게 눈을 뜨고서야 자신이 잠에서 깨어난 것도 알았다. 그런데 여기가 어디지, 하며 그녀는 눈동자만 움직여 시야에 들어오는 것을 확인했다. 전등이 꺼져 있음에도 안이 밝은 것을 보면 밤은 아니었고, 때문에 금세 병원이라는 것도 알 수 있었다. 도은이 누워 있는 곳은 적당한 규모의 일인실이었는데 호텔로부터 이곳으로 옮겨지던 것을 그녀는 어렵지 않게 기억해냈다. 중락이 그녀의 몸에 옷을 입혀주던 것도, 누군가 다른 사람이 와서 중락과 함께 그녀를 차로 옮기던 것도, 그렇게 병원 응급실 앞에 도착하던 것도 모두 머릿속에 떠올랐다.

그러다 도은은 갑자기 몸서리를 쳤다. 어젯밤의 끔찍했던 고통도 더불어 떠올랐던 것이다. 그런 고통이 있을 줄이야, 생살이 찢기고 뼈가 어긋나는 것만 같은 그것이었다. 그것이 끝나자 그 다음은 몹시 추웠던 것도 기억났다. 그런데 오늘 비행기를 타야 하지 않나, 몇 시지, 하며 도은은 몸을 일으키려다 문소리를 먼저 듣고 그대로 움직임을 멈췄다. 이어 그녀의 눈앞에 중락이 보였다.

"깼군."

그렇게 말하며 다가와 침대 옆에 있는 의자에 앉는 그를, 도은은 말없이 눈으로 좇기만 했다.

"괜찮아. 별거 아니야."

중락은 도은의 이마와 머리를 쓰다듬으며 말했다.

"몇 시예요? 비행기…… 타야 하잖아요."

그렇게 입을 연 도은의 목소리는 아무 감정도 묻어나지 않은, 담담한 그것이었다.

"못 타. 다 처리하고 왔어."

도은은 눈을 깜박대며 더 묻고 싶은 얼굴이었으나 무엇을 어떻게 물어야 할지를 모르는 사람처럼, 미처 벌리지도 못한 입술을 몇 번 움찔거리기만 했다. 제 몸 어디에 이상이 생긴 것이야 알아도 그것이 정확히 어떤 상태인지를 모르는 터라, 그녀는 그것부터 묻고 싶었으나 입이 떨어지지를 않았던 것이다. 물론 그런 그녀의 속내를, 중락이 눈치채는 일도 결코 어려울 것은 없었다. 그러나 그는 그것을 굳이 설명하려 하지 않았다.

사실 도은의 난처한 심정 이상으로, 중락 역시 의사의 설명을 들었을 때 아주 황당했었기 때문이다. 의사의 설명에 의하면 도은의 하혈은 일단 처녀막 파열에 의한 것이었다. 처녀막은 생리적 기능 없이 해부학적으로만 존재하는 것이라 개인차가 있기는 해도, 여자가 성숙해 가면서 막이 극도로 얇아져 일정 정도의 압력이 가해지면 쉽게 파열되는 것이 보통이다. 그러나 막이 얇아지지 않고 원래의 두터운 막을 그대로 갖고 있게 되면 결과적으로 질 입구를 거의 막아 성관계시 극도의 통증을 유발할 뿐만 아니라 많은 양의 출혈은 물론, 심지어는 지혈이 되지 않아 초야를 치르자마자 응급실로 실려오는 신부도 드물지만 있다는 것이었다.

도은이 바로 그런 경우이며, 거기에 더해 꽤 심한 질 내 손상까지 입어 상태가 더 안 좋아졌다는 설명과 함께 의사는, '손상이 완치되는 일주일 동안 잠시 성관계는 피하라'는 조언도 덧붙였다.

"내일까지는 병원에 있자."

중락은 그렇게만 말했다.

"그, 그럼…… 그 후에 가요?"

"유럽은 나중에. 언제 기회 있겠지."

"네에…… 퇴원 후에는 그럼 곧장 집으로 가는 건가요?"

도은은 걱정스러운 얼굴로 물었다.

"부모님께 걱정 끼쳐 드리고 싶지 않지?"

도은은 고개를 끄덕였다. 중락은 자리에서 일어나 먼저 도은의 침상 상단 부분을 위로 올려 45도 각도 정도로 맞춰놓는다. 그녀에게 편히 앉은 자세를 만들어주기 위함이었는데 오히려 그녀는, 체중이 엉덩이 쪽으로 쏠리는 것과 동시에 아랫도리에 미세한 통증을 느꼈지만 내색하지 않았다. 중락은 제 재킷 주머니에서 핸드폰을 꺼내, 그것을 몇 번 터치 후 그녀에게 주었다.

"공항이라 치고 적당히 인사 드려."

도은이 핸드폰을 받아서 보니 액정에 떠 있는 번호는 엄마의 것이었다. 그녀는, 중락이 나가는 것을 보며 핸드폰을 귀에 댔다.

"엄마. 나야."

[도은이야? 차 서방 번호라 난 차 서방이 건 줄 알았지. 지금 공항이겠네? 참, 참, 어젯밤은 잘 보냈고?]

밝은 목소리의 엄마는 말끝에 웃음소리까지 냈다.

"내 핸드폰이 고장 나서……. 좀 있다 비행기 탈 거야. 여행 중에는 전화 못 할 거 같으니 그렇게 알아. 엄마."

엄마는 '네가 몸이 예민하니 먹을 거 조심하라' 부터 시작해

오래 잔소리를 늘어놓았지만 도은의 의식 안으로는 들어오지
않았다. 자고 일어난 지 얼마 지나지도 않았건만 묘한 피로감
에 사로잡힌 탓이었다. 아마도 엄마에게 거짓말을 해야 하는
현실로부터 피하고 싶었나 보다.

　도은은 그러면서도 엄마의 잔소리에 꼬박꼬박 장단을 맞췄
다. 그리고 통화를 끝낸 후에는 바로 눈을 감고, 얼마 지나지
않아 중락이 들어온 것을 알았을 때도 그녀는 잠든 척한 채 눈
을 뜨지 않았다. 중락도 그녀를 깨우지 않고 침상만 원래의 위
치로 내려주어, 그녀는 내심 안도를 했지만 동시에 이해할 수
없는 긴장감에 엄습당하기도 했다. 심지어는 가슴까지 두근거
릴 정도였다. 그는 이제 남편인데, 그러니 그에게 익숙해져야
하는데, 편안해져야 하는데, 도은은 그 생각을 반복적으로 했
다.

　"울지 않는군."

　순간, 중락의 입에서 전혀 뜻밖의 말이 나왔다. 그럼에도 도
은은 알아들은 듯 내심 소스라쳤다. 눈을 뜨지는 않았으나 그
녀의 속눈썹이 움찔하는 것을 중락도 볼 수 있었다. 그의 기억
속에 도은은 어제 호텔에서 그 고통에 몸부림치면서도 울지 않
았다. '절로 흐른 눈물 자국이 그녀의 얼굴에 있었던가' 하는 기
억마저도 희미할 뿐 정확히 '울었다' 하는 기억은 분명 없었다.
병원으로 옮기는 과정에서도, 감정은 차치하고라도 순전히 통

증의 여운 때문에라도 눈물을 글썽거릴 법한데도 그녀는, 눈동자가 충혈되는가 싶은 모습을 보여준 것이 다였다.

그러고 보니 시간을 훨씬 거슬러 올라 열 살의 도은을 봤을 때도, 소녀는 충분히 울음을 터뜨릴 만한 상황임에도, 무서워하면서도 눈물 한 방울 보이지 않았었다. 이토록 온순하고 연약해 보이는 여자가 그리 독하게 울지 않는 것이 몹시 역설적으로 느껴져, 중락은 갑자기 그것이 궁금해졌지만 도은의 눈은 고집스럽게 감겨 있었다. 그것은 '대답하지 않겠다' 전에 아예 그것으로부터 회피하는 모양새라, 그도 더 이상은 입을 열지 않았다.

　　　　　　　　　　※

규모가 제법 큰 산부인과 전문 병원의 지상주차장으로 중락과 도은이 나란히 들어섰다. 도은이 입원한 지 이틀 후였다.

"빌린 차예요?"

중락이 차문을 여는 것을 보며 도은은 물었다. 차는 오프로드용의 지프로, 차 번호판이 렌트카임을 말해주고 있었다.

"우린 공식적으로 유럽에 있다는 것을 잊지 마."

중락이 도은의 허리를 잡아 차에 태워주고는 말했다. 마치 그것도 스릴이라 즐기듯 하는 투여서 도은은 어색하나마 피식,

웃어 보였다. 그녀의 얼굴은 이틀 전에 비해서 비교적 안정돼 보였다.

"괜찮아?"

중락은 이어서 그렇게 물었다. 그가 무엇을 묻는지 아는 도은은 고개만 끄덕여 보인다. 바로 어제까지만 해도 도은은 아랫도리에, 서서 걸을 때는 물론이거니와 특히 앉은 자세에서 약간의 통증을 느꼈었다.

"어디로 가요?"

운전석에 오른 중락이 시동을 걸자 도은이 물었다.

중락이 도은을 데리고 도착한 곳은 경기도 끝자락에 위치한 자연휴양림이었다. 깊은 숲에 둘러싸여, 5월의 푸른 하늘과 싱그러운 초목들과 맑은 공기를 담은 그곳은 또한 잘 조경된 풍경마다에 다양한 모양의 단독 펜션들이 숨어 있어, 그 하나하나가 마치 그림 엽서의 그것처럼 아름다웠다. 그중 중락이 예약한 곳은 커다란 풍차 장식을 단 붉은 지붕의 2층 펜션으로, 펜션을 둘러싼 흰색의 낮은 울타리와 장식용 우편함은 그 목가적인 정취를 특히 더하고 있어 도은은 무척이나 마음에 들었다.

도은은 먼저, 오는 길에 장을 봤던 커다란 비닐 꾸러미 세 개를 풀어 냉장 보관해야 할 것들을 냉장고에 넣었다. 그 사이로 중락은 차에서 여행용 가방들을 내려서 안으로 옮겼는데 원래 유럽으로 가려 꾸렸던 것들이라 다 내리지는 않고 그중 두 개만 갖고 들어왔다.

"여기서 4일 묵어요?"

가방을 침실에 두고 나온 중락을 향해 도은이 물었다.

"지루하면 이틀만 묵고 옮길까?"

"아뇨. 여기 마음에 들어요. 놀고먹고 독서하기 딱 좋은 것 같아요."

"별장으로 갔으면 더 좋았겠지만 우린 지금 스파이라."

'스파이'라는 말에 도은은 부러 쿡 하며 웃음을 띠었다.

"별장은 어디에 있는데요?"

"여기서 멀지 않아. 강원도 파로호 있는 데. 나중에 가자."

"네에."

도은은 환한 얼굴로 대답했다.

"얼른 밥 해먹고 우리 산책해요."

"산책은 내일부터 해."

도은이 아직은 산책할 만큼 걸어서는 안 된다, 내심 판단한 중락은 고개를 저었다.

"오늘까진 샤워도 안 돼."

"네. 알아요."

도은은 다소곳하게 대답했다. 병원에서부터 지금까지 중락이 그녀의 건강에 신경을 많이 쓰고 있음을 그녀는 고스란히 느끼고 있었다. 병원에 있는 동안 그는 도은 곁에서 거의 떠나지 않은 채 그녀에게 밥을 가져다주고, 세수를 하게 도와주고, 또 그녀를 안아 화장실로 데려가는 등, 제 아내가 아니라면 결코 할 수 없는 일들을, 그는 조금의 싫은 내색 없이 해주었다. 호텔 스위트룸에서의 악몽 같았던 첫날밤에 비한다면, 비록 꿈결 같다고는 말 못해도 도은에게는 충분히 편안했던 시간이었다.

또한 그녀는 자신이 왜 하혈을 했는지, 병원에 있을 때 의사에게 들어 그것이 중락의 잘못이 아닌 것도 알기에 그저 제 몸만을 탓했을 뿐, 그를 향한 섭섭함이나 원망의 감정도 없었다. 도리어, 제 마음이 온전히 중락에 가 있지 않아 몸도 그런 것이 아닌가 싶어 그에게 미안할 따름이었다. 그런데도 해소되지 않는 이 서먹함이라니, 도은은 제 마음을 향해 그렇게 한탄했다. 그것도 그녀 혼자만 느끼는 서먹함인 것 같아, 그녀는 얼른 그것에서 벗어나기를 진심으로 바랐다.

늦은 밤, 침대에 누워야 할 시간이 다가오자 도은은 다시 서먹한 기분에 사로잡혔다. 욕실에서 양치질과 세수를 하고 나와 침실로 들어와 보니 중락은 ─그는 먼저 씻었다─ 실내용 바지에 윗도리는 다 벗은 모습으로 침대에 앉아 핸드폰을 보고 있었다. 도은은 그에게 눈도 제대로 주지 못한 채로 슬며시 거울 앞으로 가 기초화장품을 집어 들었다. 그녀는 화장수부터 천천히 얼굴에 바르며 중락이 침대에 눕는 것을 거울을 통해 훔쳐

봤다. 아직 관계를 해서는 안 된다는 것을 그도 잘 알 테니 그가 그것을 시도할까 봐 겁이 나는 것은 아니었다. 그녀가 느끼고 있는 감정은 다만 그를 향한 거리감이요, 서먹함이었다.

"올 때 불 끄고 와."

중락이 말했다. 도은은 '네' 하고는 서둘러 화장품을 마저 바르고 불을 껐다. 불을 끄자 방 안은 칠흑처럼 어두워, 도은은 더듬더듬 침대 위로 올랐다. 중락은, 도은이 이불 안으로 들어오자마자 그녀를 품으로 이끈다.

"이렇게 다 입고 들어오면 어떡해?"

도은의 몸을 더듬으며 중락이 말했다. 도은은 실내에서 입고 있던 면바지와 티에, 심지어는 브래지어까지 하고 있었다.

"불편하잖아."

도은의 브래지어를 더듬으며 말한 그는 그녀의 티와 브래지어를 벗겼다. 그런 후 티는 다시 입히고, 이어 그녀의 바지를 벗겼다. 도은은 가만히 그가 하는 대로 내버려 두었다.

"됐다."

몸에 팬티와 티만 남은 도은을 다시 껴안으며 그가 말했다. 그렇게 껴안고 그는 그녀의 머리와 얼굴 아무 곳에나 입을 맞추는가 하면 그녀의 몸을 부드럽게 쓰다듬고 어루만지다 때로는 티 안으로 그녀의 젖가슴을 손에 쥐기도 했지만 그녀의 팬티 안만큼은 침범하지 않았다. 다만 팬티 밖으로 그녀의 엉덩이를 잠깐 애무한 것이 다였다. 그렇게 두 사람은 애무하고, 받으며 잠이 들었다. 이튿날도, 그 이튿날도 마찬가지였다. 펜션에 놀러온 여느 부부들처럼 도은과 중락은 같이 밥을 해서 먹고, 설거지를 하고, 커피를 마시고, 산책을 했으며 함께 잠이 들었다. 그렇게 반복되는 너무도 평범한 일상이 곧 도은에게는 안정이요, 평화였다. 때문에 중락을 향한 서먹함도 차츰 사라져, 중락이 제 남편이라 아직은 완전한 실감에 이르지는 못했어도 그녀는 아주 편안한 얼굴로 그를 향해 웃어 보였고, 산책 중에는 참새처럼 재잘대기도 했다.

펜션에서 보내는 마지막 날 밤, 중락은 그곳에 온 후 처음으로 도은을 발가벗겼다. 그녀를 침대 위에 눕힌 후였다. 그런데 도은은 수줍고 약간의 흥분된 마음을 갖기는 했으나 그리 긴장하지는 않았다. 펜션에 온 후로 중락이 그녀를 그만큼 편하게 해주기도 했거니와 무엇보다 그녀의 알몸을 향한 그의 눈길과 손길에, 사랑하는 여자의 그것을 보는 애틋함이 묻어나 있어, 도은도 아마 그것을 본능적으로 느꼈으리라.

중락은 도은의 다리를 잡아 무릎을 세우게 해, 그 무릎 위에 입을 맞추었다. 그 입맞춤은 점점 진해지며 그녀의 허벅지 안을 따라 진행되었다. 그러느라 눕혀진 허벅지의 깊은 곳으로, 검은 숲에 가려진 은밀한 부위도 더불어 모습을 드러낸다. 도은은, 제 아랫배에 그의 손길을 느끼며 고개를 슬쩍 옆으로 돌렸다. 강렬한 수줍음이 아랫도리로부터 전신을 사로잡았기 때문으로, 그것 역시 심장이 고동치는 흥분을 동반했을 뿐, 두려움에 의한 것은 결코 아니었다.

중락의 입맞춤은 어느덧 아내의 가장 어둡고 깊은 곳에서 이루어지고 있었지만 혀를 내어 진하게 하는 그것이 아니라 그저 가볍게 입술만을 댄 채로, 그곳의 모든 것을 향(香)으로 취하는 조심스러운 그것이었다. 그의 입맞춤은 곧 치골로, 아랫배로, 젖가슴으로 올라오며 다시 진해져, 그것은 단순히 입맞춤이 아니라 입맞춤을 매개로, 그의 온몸에 이는 충동의 전부를 말하고 있는 듯했다.

"괜찮아요……."

도은은 나직이 입을 열었다.

"괜찮을 거예요. 다 나은 것 같아요."

그의 입맞춤으로부터 전해져 온 그의 절박한 충동을 도은도 느낀 모양이었다. 의사가 관계하지 말라는 일주일이 다 지나지는 않았지만 거의 끝부분이니 괜찮을 거라 그녀는 여겼다. 끔찍했던 고통에 대한 기억으로 두렵기도 했지만 어차피 피할 수 없는 것이라면 참을 수밖에, 그러다 보면 차츰 나아지겠지, 하는 위로도 스스로 했다. 중락은 별다른 대꾸 없이 도은 위로 몸을 기울여 제 아래에 두고는 그녀의 얼굴을 쓰다듬기만 했다. 그의 눈 아래에 그녀는 여전히 약간 상기된 얼굴로 무어라

한 마디로 형언키 어려운 눈빛을 반짝이고 있었다.

"후회하지 않아?"

중락이 물었다.

"네?"

"결혼 말이야."

처음에는 의아한 표정을 짓던 도은은 이어지는 당혹감을 물리치고 얼른 마음을 다잡는다.

"다들 잘한 결혼이라고 하는데요……?"

"네 마음을 묻고 있는 거야."

"나도 같은 생각이에요."

도은은 차분히 대답했다.

"영원히 중락 씨 곁에서 중락 씨의 아내로 살 거예요. 당신이 날 쫓아내지만 않으면요."

"영원히……?"

"네."

"몸과 마음 다?"

순간 도은은 입술을 움찔거리며 머뭇거렸다. 아주 잠시였다. 그런데 그 잠시의 침묵이 중락에게는 현기증이 날 만큼 몹시 길게 느껴졌다. 영원은 찰나의 다른 말이라더니 이를 두고 하는 말인가, 금세 도은의 입에서 '네'라는 대답이 나왔음에도 그것은 영원성을 가진 찰나의 무게에 의해 그 힘을 잃고 말았다.

중락은 그녀의 입술 옆으로 얼굴을 묻었다. 그의 입으로부터 중얼거리는 소리가 도은의 귀에 들려왔으나 뭐라고 하는지 알아들을 수는 없었다. 어쩌면 그것은 말이 아니었을지도 모른다, 탄식이나 그저 한숨 소리 같은 것일 거야, 도은은 그렇게 받아들였다. 그런데 그 '한숨 소리'는 도은이 그의 품 안에서, 그의 애무를 받으며 잠들 때까지 그녀의 귀에 종종 들려오고는 했다.

※

"어서 와."

도은 엄마는 몹시 반가운 웃음을 가득 머금었다. 아파트 현관에서 중락과 도은을 맞으면서였으며 엄마 곁에는 유찬도 서 있었다.

"공항에서 바로 온 거야? 피곤하지? 뭘 이런 걸 사 와? 빈손으로 와도 되는걸……. 차 서방도 어서 오시게, 어서."

엄마가 먼저 딸의 손에 든, 선물로 사온 것이 분명한 쇼핑백을 받아주며 호들갑을 떠는 사이 중락은 유찬과 서로 말없이 눈인사를 했다. 중락의 손에는 여행용 가방 하나와 역시나 비슷한 크기의 쇼핑백이 들려 있었다.

강 사장은 거실의 소파 근처에서 도은과 중락을 맞았다. 주

말이라 모두 집에서 신혼부부가 오기를 기다렸던 분위기였다. 두 사람은 먼저 강 사장과 엄마 앞에서 절을 했다.

"두 사람 얼굴이 다 훤하네? 먼 길 여행인데도 피곤한 기색들이 전혀 없고……. 응? 아주 깨가 쏟아졌나 봐?"

강 사장은 장난기마저 띤 얼굴로 유쾌하게 말했다.

"신혼부부인데 당연하죠. 나이도 한창이구……."

도은 엄마가 맞장구를 쳤다. 유찬은 소파에서 약간 떨어진 곳에 서서, 신혼부부를 향한 강 사장의 덕담이 이어지는 동안 도은의 얼굴에 눈을 두고 있었다. 그리고 그의 눈에 비친 도은의 안색이 나빠 보이지 않아 내심 안도를 하면서도 뭔지 모를 쓸쓸한 기분에 휩싸이기도 했다. 중락이 도은을 행복하게 해주기를 바랐고 또 그것이 추호의 불순물도 섞이지 않은 진심임에도 달리 설명할 길 없는 또 하나의 마음은 그러했다.

"이런, 내 정신……. 차도 안 내오고 내가 뭐 하는 거야?"

절을 하고, 받느라 거실 바닥에 앉았다가 다시 모두 일어나는 와중에 엄마가 말했다.

"차는 됐고, 술 갖고 와요. 술."

"으이그, 곧 저녁 들어야 하니 좀 참았다 반주로 해요."

도은도 일어나, 엄마가 그냥 앉아 있으라 함에도 기어코 주방까지 따라간다.

"뭘 이렇게 많이 준비했어?"

조리대에 가득한 음식들을 보며 도은은 놀란 얼굴을 해보였다. 각종 전에, 잡채에, 나물들이 흡사 명절이라도 된 듯했다.

"하나밖에 없는 사위가 오는데 그럼 이 정도도 안 해? 백년손님이라잖아. 참, 오늘 자고 갈 수 있어?"

"글쎄……?"

도은은 거실 쪽을 힐끔 돌아봤다. 소파에는 강 사장과 중락, 유찬이 모여 앉아 이야기를 나누고 있었다.

"중락 씨한테 물어보구."

"조르지는 마. 그냥 물어만 봐."

"응. 알았어."

도은은, 엄마가 준비해 준 커피와 각종 전을 올린 접시를, 남자들이 앉아 있는 소파 앞 테이블에 놓아주고는 '옷을 갈아입겠다'며 자기 방으로 들어갔다. 방은, 도은이 떠났을 당시와 달라진 것이 거의 없는데도, 또 겨우 일주일 정도를 떠나 있었을뿐더러 원래 도은, 자신의 방인데도 묘한 낯선 분위기로 그녀를 맞았다. 도은은 마치 자신이 그 방의 주인이 아닌 손님이 된 기분이어서, 방도 제 주인과의 영원한 이별을 예감하고 미리부터 정을 끊어낸 것일까 하며 괜히 제 감정을 방에 실어본다. 그녀는 편한 옷으로 갈아입고도 잠시 더 방에 머물다 거실로 나왔다. 그런데 나오자마자 주방에서 엄마가 불러 가보니, 엄마는 유찬과 함께 있었다.

"도은아. 네가 오빠랑 같이 슈퍼에 좀 다녀와. 간장이 떨어져서 유찬이 시키려니 얘가 그걸 잘 모르네. 설명하기도 깝깝하고. 네가 알지? 엄마가 쓰는 간장."

"응. 나 혼자 갔다 올게."

"아냐. 같이 가."

먼저 주방을 나서는 도은 뒤를 유찬이 쫓았다.

"어디가 젤 좋았어?"

현관 밖으로 나오자 유찬이 물었다.

"보나마나 독일? 너 음악가들의 생가 가보고 싶어 했잖아."

"으응……."

도은은, 유찬이 묻고 있는 그런 질문들에 대비를 했음에도 내심 적잖이 당황했다.

"사진도 많이 찍었겠네? 이따 밥 먹고 좀 보자."

"디, 디카가 어느 가방에 있는지……. 중락 씨가 가져온 가방에 있음 보여줄게."

도은은 그렇게 얼버무렸다. 두 사람은 승강기를 타고 1층에서 내려 밖으로 천천히 걸어 나왔다. 땅거미가 밀리기 시작하는 밖은 바람이 비교적 세차게 불고 있었다.

"봄이라 바람이 자주 분다. 너 춥겠다."

위에 긴 소매의 티만 입고 있는 도은을 보며 유찬은 제 몸에 가볍게 걸치고 있던 얇은 카디건을 벗었다.

"아냐. 됐어. 그거 벗음 오빠 반팔이잖아."

"5월에 반팔 입는다고 얼어 죽는 남자 없거든."

유찬은 카디건을 도은의 어깨에 걸쳐주었다. 그러고 보니 겨울의 끝자락이 아직 남아 있을 3월의 밤에, 그녀의 어깨에 재킷을 덮어주던 중락이 문득 떠오르는 그녀였다.

"왜 안 물어봐? 당장 그것부터 물어볼 줄 알았는데?"

다시 나란히 걸어가며 도은은 입을 열었다.

"뭘?"

"남편이 잘해주니? 행복하니? 뭐 그런 거."

"네 얼굴 보니 물어볼 필요 없겠다 싶어서."

"응? 내 얼굴에 나와?"

"당연하지. 내가 엄마보다 아마 네 얼굴을 더 잘 읽을걸?"

"무서워라……. 내 얼굴에 행복하다 쓰여 있어?"

"아니."

유찬은 대답에 이어 고개까지 흔들었다.

"그럼……?"

"그냥……. 별 문제없어…… 정도?"

"내가 너무 행복하면…… 오빠 서운하려나……?"

"바보 같이……. 세상에 자기 여동생이 행복하기를 바라지 않는 오빠가 어딨냐?"

그런데 유찬은 그 말을 하면서도 가슴이 아팠다. 순간 옆에서 '앗' 하는 소리가 나 도은을 보니 그녀는 걸음을 멈추고 두 손을 눈 근처에 댄 채 어쩔 줄을 모르고 있었다.

"눈 비비지 마. 그대로 있어."

바람에 실려 도은의 눈에 티가 들어간 것을 안 유찬이 그녀의 얼굴을 양손에 가볍게 잡았다. 도은의 두 눈은 반쯤 감긴 채로 속눈썹만 파르르 떨리고 있었다.

"어느 쪽 눈이야?"

"외, 왼쪽 눈……."

유찬은 한 손을 바지주머니에 넣어 손수건을 꺼냈다. 그녀의 얼굴에서 눈을 떼지 않은 채였다. 그때 도은의 왼쪽 눈에서 눈물이 한줄기 흘렀다. 그 눈물을 유찬은 또 가만히 보고만 있었다. 손수건을 꺼내들고도 다음 행동을 잊은 사람 같았다. 대신 도은이 손을 더듬거려 유찬의 손으로부터 손수건을 빼앗듯 건네받아 얼른 제 눈에 댔다.

"안약 사게…… 약국으로 데려다줘……."

유찬의 손수건으로 얼굴을 거의 가린 도은이 말했다. 유찬은 어두운 낯빛이 돼서 짧게 소리 없는 한숨을 내쉬더니 이내 그녀의 어깨를 잡고 천천히 걸음을 옮겼다. 그런 두 사람의 모습을, 아파트 8층의 어느 창으로부터 지켜보는 눈이 있었다. 도은의 방, 발코니 창으로, 지켜보는 눈은 다름 아닌 중락이었다. 그는 두 사람의 모습이 시야에서 사라질 때까지 집요하게 내려다보다, 사라진 후에는 다시 나타날 때까지 줄담배를 피우며 발코니의 그 좁은 공간 안을 서성였다. 그의 얼굴에는 초조함마저 엿보였다. 그리고 두 사람이 다시 나타났을 때는 —약국에 먼저 가서 안약을 사, 눈에 들어간 티를 빼느라 슈퍼마켓만 들렀다 온 것에 비하면 시간을 지체했을 것이 빤한— 열린 창틀을 잡고 있는 그의 손에 어찌나 힘이 들어갔는지, 손등에 핏줄이 툭 불거져 나올 정도였다. 두 '오누이'의 웃음소리가 바람에 실려 그의 귓가를 스치는 듯했다.

"도은이 시댁에 드릴 이바지를 준비했는데……."

저녁식사 중에 도은 엄마가 중락을 향했다. 주방의 식탁이 아닌, 거실에 큰 상을 펴고 모여 앉은 채였다.

"뭐 별건 아니고 떡이랑 한과 정도네."

엄마는 말하며 도은에게 눈짓을 했다.

"저녁 먹고 바로 가요?"

엄마의 눈짓을 받은 도은이 중락을 보며 물었다.

"괜찮으시다면 여기서 자고 내일 아침에 출발하겠습니다."

중락은 도은 엄마를 보며 대답했다.

"어이구, 괜찮구 말구. 근데 가만, 도은이 방에 침대가 싱글이라……."

"밑에다 요 하나 깔면 되지, 아님 꼭 붙어 자든가. 한창 좋을 땐데 뭐가 걱정이에요?"

강 사장이 제 아내를 곁눈질하며 짐짓 헛기침을 했다. 입가에는 웃음을 달고서였다.

"그가요? 내가 눈치 없었나……?"

엄마는 강 사장과 함께 장난스러운 웃음을 교환했다. 도은도 민망한 웃음을 보였지만 유찬은 밥과 반찬에만 눈을 둔 채로 묵묵히 식사만 할 뿐이었다. 그로서는 상상하고 싶지 않은 일이었다. 그리고 그것은 그대로 중락의 마음이기도 했으리라. 슬며시 유찬을 향하는 중락의 눈길은 제 머릿속에 떠오른 유찬과 도은의 웃음소리를 짓이겨 버리고자 하는, 위험한 충동을 담고 있었다.

그날 밤, 욕실에서 먼저 양치질을 하고 방으로 들어온 도은은 그 다음으로 중락이 욕실에 있는 동안, 침대 아래에 푹신한 패드와 이불을 내려놓았다. 잠시 후 중락이 돌아왔을 때는 천정의 불노 꺼셔 비릉반 켜 있는 싱태로, 도은은 침대에 앉아 있었다.

"어디서 잘래요? 난 아무 데나 좋아요."

도은이 물었다.

"침대에 누워."

도은은, 중락의 대답이 그녀더러 침대에서 자라는 뜻인 줄 알았다. 때문에 바로 침대에 누워 이불을 덮으니 그 사이로 중락은 옷을 벗고 있었다. 잘 때 그가 윗도리를 다 벗는다는 것을 아는 도은은, 그가 바지도 벗을 때는 그저 의아해했다가 속옷마저 벗어버리자 그제야 소스라쳤다. 그녀의 눈길은 절로, 잔뜩 팽배해 있는 그의 중심부를 향했다. 옷을 다 벗은 그는 침대 위로 몸을 기울여, 도은이 덮고 있는 이불을 단숨에 걷어버렸다. 이어 다짜고짜 그녀의 옷을 벗겨내기 시작했다.

"주, 중락 씨……."

저항을 하지는 않았지만 그의 이름을 부르는 도은의 목소리는 애원하듯 했다. 차라리 어제 펜션에서 하지, 아니면 내일 시댁에서도 상관없었지만 부모가 있는, 유찬이 있는 지금의 집에서는 싫었다.

"싫어?"

도은의 몸에 마지막으로 남은 팬티를 벗기던 중 그가 물었다. 도은이 저도 모르게 다리를 오므리고 몸을 틀어, 마치 거부하듯 했기 때문이다.

"싫으면 소리를 질러. 네 집이잖아. 널 구해줄 사람 많아. 네 부모님이 계시고……."

중락은 그녀의 오므린 가랑이 사이 깊은 곳으로 손을 밀어넣었다. 그녀의 눈길을 집요하게 잡아당기면서였다.

"네 오빠도 있잖아. 널 지켜줄."

도은은 그를 외면하면서도 제 허벅지에 준 힘을 풀었다. 중락은 대번에 그녀의 무릎을 좌우로 활짝 벌렸다. 그의 눈 아래에, 그녀의 그곳은 어둡고 깊은 숲의 모습으로 드러났다. 유찬은 정말 도은의 그곳을 지켜주지 않았는가, 그런데 그 사실이 새삼 화가 날 줄이야, 유찬이 지킨 것은 그녀의 몸이 아니라 사실은 마음이라는 것을, 그것으로 더욱, 중락 자신이 가질 수 있는 것은 그녀의 껍데기뿐이라는 사실을 다시금 깨닫게 된 것이니까. 그러니 용납할 수 없는 일이다. 그녀의 전부를 원한다, 아니면 버릴 것이다.

중락은, 외면해 있는 도은의 얼굴을 강제로 돌려 난폭하게 그녀의 입술을 물었다. 손은 그녀의 몸을 더듬어 젖가슴과 엉덩이를 움켜잡고 이어 치골 아래의 깊은 곳을 파고들었다. 그는 그녀의 몸을 일방적으로 다뤘고 그녀는 순응했다. 저항은, 중락의 얼굴에서 호텔에서의 첫날밤과 같은 잔인한 빛을 읽었을 때였다. 도은은 잔인한 그를 밀쳐내려 했다.

"흡……."

도은은, 그러나 그를 밀치던 두 손으로 제 입을 틀어막아 저항을 포기하고 만다. 중락이 아랫도리를 움직여 더 깊이 들어온 순간이었다. 도은이 얼마나 힘을 주어 자기 입을 틀어막았는지, 그 손에 갇힌 그녀의 얼굴은 종잇장처럼 구겨져 있었다. 또한 그렇게 필사적으로 막았음에도 '끅, 끅' 하는 소리가 입을 뚫고, 손을 뚫으며 새어 나왔다.

"소리 질러."

중락은 힘껏 아랫도리를 움직였다. 도은은 소리 대신 온몸을 꿈틀대는 것으로 자신의 고통을 표현했다.

"네 오빠 불러."

맹수의 그것처럼 잔인한 눈빛을 빛내며 중락은 속삭였다.

같은 시간, 유찬은 빈 머그잔을 든 모습으로 방을 나와 주방으로 들어가려다 멈춰 서 있었다. 그의 눈길은 도은의 방문을 향해 있었는데 그곳으로부터 무슨 소리를 들은 것 같아 가만히 귀를 기울여 보고 있던 차였다. 더 이상 아무 소리도 들려오지 않았다. 잘못 들었나, 싶은 유찬이 다시 주방으로 걸음을 옮기는 찰나에 소리는 또다시 들려왔다.

이번에는 분명한 의식으로 들었고, 도은의 방으로부터 나온 소리라는 것도 의심의 여지가 없었다. 유찬은 도은의 방문을 뚫어지게 바라보았다. 그의 귀에 들려왔던 그 찰나의 소리는 흡사 짐승이 내는 그것처럼, 그것도 강아지나 고양이의 목을 단숨에 죄었을 때나 날 법한 소리 같아, 그의 신경은 날카롭게 곤두서고 말았다. 그러나 오래지 않아 그는 고개를 흔들며 주방으로 들어섰다. 소리가 더 이상 들려오지 않은 탓도 있었지만 유찬 자신의 과민반응이라 여겼다.

신혼여행에서 돌아온 도은의 얼굴은 분명 편안해 보였다. 남편과 아무 문제없다는 것에 그것 이상으로 분명한 증거가 어디 있겠는가. 그럼에도 자신의 마음에, 중락에 대한 의혹과 불신이 남아 있다면 그것들은 질투의 다른 이름이겠지, 하며 유찬은 쓴웃음을 머금었다.

도은의 방에서는 사랑의 행위가 고문도 될 수 있다는 풍경이 그대로 진행 중이었다. 도은은 여전히 두 손으로 제 입을 틀어막은 채, 중락의 아래에서 괴로워하는 몸짓으로 꿈틀댔고, 그 모습은 또한 고스란히 중락의 눈에 담겼다. 그녀의 몸 안으로 들어갈 때부터 중락은 제 자신의 분비물로만 들어갔던 터였다. 더구나 지금도 여전히 뻑뻑하니, 굳이 눈으로 확인하지 않아도, 이미 아랫도리의 감각만으로도 그녀가 느낄 법한 고통은 그에게 생생히 전달되고 있었다. 그럼에도 그는 행위를 멈추기는커녕 급기야 그녀의 손목을 잡아 그녀의 손을 얼굴로부터 치워 버렸다.

"고통을 멈추고 싶으면 소리를 질러. 도은아."

적나라하게 드러난 도은의, 고통에 일그러진 얼굴을 내려다보며 그는 밀어처럼 쏟아냈다.

"아니면 울기라도 해."

도은은, 그러나 눈물은 고사하고 어금니를 꽉 깨문 입으로 소리도, 심지어는 신음도 내지 않고 있었다. 그럴수록 그녀의 고통은 점점 그녀 자신에게보다는 도리어 중락에게 참기 힘든 것이 돼갔던 모양이다. 그는 자신의 손을 그녀의 입으로 가져갔다. 그것으로 그녀의 입을 막은 것이 아니라, 손의 아래쪽,

즉 손날 부분을 그녀의 입으로 밀어 넣었다. 도은은 제 입에 들어온 그것을 힘껏 물었다. 어쩌면 그것은 그대로, 그녀 자신이 느끼는 고통의 또 다른 표현이었을 것이다. 중락은 자신의 손에 느껴지는 고통을 통해 그녀의 그것에 동참했다.

다음 날, 아직 점심이 되기 전에 중락은 도은을 데리고 그의 집에 도착했다. 그가 운전하고 온 차는 지프가 아닌 원래 그의 차였고, 도은의 집에 갔을 때도 마찬가지였었다. 중락이 열어준 문으로 조수석에서 내린 도은은 한복 차림이었다. 차에 실었던 여행용 가방 등의 짐은 집의 관리인으로 보이는 남자가 안으로 실어 날랐다.

중락과 도은은 가장 먼저 노부인의 방으로 와 인사를 했다.

"쉬어라."

무표정한 얼굴로 아들 내외의 절을 받은 노부인은 덕담도 없이 그렇게만 툭, 던졌다. 그 말에 또 중락은 대번에 자리에서 일어나 방을 나간다.

"넌 왜 안 나가?"

당황한 얼굴로 앉아있는 도은을 향해 노부인은 나무라듯 했다.

"웬만하면 눈에 보이지 마라."

"네?"

"뭐 해? 어여 나가지 않고."

더욱 당황한 도은은, 그럼에도 '네' 하고는 일어나 허리를 굽혀 인사한 후에 방을 나갔다.

"꼴을 보아하니 벌써 애 잡고 있군."

노부인은 혼잣말로 중얼거렸다. 노부인의 말대로 도은의 안색은 신혼여행에서 돌아온 신부답지 않게 해쓱하고 어두워 있었다. 어제만 해도 비교적 편안한 얼굴을 하고 있던 도은이건만 불과 하루 만에 변해 버린 것이다.

도은은 노부인의 방을 나와 2층으로 오르는 계단을 밟았다. 친정에서는 출발 전까지 부러 밝은 얼굴을 하느라 피곤했던 탓인지 오히려 시댁에서 긴장이 풀려 버렸나 보다, 하며 그녀는 짧게 한숨을 쉬었다.

어젯밤 중락과의 관계로 침대에 묻어난 손바닥만 한 핏자국 때문에 그녀는 어쩔 수 없이 엄마한테 또 거짓말을 해야 했다. '생리일이 아닌데 생리가 터졌다, 엄마가 좀 빨아달라' 하니 엄마는 '아직도 생리불순이냐' 하며 그저 작은 걱정만 했을 뿐 다행히 아무 의심 없이 넘어가 주었다. 지난번에 생긴 상처가 채 아물기 전이었나 보다, 도은은 다시 아랫도리가 그다지 편치 않았다.

도은이 침실로 와보니 중락은 옷을 갈아입은 모습으로 드레스 룸으로부터 모습을 보였다.

"서재에 있을 거야. 난 점심은 됐어."

그렇게 말하고 침실을 나가려는 그를 도은이 잡았다.

"손…… 어때요?"

그의 팔을 잡고 그녀는 눈을 아래로 내렸다. 검붉은 멍이 들어 부어오른 그의 손이 곧장 위로 올라온다.

"괜찮아."

중락은 그 손으로 도은의 뺨을 가볍게 쓰다듬은 후 침실을 나갔다.

얼마의 시간이 흐른 후, 도은은 한복 위에 에이프런을 한 모습으로 1층 주방에 들어섰다. 중락은 점심을 먹지 않겠다고 했지만 시어머니의 점심을 준비하기 위해서였다. 주방에는 아줌마가 먼저 나와 있었다.

"제가 늦었나요?"

도은은 아줌마를 향해 짐짓 밝은 얼굴을 해보였다.

"무엇부터 하면 돼요? 저 아무것도 모르니 잘 부탁드립니다. 어머님께서 잘 드시는 것부터 배워야겠죠?"

"저어…… 작은 사모님……."

아줌마는 난처한 얼굴로 도은을 쳐다봤다.

"큰 사모님께서 점심 혼자 드신다고……."

"네……?"

"작은 사모님이 먼저 하든지, 아니면 나중에 하라…… 하시네요."

　다음 날 아침, 노부인은, 며느리가 하는 아침 문안 인사도
'지금도, 앞으로도 할 필요 없다' 하며 받지 않았다.

6
브람스를
좋아하세요?

약간 어두운 조명 하의 침실에서도 흰색의 커튼과 같은 색의 침대와 대형 러그는 하얗게 빛을 내고 있었다. 그 하얀 빛 위에 벌거벗은 남자의 몸과 여자의 몸이 한데 뒤엉켰다. 정확히 말하면 남자의 일방적인 애무에 여자가 갇혔다고 보는 것이 맞을 정도로 중락은 도은의 몸에 입을 맞추고, 그것을 핥고, 어루만졌다. 그의 그런 행위는 때로는 부드럽게, 때로는 거칠다 싶게 이루어지고 있지만 그것도 제 아내를 사랑하고 있음을, 아내의 몸에 취해 있음을, 누가 봐도 쉽게 알 수 있을 정도로 열정에 가득 찬 행위, 그 이상도 이하도 아니었다. 그러니 중락의 일방적인 애무는, 그의 탓이기보다는 도은에게 그 원인이 있었다.

그녀는 남편을 애무할 마음도, 의향도 없는 사람처럼 그의 행위에 등을 돌리고 있었다. 그런데도 그녀의 얼굴에, 그의 애무를 싫어하는 내색은 또 보이지 않고 있어, 아마도 그녀는 애무를 그의 몫이라고만 생각하는지도 모를 일이었다.

"브람스를 좋아한다고 했던가?"

아내의 깊은 곳을 애무하며 그가 물었다.

"으응……? 그걸 기억해요?"

남편의 가슴에 등을 대고 안긴 그녀는 살짝 고개를 돌려보며 약간 놀란 눈을 해보였다.

"모든 걸 기억하지. 당신에 관해, 당신이 모르는 것까지도."

"내가 모르는 거? 음…… 그게 뭘까……?"

도은은 그가 농담하는 것이라 생각해 가볍게 반응했다. 중락은, 물론 열 살의 도은을 떠올리고 있었지만 그의 손이 닿아 있는 도은의 몸 깊숙한 곳도 더불어 떠올렸다. 신혼여행에서 돌아온 지도 3주가 넘게 흘렀고, 도은의 몸이 건강해진 1주 후부터는 생리일 빼고 거의 매일, 관계까지 가든 안 가든 그녀를 품고 있건만 그녀의 몸은 처음이나 지금이나 크게 달라지지 않고 있었다. 관계 때마다 도은이 아파하는 것은 그도 원치 않는 일이다. 그가 그녀와 나누고 싶은 것은 기쁨이고 희열이지, 고통은 결코 아닌 것이다. 그러나 변화는 고통에서 기쁨으로가 아니라 그녀가 느끼는 고통의 강도가 차츰 낮아졌다는 것뿐으로, 그것은 결국 그녀의 몸이 스스로 열리지 않고 있다는 의미였다. 지금도 그의 손 안에 있는 그녀의 아래는 건조한 상태만을 간신히 면한 정도였다. 그 건조함이 또한 그대로, 남편을 향한 그녀의 마음이려니 싶어 중락은 화가 났다. 아니, 아예 그 생각을 깊이 하지도 않았다. 인정할 수 없었으니까, 제 것인 여자의, 유형이든 무형이든 그 전부가 그의 것이어야 했으니까!

"가끔씩 네가 트는 음악이 브람스야?"

중락은 다시 물었다.

"네. 거의."

"브람스 중에서 지금 듣고 싶은 곡이 있다면?"

"음…… 교향곡 4번에 1악장."

"어째서?"

"슬프고 외롭고……, 그러면서 격정적이거든요."

중락은 '지금 네 감정이 그런 것이냐' 물을 뻔한 것을 참았다.

"브람스는 내면적인 사람이었어요. 슬픔조차 내면화 돼 감상적이지 않았죠."

"그럼?"

"굳이 표현자면 눈물 없는 슬픔……?"

도은은 말끝을 흐렸다.

"오늘은 안 해요?"

그녀는 재빨리 화제를 바꾸며 웃음을 지어 보였다.

"하고 싶어?"

중락은 도은과 대화를 하느라 그녀의 아래에서 멈추고 있던 손끝을 다시 움직이며 되물었다.

"빨리 아이라도 가지면 어머님 마음이 좀 풀리시지 않을까 해서요."

그러자 중락의 얼굴이 어두워진다. 그의 모친인 노부인은 여전히 도은의 존재를 백안시하고 있었다.

아침에, 아내가 차려준 식사를 하고 일어선 중락은 노부인의 방을 향했다. 출근 전 늘 하는 인사였고 도은이 뒤를 따랐지만 그는 도은을 밖에 있으라 하고는 혼자만 노부인의 방으로 들어섰다.

"그래. 다녀와."

노부인은 아들의 인사에 답하며 나가보라는 듯 손짓을 했다.

"어서 식사하세요. 집사람하고 함께요."

그러나 노부인은 들은 척도 하지 않았다.

"그렇게 알고 가 보겠습니다."

"시간 오래 끌진 마라."

돌아서는 아들 뒤에 대고 노부인은 툭, 던졌다.

"네 에미 늙었다. 못 볼 꼴 오래 보면 내 명에 못 죽어."

"어머니 오해하고 계세요."

중락은 고개를 흔들었다.

"어머니가 생각하시는 그런 거 아닙니다."

노부인은, 중락이 도은을 곁에 두고 '말려 죽이려' 한다 믿고 있었고, 중락은 바로 그것을 두고 한 말이었다.

"집사람은 어머니의 손자를 낳을 거고, 어머니의 제사를 지내드릴 겁니다. 나와 평생 살면서요."

"정신 나간 놈. 그래, 어디 두고 보자. 내가 널 몰라?"

노부인은 코웃음을 치며 아들을 외면했다. 중락도 더 이상은 입을 열지 않고, 시간이 필요하다는 생각을 하며 방을 나갔다. 혼자 남은 노부인은 좌식탁자 위에 놓인 염주를 집어 들었다.

사실 노부인의 의심은 당연했다. 아버지의 고통스러운 죽음을 직접 목격했고, 민중기에게 복수를 다짐했던 아들이었다. 그런 아들이, 무엇보다 결혼적령기에 접어든 최근 3, 4년 동안 그 좋은 혼처 다 마다한 채 여자에게 눈도 돌리지 않고 있다가 —한창 사업을 일으킬 때는 바빠서 그렇다 쳐도— 갑자기 결혼할 여자가 생겼다며 소개한 여자가 하필 민중기의 여식이었으니 말이다.

"꼴을 보니 바르게 크긴 한 것 같구만……. 그런 사기꾼한테서."

노부인은, 그러나 고개를 흔들었다. 아들과 인연이 돼서는 안 된다는 생각에는 변함이 없었으니까. 단지 그것뿐이었다. 도은에게 무슨 죄가 있겠는가, 단지 악연이다, 노부인은 그리 여겼다.

중락은 컴퓨터 모니터의 검색창에 '브람스 교향곡 4번'을 치고 엔터키를 눌렀다. 그의 회사, 제 집무실에서였다. 그는 약 20분간을 보더니 책상 위의 전화기에서 호출 버튼을 누른다. 곧 비서로 보이는 여직원이 들어왔다.

"회사에 승용차 카탈로그가 좀 있어요?"

중락이 물었다.

"찾아보면 있을 겁니다. 대표님."

"여자들이 좋아할 만한 자가용 승용차를 좀 뽑아 봐요. 이 비서는 뭘 좋아하지?"

"능력만 된다면 비틀이죠."

비서는 중락의 말을 알아들었다는 듯 웃음을 띠었다. 그러자 오히려 중락이 비서의 얼굴을 외면하며 제 주먹에 대고 헛기침을 했다.

"그리고…… 누가 음악 잘 알까? 클래식."

잠시 후 한 남자 직원이 들어와, 집무용 책상에서 일어나는 중락을 향해 있었다.

"호텔에서 식사하면서 연주를 들을 수 있는 정도면 돼."

중락이 말했다.

"교향곡이라도 바이올린과 첼로, 목관악기 몇 개면 연주는 가능합니다. 어차피 교향악단을 다 부를 순 없으니까요. 대략 열 명 전후로 섭외를 하고, 시간과 장소, 페이만 정하면 될 것 같은데요. 제가 이 비서와 협의해서 알아보겠습니다."

그렇게 설명한 남자 직원이 인사하고 나간 후 중락은 핸드폰을 손에 들고 문자를 찍으며 소파로 향했다.

〈점심 잘 먹었어? 지금 뭐 해?〉

답문은 중락이 소파에 앉자마자 도착한다.

〈정원에서 커피 마셔요. 점심을 좀 늦게 먹었구요.〉

도은은 정원의 파라솔 아래에 있었다. 봄에서 여름으로 넘어가는 계절의 태양은 적당한 온기를 실은 빛을 정원에 내리쬐고 있었다.

〈도로 연수는 받고 있는 거야?〉
〈아뇨. 아직.〉

도은의 시대에는, 중락이 자가 운전하는 승용차 외에, 노부인이 가끔씩 이용하는 차가 한 대 더 있었다. 물론 노부인이 직접 운전하는 것은 아닌, 관리인 남자가 기사 역할을 하는 차로, 중락은 도은에게도 외출 시 이용하라 했었지만 도은은 한 번도 이용한 적이 없었다. 그동안 외출을 전혀 하지 않았던 이유가 가장 컸지만 설사 앞으로 외출할 일이 있다 해도, 면허증만 있지 정작 운전 경험이 많지 않은 도은은 차를 이용할 엄두도 나지 않을 뿐더러 운전기사를 달고 다니기는 더 싫었다. 그런 그녀에게 며칠 전 중락이 도로 연수를 받으라 해서 그녀는 '네' 하고 대답만 했던 터였다. 그것이 바로, 중락이 도은에게 차를 선물하려는 신호라는 것을 그녀는 짐작도 못 했다.

〈얼른 도로 연수 받고, 집에만 있으면 심심하니 문화강좌 같은 거 등록해 봐. 요가 같은 운동도 좋고.〉

이어지는 중락의 문자에 도은은 '네'라고만 답을 보냈다. 도은이 심심할 것이라, 그가 걱정하는 이유를 알았지만 그 이유 때문에 그녀는 심심하기보다는 불안했다. 한집에서, 가족과 같은 사람에게 따돌림을 당하고, 더 나아가 남남처럼 지내는 일은 당연히 불편하고 불안한 법이다. 더구나 상대가 시어머니라면 더하지 않겠는가. 도은이 노력을 하지 않은 것도 아니었다.

아줌마를 대신해, 시어머니가 먹을 차, 혹은 보약을 들고 시어머니의 방을 여러 번 찾았지만 매번 불호령과 함께 쫓겨났었다. 그중 한 번은 시어머니의 호통에 놀란 도은이 들고 있던 쟁반을 떨어뜨리기까지 해서 한층 눈 밖에 나는 바람에 그 후로는 아예 엄두조차 내지 못하고 있었다. 아마도 시어머니가 결혼을 반대했었나 보다, 왜 반대했을까, 도은은 문득 그 이유가 궁금해졌다. 그때 도은의 손에 있던 핸드폰이 반짝였다.

"엄마."

도은은 핸드폰을 귀에 대고 환하게 웃었다.

[통화 괜찮니? 시간 보고, 요 시간이면 너 혼자 있겠다 싶어 전화했는데…….]

"응. 딱이야."

[시어머님 건강은? 너한테 잘해주시고?]

"아무 문제없으셔. 너무너무 잘해주시고."

[이그, 너무너무는 무슨……, 아무리 잘해주셔도 시어머니는 시어머니다. 그래도 네가 크게 미움 박힐 앤 아니니 걱정은 안 하마.]

"응. 아무 걱정 안 해도 돼."

[그나저나 담 주에 네 생일이 있잖아. 너야 뭐, 이제 네 남편 있으니 남편이랑 좋은 시간 보낼 테고, 근데 그 전날이 또 유찬이 생일이잖니.]

도은과 유찬의 생일이 하루 차였다. 그래서 한때 두 사람은 그 우연에 특별한 의미를 부여하기도 했었다.

[네 생일 전날, 괜찮으면 집에 올래? 네 생일도 겸해서 같이 저녁 식사하게. 차 서방도 왔으면 싶지만 워낙 바쁜 사람이라 부러 오라 하기는 뭐하고……, 네가 슬쩍 운은 떼보든가.]

"차 서방은 엄마 말대로 바빠. 아빠나 엄마 생신도 아니고 오빠 생일까지 가자는 건 좀 그래."

[그래. 네 말이 맞다. 그럼 너만 잠깐 다녀가. 응? 시어머니 허락 받고.]

"알았어."

통화를 끝낸 도은은 고개를 옆으로 기울였다. 중락이 그녀의 생일을 아는지, 그것도 알 수 없었다. 그녀의 입으로 부러 알릴 생각은 없었다. 사실은 그가 모른다 해도 섭섭하기는커녕 번거롭지 않아 오히려 좋다 생각했다. 그러나 어느 쪽이든 그냥 자연스럽게 받아들이기로 했다. 그렇게 주(週)가 바뀌었다. 그동안 중락으로부터 '생일'에 관한 어떤 언급도 나온 적이 없었다. 그래서 도은은 그가 모른다 생각해 편한 마음으로 제 생일 전날 오후에 외출 준비를 했다. 가는 길에 유찬에게 줄 선물도 사야 해서 약속 시간보다 일찍 서둘렀다.

똑똑, 하고 도은은 시어머니의 방문을 노크했다. 도은이 방문을 두드리는 것을, 시어머니가 몹시 싫어한다는 것을 알지만 도은도 어쩔 수 없었다. 어른에게 인사도 없이 외출할 수는 없는 노릇이니 말이다.

"어머님……."

문을 열고, 안으로 발도 들이지 못한 채로 도은은 입을 열었다. 노부인은 좌식탁자에 펴놓은 불경에서 눈도 떼지 않는 모습이었다.

"잠깐 친정에 다녀오겠습니다."

"그런 허락도 받을 필요 없다."

"9시 전에 돌아오겠습니다."

도은은 공손히 제 할 도리만 하고 문을 닫았지만 그럴 때라도 다리가 후들거리는 것은 어쩔 수가 없었나 보다. 그녀는 깊은 심호흡을 한 번 하고는 그 자리를 물러났다. 도은이 9시 전이라 한 것은 중락의 퇴근이 보통 그 시간을 넘겼기 때문이다. 그런데 그날따라 중락은 7시 반쯤에 집의 차고에 차를 세웠다.

"식사는 어쩔까요? 차릴까요?"

1층에서 중락을 맞은 아줌마는, 그의 퇴근시간이 애매했던지 우선 저녁 식사에 대해 물었다.

"집사람은요?"

늘 아줌마보다 먼저 중락의 퇴근을 맞았던 도은이 보이지 않아 중락은 의아했다.

"친정에 가셨어요. 친정오빠 생일이라던데요."

도은의 친정 아파트에서는 그녀의 가족 모두가 소파 주변에 모여 앉아 유쾌한 담소를 나누고 있던 중이었다. 저녁 식사는 이미 끝낸 후였고, 소파 앞 테이블 위에는 앙증맞도록 작은 두 개의 케이크와 포크들, 생일용 촛불들, 커피 잔들 등이 어지러이 널려 있어, 생일 세러머니도 이미 끝난 후라는 것을 어렵지 않게 짐작할 수 있었다.

"교향곡 4번……."

도은은 CD를 손에 들고 중얼거렸다.

"푸르트벵글러 지휘를 어떻게 구했어? 귀한 건데."

"애썼지. 엘피 복각판이라 음질이 아주 좋진 않을 거야. 모노고. 3번도 구해볼게."

유찬은 짐짓 으스대며 설명했다.

"고마워. 오빠."

"근데 유찬이 너, 선물을 겨우 시디 하나로 땡 치는 거 너무 약하지 않냐? 시집간 동생의 첫 생일인데 말이야."

강 사장이 유찬을 보며 짐짓 나무라듯 했다.

"도은이도 다를 거 없어요. 부잣집 사모님이 말이야……."

유찬은 핸드폰 케이스를 들어보였다. 아이폰 크기였다.

"어, 오빠. 그거 명품이야. 명품. 비싸."

"그래? 어쩐지……. 좀 좋아 보인다 생각은 했다."

유찬이 핸드폰 케이스를 두 손에 떠받들자 모두 웃음을 터뜨렸다.

"치 서방은 도은이한테 뭘 선물할까?"

도은 엄마는 마치 자신이 선물을 받을 주인인 양 기대된다는 표정을 지었다.

"도은이 너, 갖고 싶은 거 있음 사 달라고 해봐. 신혼이니까 웬만하면 다 사줄걸?"

"그래라. 도은아. 배포 크게 차 한 대 빼달라고 해봐."

강 사장이 거들었다.

"차는 좀…… 너무 세게 부르는 거 아닌가……?"

"안 됨 말구지, 뭐."

두 부부는 또 농담조로 주거니 받거니 했다.

시간이 좀 흐른 후 도은은 집에 가야겠다며 일어섰다.

"유찬이가 차로 데려다줘라."

강 사장의 말에 도은은 '됐다'며 택시를 타겠다고 했지만 그런 그녀의 손목을 잡고 유찬은 밖으로 나왔다.

"차, 지상주차장에 있으니까 1층에서 내리자."

유찬은 도은을 먼저 승강기에 오르게 한 후 말했다.

"참, 오빠. 소개팅 안 할래?"

승강기를 타고 내려가는 중에 도은은 생각난 듯 물었다.

"소개팅?"

"아, 뭐 서로 얼굴을 아니 소개팅이라기엔 좀 그렇지만······. 내 친구 혜미 알지? 걔가 오빨 좋게 봤나 봐. 혜미, 걔 괜찮아. 걔네 아빠가 치과의사고. 암튼 오빠만 오케이면 날 잡아보려구."

"음······ 그럴까?"

"어라, 대답이 쉽게 나오네? 혹시 맘이 있었던 거?"

"들켰네?"

두 사람은 가볍게 농담을 하는 듯했다.

"나 진담이다. 날 잡는다?"

도은은 다시 확인을 했다.

"그래. 그렇게 해서라도 네가 편하다면."

유찬은 별다른 감정을 싣지 않고 대답했지만 도은의 입가에서는 웃음이 사라진다. 한때 유찬에게 여자가 생긴다는 생각으로도 죽을 것 같았으니 그 반대의 경우 그의 심정이 어떨지 모르는 바 아니어서 이렇게라도 하려는 자신의 의중을 들킨 것 같아, 그녀는 유찬에게 미안하기도, 부끄럽기도 했다. 물론 결혼 후에도 자주 전화를 해오는 친구 혜미의 은근한 부탁이 ─'유찬 오빠를 정식으로 소개해 달라'는─ 계기가 되기는 했지만 말이다. 언제쯤이면 유찬을 순수하게 '오빠'로만 볼 수 있을까, 그런 날이 오기는 할까. 도은은 그 생각을 하며 슬며시 유찬의 손을 잡았다. 1층에서 103동 밖으로 나오면서였다.

"오누이끼리 손은 잡을 수 있지 않아?"

의아해하는 유찬의 얼굴을 보며 도은은 말했다.

"그렇긴 한데…… . 남편이랑 그러는 게 더 좋지 않겠어?"

말은 그렇게 하면서도 유찬은 도은의 손을 꼭 쥐었다.

"치잇, 어른인 척하네? 걱정 마. 나 중락 씨 싫지 않아."

"좋아해야지."

"좋아해. 앞으로 사랑도 할 거야."

유찬이 도은의 손을 잡고 하얀 승용차 쪽으로 몸을 트는 순간, 두 사람 앞으로 헤드라이트가 강하게 비쳤다. 놀란 두 사람이 걸음을 멈추는 새, 헤드라이트는 금세 코앞까지 와 끼익, 소리를 냈다. 순간, 유찬은 얼른 도은의 손을 놓았다. 헤드라이트를 그대로 켜둔 채 차에서 내린 사람은 중락이었다. 그는 천천히 두 사람 앞으로 걸어왔다.

"중락 씨…… ."

전화도 없이 그가 나타난 것에 놀란 도은은 눈을 동그랗게 떴다.

"전화했었어요? 내가 핸드폰 확인을 못 해서…… ."

"아니. 퇴근해서, 당신 친정 갔다기에 바로 데리러 온 거야."

"오늘 일찍 퇴근했네요? 중락 씨 퇴근 전에 가려고 지금 서둘러 나온 건데. 오늘 오빠 생일이라 왔어요."

"그래. 가자."

중락은 도은의 어깨를 잡아끌며 그제서 유찬과 눈인사를 했다. 그는 차에서 내린 후 바로 직전까지도 마치 도은 곁에 유찬이 없는 듯 그에게 눈길조차 주지 않았었다. 도은을 태운 중락의 차는 곧 그 자리를 떠났다.

유찬은, 멀어지는 차의 빨간색 백라이트가 완전히 사라지고 난 후에도 자리를 떠나지 못했다. 중락이 모습을 보일 때부터 뭐라 딱 꼬집을 수 없는 미묘한 불안감에 사로잡힌 탓이었다. 그래서 예기치 않게 나타난 중락이 도은을 데리고 다시 사라질 때까지 유찬은 단 한 마디의 말도 입 밖에 내지 못했다. 도은이 '갈게' 하며 인사를 했을 때도 그는 그저 애매한 미소만 보였을 뿐이었다.

중락의 차는 집을 향해 달리고 있었다.

"엄마랑 아빠, 오빠가 준 선물이에요. 사실은 내 생일도 겸했던 거거든요."

도은은 제 손에 든 쇼핑백 때문에라도 말하지 않을 수 없어, 말끝에 배시시 웃어 보이기까지 했다.

"내일이 내 생일이에요. 몰랐죠?"

"응."

중락은 앞만 보며 무표정하게 대답했다.

"괜찮아요. 말 안 한 내 책임이지, 뭐. 그래도 난 중락 씨 생일 기억할게요. 아니, 잊지 않고 있어요."

"다음부터 외출할 땐 사전에 내 허락 받아."

느닷없이 중락은 말했다. 특별한 감정이 내비쳐지지는 않았으나 단호한 어조여서 도은은 순간 멈칫했다.

"대답해."

도은의 대답이 없자 그가 재촉했다.

"네에……."

"그리고 외출 땐 김 기사 차로 다녀."

김 기사가 바로 시댁의 관리인으로, 주로 정원 관리를 맡아 했다.

"네. 그럴게요."

대답을 하면서 도은은, 자신이 혼자 외출하는 것에 그가 걱정이 돼서 그러는가 보다, 했다. 퇴근해서 곧바로 그녀를 데리러 온 것만 봐도 그럴 것이 틀림없으리라, 하며 그 위에 억지로 또 하나의 추측을 보탰다.

집에 도착해서 중락은 도은의 손목을 잡고 곧장 2층의 계단을 밟았다. 도은이 '어머님께 인사드려야 한다'고 했는데도 막무가내로 끌고 올라갔다. 도은은 불길했다. 그는 또 화가 난 사람 같았고, 지금까지 그래왔던 것처럼 그녀는 그가 왜 화를 내는지 이유를 알 수 없었기 때문이다. 침실까지 그 상태로 온 중락은 갑자기 도은을 확, 끌어당겼다. 그녀의 몸은 힘없이 끌려가 마치 부딪듯 그의 품에 안겼다. 두 사람의 발 아래로 도은의 가방과 쇼핑백이 투둑, 떨어졌다.

중락의 키스는 난폭했다. 때문에 도은은 자신의 입 안으로부터 따끔한 아픔을 여러 번 느껴야 했다. 그러나 그것도 숨을 편히 쉴 수 없는 답답함에 비하면 차라리 참을 만했다. 그녀는 힘껏 그를 밀쳐보기도 했지만 그는 바위처럼 꿈쩍을 안 했다. 도리어 그녀의 몸을 마구 더듬는 손길에도 불구하고 그는 그녀를 제 몸에 더욱 밀착시킬 뿐이었다.

"중락 씨……."

중락의 입술에서 벗어났을 때에야 도은은 거친 숨을 토해내는 것과 함께 그의 이름을 불렀지만 동시에 그에게 가볍게 들려서 침대로 끌려갔다. 도은은 그에게 밀려 침대 위로 상체만 툭 떨어졌다. 이어 중락의 손에 다짜고짜 옷이 벗겨지기 시작했다. 도은은 정신을 차릴 수가 없었다. 침대 위와 아래로 도은의 옷과 중락의 옷가지들이 아무렇게나 던져졌다. 그나마도 몸에 걸친 것을 다 벗기지도, 벗지도 않아, 도은의 몸은 슬립이 그대로 걸쳐진 채로 브래지어는 슬립 끈과 함께 아래로 내려지고 슬립의 치맛단은 위로 올라가 있었다. 중락 역시 제 몸의 옷을 벗다 만 모습으로 무엇이 급한지, 도은의 팬티부터 잡아 찢어냈다.

"아……."

도은은 괴로운 소리를 내며 팔을 들어 눈을 가렸다. 중락이 그녀의 다리를 잡아 높게 들어 올렸을 때였다. 그녀의 입에서는 다시 한 번, 가슴이 들썩이는 것과 함께 괴로운 신음이 토해져 나왔다. 이번에는 그가 너무나 공격적으로 달려드는 바람에, 그의 입술과 함께 치아까지 그녀의 그 민감한 부위에 부딪혔기 때문이다. 그는 마치 미치광이 같았다. 몸에서 오는 순수한 욕정만으로는 설명할 수 없는 것이었다. 그러니 중락 자신도 납득할 수 없었을 것이다. 단지 그는 그 미치광이 같은 격정에 지배돼 있을 뿐이었다.

얼마나 시간이 흘렀을까, 아내의 가장 은밀한 부위를 아예 먹어버리려나 싶게 저돌적인 그것을 끝낸 중락은 도은을 반대편으로 홀랑 뒤집더니 그녀의 등과 허리와 엉덩이를, 마치 쥐어짜듯 애무했다. 그런 후에야 그는 그녀의 뒤로부터 들어왔다.

"아아……."

그가 뒤로부터 들어온 탓인지, 도은은 갑작스러운 통증에, 침대 시트를 움켜잡고는, 그에게서 빠져나가려 몸을 앞으로 당겨 보지만 어림없었다. 그녀는 바위 아래에 깔린 가재처럼 포위당했다. 그는 또한 인정사정없이 행위를 이어갔다. 다행인 것은 도은이 느낀 통증은 오래지 않아 견딜 만해졌다는 것이다.

"아프지 않아?"

도은의 귀에 대고 그가 물었다. 그것은 어쩐 일인지 걱정해서 묻는 것이 아닌 듯, 그녀의 귀에는 야릇하게 들렸다.

"내가 아프길 바래요?"

"아니."

"근데 왜 화를 내요? 내가 뭘 잘못했는지 말해줘요."

"아파하기 때문에."

"그게 무슨 말이에요?"

"스스로 아프길 바라는 건 너야. 몸도, 마음도."

"아녜요."

"그럼? 즐겁길 바라나? 쾌락을 바래?"

도은은 얼른 대답하지 못했다. 대신 잠시 후 '헉' 하는 소리를 뱉어냈다. 중락이 그녀의 고개를 옆으로 꺾었기 때문이다.

"말해봐. 나랑 이러는 게 죄책감이 느껴져?"

도은의 고개를 꺾어 그녀의 눈을 마주한 채로 그는 이어서 물었다.

"그, 그럴 리가 없잖아요. 남편인데……."

"난 있어. 네가 내 아내라서, 민도은이라서."

"무슨 말을 하는 거예요?"

"하지만 상관없어. 난 그것을 네 전부와 바꿨으니까."

도은은 그가 하는 말을 알아들을 수가 없었다. 그의, 내면의 고백이나 다름없었으니 그녀가 어찌 알아들을 수 있겠는가. 도은에게 마음이 끌리며, 그렇게 그녀를 마음에 품으면서도 동시에 그를 짓눌렀을 악연에 —아버지를 향한 죄책감의 다른 이름

에— 갈등하다가, 그녀 역시 제 아비인 민중기에게 고통을 당해
왔다는 것을 알고는 '답'을 얻어냈던 그였다. 그러니 그는 정말
로 아연이라 부를 수 있는 것을, 도은의 전부와 맞바꿨다 할 만
했으리라.

"대답해 봐. 너한텐 내가 뭐야? 어떤 의미야?"

"남편……."

"그게 다야?"

"뭘 더 원해요?"

"원하지 않아. 원할 필요 없어. 민도은의 전부는 이미 내 것
이니까."

"그런데 왜요?"

"네가 놓고 온 게 있잖아."

중락의 잔인한 속삭임에 도은은 가슴이 철렁했다. 아니다,
그것을 그가 알 리 없다, 부모도, 친구들도 모르는 일을 그가
어찌 알겠는가.

"그것 때문에 넌 아픈 거야. 아프길 원하는 거야."

"아녜요……."

도은은 시트에 얼굴을 묻고 소리쳤다. 그러나 곧 그녀의 얼
굴은 제 몸과 함께 옆으로 돌려졌다. 중락이 그녀의 뒤를 안은
그대로, 그녀와 밀착된 몸에 조금의 틈도 주지 않은 채로 몸을
반 정도 틀었기 때문이다.

"허억……."

그 상태로 중락이 도은의 젖가슴을 움켜잡자 동시에 그녀의 입에서는 거친 숨소리가 새어 나왔다.

"뭘 놓고 왔는지 잘 기억해 봐."

도은의 머리 옆으로 고개를 기울인 중락이 그녀의 귀에 대고 속삭였다.

"그건 네 것이 아니라 원래 내 것이거든. 놓고 와서는 안 되는 것이거든."

도은은 괴로운 얼굴로 고개를 흔들었다.

"아냐?"

"무슨 말을 하는지 모르겠다구요……."

"기억나게 해줘?"

순간 그녀의 입에서 비틀린 신음이 터져 나왔다. 그것은 비명으로 나갈 것을 억지로 참아낸 소리였다. 중락의 손 안에 그녀의 가슴이 터질 듯 쥐어 있었던 것이다.

"아니면 힌트를 줄까?"

그렇게 물을 때 그는 —도은은 볼 수 없었지만— 섬뜩할 정도의 무자비한 얼굴을 하고 있었다.

"바로 너야. 진짜 민도은이라고 할 수 있는 너, 껍데기가 아닌 바로 너야."

도은의 입에서는 다시금 비명을 대신하는 고통에 찬 신음이 토해졌다. 그것도 매우 불규칙하게 흔들리는 그것으로 토해졌다. 중락의 아랫도리가 마치 그녀를 공격하듯 맹렬하게 움직였던 탓이다. 도은은 그것에 온전히 몸을 내맡겼다. 그가 한 말을 여전히 알아들을 수 없을 뿐만 아니라 알아듣고 싶지도 않아 더욱 그랬다. 그녀는 아무 생각도 하고 싶지 않았다. 고통 속에 있던가, 아니면 기절하듯 잠들고 싶었다.

시간이 흘러, 아직 한밤중이었지만 침실의 불은 환히 밝혀진 가운데, 먼저 눈을 뜬 것은 중락이었다. 홀로 깨어 침실을 지키고 있던 강렬한 불빛 탓이었다. 그가 몸을 일으켜 보니 바로 그의 곁에 도은이 엎드린 모습으로 누워 있었고, 흐트러진 침대 시트 위와 아래로는 아무렇게나 던져진 옷가지들이 제멋대로 널려 있었다. 그는 잠시 가만히 있었다. 지금의 상황이 자신의 손에서 나왔다는 것을 자각하지 못해서가 아니라 그 반대였다. 그의 움직임은 먼저, 엎드려 있는 도은의 어깨를 잡아 조심스럽게 돌려놓는 것으로 시작했다. 도은은 제 소원대로 정말 기절하듯 잠이 들었는지 중락의 손길에 시체처럼 툭, 몸을 떨어뜨렸다. 그렇게 드러난 그녀의 몸은, 젖무덤과 그 주변으로 붉고 푸른 멍 자국에 얼룩져 있었다. 대체 그녀에게 무슨 짓을 했단 말인가, 그녀의 젖가슴에서 눈을 떼지 못하는 그의 얼굴은 그렇게 자문하는 것 같았다. 자정도 훨씬 넘은 시각, 오늘이 바로 그녀의 생일이건만, 생일 선물로 그녀가 탈 승용차와 '브람스'까지 준비해 놓고 이 무슨 어처구니없는 상황을 만들었단 말인가. 중락은 이어 제 머리에 손을 댔다. 등골을 타고 서늘한 기운이 올라왔다.

도은이 눈을 떴을 때 침실 안은 깜깜했다. 그러나 장식용 가벽 너머로부터 흘러나오는 희미한 불빛으로 사물을 전혀 식별 못 할 정도는 아니었으며, 도은은, 이불이 어깨 끝까지 덮여 침대에 바르게 눕혀진 모습으로 있었다. 중락이 그렇게 해놓았으리라 짐작은 되었지만 정작 그의 모습은 보이지 않았다. 도은은 몸을 일으켰다. 그리고 그 잠깐의 움직임에도 그녀는 절로 앓는 소리를 냈다. 마치 전날에 갑자기 격렬한 운동을 한 것처럼 온몸이 무겁고 뻐근했다. 그 무거운 몸을 이끌고 그녀는 민저 가벽 너머로 가보았으나 그곳에도 중락의 모습은 보이지 않았다.

잠시 후, 가운 차림으로 침실을 나온 도은은 복도 맞은편의 문으로 가, 그 문을 소리 나지 않게 조심스레 열었다. 문을 열자마자 그녀의 코끝으로 진한 담배 냄새부터 내려앉는다. 그것도 안에서 오래 묵은 냄새였다. 그곳은 서재로, 중락의 모습은 도은의 눈에 아주 쉽게 띄었다. 그는 등받이를 뒤로 한껏 젖혀 놓은 안마 의자에 거의 누운 자세로 있었는데 의자 아래로 보이는 위스키 병과 담배꽁초 가득한 재떨이는 그의 심정을 대신 보여주듯 했다. 그래서일까, 잠이 든 듯 고른 숨을 내쉬고 있는 중락은, 그럼에도 편치 않은 모습을 하고 있었다.

"껍데기가 아닌 바로 나⋯⋯, 나를 놓고 왔다고?"

도은은 중얼거렸다. 그는 알고 있는 걸까, 그래서 괴로워하는 것일까, 뭐라 형언키 어려운 감정에 휩싸인 도은은 망부석처럼 꼼짝도 않고 서서 그를 바라보았다. 그리고 마침내 천천히 몸을 돌려 그를 등졌을 때는 제법 긴 시간이 지난 후였다. 그렇게 바로 문 밖을 나설 것 같던 그녀는 돌아선 채로도 또 한참 동안을 꼼짝하지 않았다. 그러다 그녀는 제자리에서 갑자기 고개를 돌린다. 그녀의 눈길은 곧장 중락의 얼굴을 향했다. 잠에 들어서도 미간을 잔뜩 찌푸리고 있는 중락의 얼굴은 순간, 핏자국이 선명한 그것으로 바뀌어 있었다. 화들짝 놀란 도은의 눈동자에서 동공이 확대됐다. 혼란과 두려움을 가득 담고서였다. 그녀는 눈을 한 번 깜박인다. 그러자 중락의 얼굴에서 핏자국이 사라진 대신 그녀의 머릿속, 기억의 회로가 뒤엉겨 틀기 시작했다. 기억의 회로는 또한 무의식을 뒤집어엎었다. 도은은 중심을 잡지 못하고 휘청하니, 열린 문가에 몸을 기댔다. 그러는 순간에도 기억의 회로는 전속력으로 과거를 향해, 14년 전으로 거슬러 달려가고 있었다. 그 속도감에 현기증을 느낀 듯 도은은 후들거리는 다리를, 문틀에 몸을 의지해 지탱한 채로도 집요하게, 중락의 얼굴에서 눈을 거두지 않고 있었다.

14년 전, 엄마에게서 강제로 떼어져 아버지가 일하는 현장,

컨테이너 안에 갇혀 있던 그날, 10살의 도은은 컨테이너 밖으로부터 여러 남자들의 고함 소리와 함께 둔탁한 소음을 들으며 떨고 있었다. 그렇게 시간이 흐르다, 이윽고 도은이 있던 컨테이너의 문이 열리더니 털썩, 안으로 한 남자가 내던져지다시피 했다. 아주 젊은 남자인 그는 쓰러진 그대로 꽤 긴 시간 동안을 꼼짝도 않고 있었다. 머리가 깨졌는지 두 줄기의 피가 남자의 얼굴을 가로질러 바닥으로 뚝, 뚝 떨어졌고, 역시나 피를 머금은 입술은 간헐적으로 들썩여 소리를 냈는데 그것이 앓는 소리인지 혼자 되뇌는 그것인지는 분명치 않았다. 소녀 도은은 남자의 얼굴에서 눈을 떼지 않은 채 숨을 죽이고만 있었다. 덜덜 떨리고 있는 소녀의 하반신은 가랑이를 중심으로 서서히 젖어가고 있었지만 정작 소녀 자신은 의식도 못 하는 것 같았다. '엄마, 죽은 거 아니지?' 도은은 남자의 감은 눈을 집요하게 노려봤다. 피투성이가 된 엄마 곁에서 엄마가 죽었을까 봐, 늘 공포심에 사로잡혔던 소녀는 피투성이의 남자를 보고도 같은 생각을 하고 있었다. 죽으면 안 돼, 그 간절한 바람 덕이었을까, 남자는 몸을 꿈틀댔다.

〈생일 축하한다. 도은아. 시간 날 때 전화 부탁해.〉

도은이 유찬의 문자를 확인한 것은 중락이 출근하고 30분쯤 지난 뒤였다. 그녀는, 그러나 바로 유찬에게 전화를 걸지 않고 점심을 넘기고 있었다. 그 사이 도착한 친구들의 축하 문자들에만 답문을 보냈을 뿐이었다.

[별일…… 없지?]

도은이 오후에서야 유찬에게 전화를 거니, 그는 불쑥 그렇게 물었다.

"생일에 하는 인사치고는 좀 그러네? 별일 있기를 바래?"

도은은 대수롭지 않게, 부러 밝은 어조로 되물었다. 그녀는 2층의 침실에 서서, 다른 손에는 CD를 들고 있었다. 유찬이 선물한 바로 그것이었다.

[아니. 그건 아니고 그냥. 목소리 들어서 됐다.]

"내 목소리가 그렇게 듣고 싶었어?"

[아, 좋아. 솔직히 말할게. 너 어제 말한 거, 네 친구 소개팅해준단 거 말이야. 나 기대하고 있다.]

유찬은 웃음소리까지 냈다.

[빈말 아니겠지?]

"빈말 아니야. 시간 잡아볼게."

[그래. 그럼 오늘 차 대표랑 행복한 시간 가져라.]

"당연히 그럴 거야. 고마워. 오빠."

통화를 끝낸 도은은 손에 든 CD를 플레이어에 넣었다. 잠시 후 브람스 교향곡 4번의 1악장이 시작되고 그것을 들으며 도은은 소파로 와 앉았다. 방금 유찬과 통화를 하고, 유찬이 선물한 음악을 듣고 있으면서도 정작 그녀의 뇌리는 중락에 대한 생각으로만 꽉 차 있었다. 기억의 회로 안에서 쇼크가 일어난 후부터 줄곧이었으며, 그렇게 갑자기 기억의 저편으로부터 튀어나온 그 '젊은 남자'가 다름 아닌 바로 중락이라는 것을 그녀는 어렵지 않게 확신할 수 있었다. '정말 기묘한 우연이네' 하며 그녀는 그것이 못내 신기하면서도 한편으로는 별다른 까닭도 없이 불안했다. 가슴에 손을 대보니, 증명하듯 제 심장의 고동이 마치 손바닥을 탁, 탁, 치듯 울려댔다. 참 미묘한 불안이었다. 달콤한 긴장이었다. 또한 처음도 아니었다. 한강변에서 그에게 처음 프러포즈를 받았을 때도 지금과 같은 낯선 설렘이 있었다.

도은은 손을 내려 핸드폰을 다시 집어 들었다. 중락에게 보내려 문자함을 열었는데 막상 글을 넣으려니 아무것도 생각나지 않았다. 아침에 그는 평소와 똑같이 도은의 배웅을 받으며 출근했다. 두 사람은 마치 전날 밤에 아무 일도 없었던 사람들 모양, 그러나 분명히 존재하는 서먹함 사이로 꼭 필요한 말 외에는 서로 주고받지도 않았다.

"내 생일이라는 것도 잊어버렸나 보다……."

핸드폰을 보며 도은은 중얼거렸다. 그러나 중락은 그녀의 생일을 잊으려야 결코 잊을 수가 없었다. 그는 저녁 7시에 호텔의 한 연회실에서 혼자 브람스를 들어야 했으니 말이다. 테이블 위에는 식사 외에도 생일 케이크에 와인까지 준비돼 있었지만 중락 혼자였다. 더구나 그는 식사에 손도 대지 않은 채 브람스의 교향곡 4번을 듣고 있었다. 첼로 둘, 바이올린 셋의 현악기에, 오보에와 플루트 등의 목관악기 넷, 해서 겨우 아홉 명의 챔버 오케스트라 수준도 안 되는 것이었지만 1악장의 절제되고 세련된 우수(憂愁)를 담은 격정적 멜로디를 감상하는 데에 별다른 어려움은 없었다. 눈물 없는 슬픔이라고 했던가, 중락은 아내가 했던 말을 떠올렸다. 그래선지 그의 귀에 들려오는 브람스는 그리 슬프지 않았다. 오히려 경쾌함마저 들었다. 그러고 보니 도은이 그렇구나, 하며 중락은 그녀의 얼굴을 떠올렸다. 나이에 비해 차분한 성격이기는 해도 어두운 인상은 아니며, 웃음에도 인색하지 않을 뿐더러 귀여운 데도 있었다. 순간 그의 입 끝에 저도 모르는 미소가 떠올랐다. 행복하게 해주려 했는데, 하는 마음이 들자 미소는 이내 사라진다. 그녀는 벌써 불행하지 않은가.

그로부터 사흘 후 도은은 집에서 중락에게 전화를 걸었다. 그러나 그의 핸드폰은 신호만 갈 뿐 통화는 떨어지지 않았다.

도은은 몇 번 더 시도하다, 그의 회사 비서실로 전화를 했다.

[어머, 안녕하세요. 사모님.]

들려온 목소리는 여비서의 그것이었다. 결혼식 때 봐서 도은
도 얼굴을 아는 이 비서였다.

[대표님 지금 회의 중이세요. 중요 회의라 대표님은 물론 전
원 통화 금지일 겁니다.]

"아, 그렇군요. 회의는 언제쯤 끝나나요?"

[시작한 지 꽤 됐으니 곧 끝날 거예요. 오늘따라 회의가 좀
길어지네요. 회의 끝나는 대로 사모님께 전화 왔었다 전해드리
겠습니다.]

"네. 고마워요."

도은이 전화를 끊으려 할 때 이 비서는 '참, 사모님' 하며 도
은의 귀를 잡았다.

[아직 도로 연수 중이세요? 차는 언제 가지러 오세요?]

"네……?"

[사모님 차, 회사 주차장에 아직도 그대로 있던데요. 대표님
말씀이, 사모님이 연수 받고 직접 가지러 오신다던데. 며칠 전
생일 맞으시죠? 저희들끼리 그랬거든요. 대표님한테 저런 로맨
틱한 면이 있었구나, 여직원들 사이에서 난리도 아니었다니까
요.]

핸드폰에서는 이 비서의 웃음소리까지 들려왔지만 도은은

'벙 찐' 얼굴을 하고 있을 뿐이었다.

[결혼하시더니 대표님이 완전 달라지셨다구요. 호텔에 식사 예약도 하시고, 브람스 연주한다고 악단까지 부르시고…… 앗, 죄송합니다. 제가 너무 수다를……. 언제 시간되심 회사에 한 번 나오세요. 뵙고 싶어요.]

전화를 끊은 후, 도은이 비서의 말을 머릿속으로 정리하기까지는 약간의 시간이 걸렸지만 그것을 채 이해하기도 전에 그녀의 가슴은 먼저 뛰고 있었다. 도은은 제 가슴에 손을 댔다. 이번에는 분명한 설렘이었다. 그렇게 멍하니 있던 사이로 핸드폰 벨이 울려 그녀는 깜짝 놀랐다. 그새 15분이나 흘렀네 하며 도은은 전화를 받았다.

[회의 중이라 전화 못 받았어.]

중락이었다. 근래 사흘 동안 도은은 그와 평범하게 지내고 있었다. 그 평범한 속에서도 그녀는, 그가 미안해하는 것을 느낄 수 있었다. 특히 잠자리에서 그가 관계 대신 그녀의 몸을 소중히 어루만지기만 하는 것으로, 그녀의 멍든 젖가슴에는 차마 손을 못 대는 것으로도 충분히 알 수 있었다.

"네. 알아요. 저 오늘, 친구 좀 만났으면 하는데……. 혜미라고, 중락 씨도 결혼식 때 봤던 친구예요."

[그래. 갔다 와.]

"늦지 않도록 할게요."

[늦어도 괜찮아. 충분히 놀다 와.]

"도은아."

커피전문점에서 먼저 와 기다리고 있던 혜미가 활짝 웃으며 반갑게 도은의 이름을 불렀다. 도은 역시 함박웃음을 머금고 친구 맞은편에 앉아, 잠시 동안은 커피를 주문하는 것도 잊고 수다를 떨었다.

"내친김에 그냥 오늘 유찬 오빠 불러내면 안 돼?"

주문한 커피를 마시던 중에 혜미가 말했다. 유찬과 혜미의 소개팅을 화제로 삼던 참이었다.

"오빠가 어떨지 모르겠는데? 현장에 나가 있는 경우가 많아서 일도 늦게 끝나기 일쑤거든."

도은이 친구의 말을 받았다.

"안 됨 말구. 그래도 전화는 한 번 해봐. 만약 회사에 있음 저녁 약속하기 딱 좋잖아."

"그럴까?"

도은은 바로 유찬에게 전화를 걸었다. 유찬은 현장에 있기는 했다. 그런데 마침 일이 거의 끝나서 곧 회사로 들어간다 했다.

"회사에 몇 시 도착하는데?"

[늦어도 6시 반이면 들어갈 거야.]

"그럼 딱 좋네. 혜미랑 내가 시간 맞춰 회사 앞으로 갈게. 우리 저녁 먹자. 오빠."

맞은편에서 도은의 통화 내용을 듣고 있던 혜미가 두 주먹을 위에서 아래로 내리며 '아싸' 한다.

강 사장의 회사는 도은이 사는 아파트에서 그리 멀지 않은, 어느 8층짜리 빌딩의 2층에 위치해 있었다. '성보 인테리어'라는 간판을 단 회사는 사장실이 따로 있는 것 외에, 유찬과 다른 한 명의 30대 후반 여자를 실장으로 해서, 약 60평 규모의 사무실에 실장들 포함 아홉 명의 직원들이 일하고 있었다.

회사에는 유찬이 먼저 도착해, 그는 먼저 여자 실장과 잠시 얘기를 나눈 후 시간을 확인하며 사장실로 들어갔다. 현장을 다녀온 보고를 위해서였다.

"참, 너 다른 약속 없지?"

유찬의 보고가 끝난 후 강 사장이 물었다. 소파에 마주앉아서였다.

"왜요?"

"차 서방 오기로 했거든."

강 사장은 이어서 손목시계를 보며 '시간 다 됐네' 했다. 순간 유찬의 얼굴은 경직되고 말았다.

"내가 간다고 했는데 차 서방이 온다네. 그 나이에 성공하면 거만하기도 하고 그런데…… 차 서방이 가만 보면 은근히 사람

됨됨이가 괜찮어. 어른이라고 먼저 찾아뵌다 하고 말이야. 소문엔 좀 뻣뻣하다고 하더니, 소문 믿을 거 못 되네. 하긴 마누라 이쁘면 어떤다고, 이게 다 도은이가 잘 하니까 그런 거다 싶긴 하다만. 암튼 일 얘기도 일 얘기지만 우리 남자끼리 한잔하자."

"약속 있어서 지금 나가봐야 해요."

유찬은 서둘러 자리에서 일어나 아버지가 뭐라 말을 하는데도 듣지 않고 사장실을 나가 버렸다. 사무실에서 유찬은 제자리를 대충 정리한 후 남아 있는 직원들에게 '먼저 간다' 인사를 하고 회사를 나왔다.

"오빠."

회사를 나오자마자 계단 쪽으로부터 모습을 보인 도은이 유찬을 불렀다.

"도은아……."

"시간 딱 맞게 나오네? 혜미는 커피숍에 있어."

"그래. 얼른 가자."

유찬은 다가온 도은의 어깨를 가볍게 잡아끌었다. 동시에 주위를 두리번거리는 그의 모습에서 서두르는 기색이 완연해, 도은은 어리둥절해했다. 유찬은, 도은의 생일 전날, 그녀를 데리러 아파트까지 왔던 중락에게서 뭐라 딱 꼬집을 수 없는 불길한 느낌을 받았었다. 때문에 괜한 오해를 받지 않기 위해서라도 중락의 눈에 띄지 않는 것이 좋다고 판단했다. 그러나 불행히도 두 사람은 중락의 눈에 띄고 말았다. 지하주차장으로부터 승강기를 타고 바로 2층에서 내린 중락은 짧은 복두를 지나 모퉁이를 도는 순간에, 마침 계단을 막 내려서는 도은과 유찬의 뒷모습을, 그것도 보기에 따라서는 유찬이 도은의 어깨를 다정히 감싸 안았다고 할 수 있는 모습을 목격한 것이다. 거기에 더해 도은의 '까륵' 하는 아기 같은 웃음소리까지 들려와 중락의 발길을 묶어놓고 있었다. 친구를 만나러 간다던 아내는 왜 이곳에 있는가, 중락의 얼굴은 먼저 그렇게 묻고 있는 듯했다.

7
인형이
아니야

도은은 유찬, 혜미와 함께 패밀리 레스토랑에서 저녁 식사
를 했다.

"자, 그럼 계산은 내가 하고 갈 테니⋯⋯."

식사가 거의 끝나갈 즈음 도은이 말했다.

"이젠 두 사람 좋은 시간 가지세요."

"어, 네가 계산할 거야? 땡큐, 땡큐. 역시 사모님이 되니까
경제력이 우아해졌다, 얘."

혜미가 킥, 웃으며 말을 받았다.

"다 먹었는데 같이 나가지, 뭐. 도은이 너 택시 태워주고 우
리 커피 마셔도 되니까."

유찬이 뒤를 이었다.

"나 엄마 잠깐 보고 가려구."

"엄마? 왜?"

"뭘 왜야? 그냥 얼굴 보고 싶어서지. 중락 씨가 오늘 좀 늦어도 된다 그랬거든. 그럼 갈게. 오빠."

도은이 혜미에게도 인사하며 일어서자 유찬도 따라 일어서며 '문 앞까지만' 한다. 그는 도은이 계산하는 것도 말렸지만 도은은 기어코 계산을 하고는 출입구로 움직였다.

"남편이 잘해줘?"

출입구를 나서며 유찬은 의례적인 투를 가장하며 물었다.

"남편이 뭐야? 차 서방이라고 해야지."

도은은 짐짓 나무라듯 했다.

"어쭈, 유부녀 됐다고 지적질? 나이 많은 매제라 차 서방이라고 입에서 잘 안 떨어지네?"

"그건 좀 그렇겠다."

도은은 고개를 끄덕이며 웃었다.

"별일…… 없는 거지?"

"차암, 이상하게 묻네. 전업주부한테 별일 있을 게 뭐 있어? 있기를 바라는 거야, 뭐야?"

"그래, 그래. 잘못했다."

"얼른 들어가. 혜미 기다리겠다."

유찬은 '알았다'며 먼저 가라 손짓했다. 그는, 도은의 뒷모습이 완전히 사라지고 나서도 잠시 제자리에 서 있었다. 별일이 있어도 '별일 있다' 티도 안 낼 도은인 것을 누구보다 잘 아는 유찬은 그녀의 대답보다는 얼굴을 보며 추측해야 했는데 그녀의 얼굴은 '아직 별일 없다' 말하고 있었지만 그는 어쩐 일인지 안심이 되지 않았다.

도은 엄마는 딸의 갑작스러운 방문에 깜짝 놀랐다. 물론 그것도 반가움에 비할 바는 못 되었으리라. 두 모녀는 주방의 식탁에 오붓하니 커피를 마주하고 앉아 이야기를 나누었다.

"온 김에 깍두기 조금 가져갈래? 며칠 전에 담근 건데 마침 맞게 익었거든. 담그면서 네 생각나더라. 우리 도은이 깍두기 좋아하는데…… 하면서 말이야."

"와우, 깍두기 얘기하니까 저녁 먹은 지 얼마 되지도 않았는네 배고프려구 하네?"

"맛 좀 볼래?"

"그것보단, 엄마. 뭐 좀 물어보려구 하는데……."

자리에서 일어나려는 엄마를 도은이 잡았다. 그러면서도 도은은 쉽게 말을 꺼내지 못하고 미적대다 '뭔데 그래? 말해봐' 하는 엄마의 재촉까지 받고서야 입을 연다.

"그 사람…… 밖에서는 정말 착하게…… 그랬어?"

딸의 질문에 엄마는 놀라는 기색과 함께 당혹해했다. 도은이

말하는 '그 사람'이란 도은의 친부를 가리키는 것이고, 친부에
관한 얘기는 언제부터인가 두 모녀 사이에서 금기나 다름없어,
딸의 입에서 그 얘기가 나온 것이 적이 갑작스러웠던 모양이다.

"갑자기 그건 왜……?"

"그냥……. 가족한테 그리 독하게 군 사람이 밖에선 좋은 사
람이었단 게 믿기지가 않아서……."

그래서 아버지가 엄마에게 가한 폭력을 외부 사람들에게 설
득시키는 일도 쉽지 않았던 세월이었다. '그 사람'은 철저하게
이중인격이었다.

"나도 잘은 모르는데……. 그 인간 죽고 나서 들은 얘기에 의
하면 누구한테 사기 쳐서 결국 죽게 만들었다고 하긴 하더라."

"사기? 누구한테?"

"그거야 나도 모르지. 밖에서 무슨 짓을 하고 다니는지 내가
알 수 있는 게 뭐가 있었겠어? 오죽했으면 죽고 나서 들었겠어?
그것도 얼핏 들어서 긴가민가…… 그렇구나."

도은의 아버지, 민중기가 죽을 즈음에는 그가 다른 여자와
딴 살림까지 차리고 있던 터라 도은 엄마와 딸은 경제적으로 버
려지다시피 했던 때이기도 했었다. 그나마 죽고 나서 남긴 유산
이, 그가 제 아내와 딸에게 해준 유일한 선물이라면 선물이었
다.

"다 옛날 얘기야. 그 인간에 관한 건 다 잊어버려. 다 잊고

차 서방이랑 알콩달콩 잘 살아. 다행히 차 서방이 너 아껴주니 고맙지, 뭐야. 부부는 딴 거 없어. 서로 아껴주고, 존중해 주고, 마음 편하게 해주고, 그거면 돼."

엄마는 딸의 손을 잡았다. 딸에게 늘 미안했다. 안락하고 행복한 어린 시절을 만들어주지 못해 미안했고, 어린 시절의 추억 대신 나쁜 기억만 남게 해 미안했다.

중락은 그의 집에 있었다. 장인인 강 사장과의 약속도 취소하고 곧장 집으로 와, 그는 아내를 기다렸다. 아니, 기다린다는 의식을 전혀 하지 않았음에도, 부러 기다리지 말자 했음에도 그는 도은을 기다렸다. 그는 그녀에 관한 생각을 아예 하지 않으려 했다. 그런데도 정신을 차려보면 어느새 그의 머릿속은 온통 도은뿐이었다. 도은에 관한 상념뿐이었다. 더욱이 그는 한시도 가만있지를 못하고 시재에서 침실로, 침실에서 응접실로, 2층 전체를 쉬지 않고 배회하며 도은에게 전화를 걸지 않기 위해 이를 악물어야 했다.

중락은 어느덧 가로등이 어둠을 밝히는 정원에 나와 있었다. 그의 초조한 눈빛은 이제 계속 대문을 향했다. 기다리지 않아도 도은은 올 터이고, 또 그녀가 남편을 배신할 만한 행동을 하지 않으리란 것도 잘 알았다. 그러니 이 얼마나 유치하고 어리석은 감정이란 말인가, 그런데도 그는 자신을 억제할 수가 없었

다. 화가 나서 견딜 수가 없었다. 어쩌면 알면서도 초조해하는
제 자신에게 그는 화가 났는지도 모를 일이었다. 그런 중락의
모습은 1층 홀의 창을 통해 고스란히 노부인의 시야에 담긴다.
중락이 도은을 기다린다는 것을 어렵지 않게 눈치챈 노부인은
자신의 눈에 비친 중락의 모습이, 평소 아들의 그것은 아니라
는 데에 생각이 미쳤다. 그렇게 얼마나 시간이 흘렀을까, 대문
소리가 났을 때에야 ―문은 경비실에서 열어준다― 중락은 그제
서 정원을 서성거리던 걸음을 멈추고 대문 쪽을 뚫어지게 쳐다
봤다. 얼마 안 있어 도은이 모습을 보였다. 그녀는 아마도 엄마
가 싸주었을 깍두기가 담긴 비닐 쇼핑백을 든 모습으로 중락을
향해 곧장 걸어왔다.

"왜 나와 있어요?"

도은은 환하게 웃음 띤 얼굴로 다가왔다.

"늦었군."

중락은 도은의 얼굴에 눈을 고정한 채 무표정하게 말했다.
그녀가 손에 든 쇼핑백을 받아줄 생각도 못 하는 얼굴이었다.

"어, 그래요? 10시 넘었나?"

"친구하고만 있다 늦은 거야?"

"사실은 엄마도 만나느라고요."

"또?"

"네?"

도은은 유찬에 관한 것은 일부러 말하지 않았다. 그저 단순히 중락의 마음을 어지럽힐까 저어됐던 것이 이유의 전부였다. 중락은 갑자기 도은의 손목을 낚아채듯 잡고는 정원에서 현관을 향하여 성큼성큼 걸어갔다. 그의 급한 걸음에 도은은 끌려가듯 했다. 현관을 들어서도 그가 그 급한 움직임을 조금도 늦추지 않는 바람에 도은은 쇼핑백을 손에서 놓치고 말았지만 그는 개의치 않았다. 도은이 '어머님께 인사드려야 한다' 했음에도, 실은 노부인이 홀의 리빙 룸에 있었음에도 중락은 모두 무시하고 그녀를 2층으로 끌고 올라갔다. 아줌마가 주방에서 나와, 홀의 바닥에 넘어져 있는 쇼핑백을 일으켜 안의 내용물을 확인하는 사이 노부인도 다가왔다.

"김치 같은 건가 본데요."

아줌마가 노부인을 향해 말했다.

"냉장고에 넣어둘까요?"

"버려."

노부인은 차갑게 말하고 몸을 돌렸다.

2층의 침실 문이 거칠게 열리며 중락이 먼저 모습을 보였다. 물론 도은의 손목을 끌고서였다.

"중락 씨……. 놔줘요."

애원하듯 하는 도은의 얼굴은 일그러져 있었다. 중락이 그녀의 손목을 너무 꽉 쥐고 있어서 몹시 아팠던 것이다. 중락은 그녀의 손목을 놓기 전 자기 앞으로 끌어, 이번에는 두 손으로 덥석, 그녀의 작은 머리를 움켜잡았다. 그 충격만으로도 도은은 머리 안이 울릴 지경이었는데 거기에 더해 그의 손끝으로부터 전해져 오는 강한 압력에 그만 두개골이 깨질 것 같았다.

"아…….."

머리에 통증을 느낀 도은은 절로 신음을 흘렸다. 이 사람은 또 화가 났구나, 그녀는 중락의 옷깃을 잡고 이를 악물었다. 그녀의 머리를 잡은 그의 손끝은 그 강한 압력으로도 마치 마사지를 해주듯 움직였다. 마치 그렇게 하면 그녀의 머리 안에 뭐가 들었는지 진단이라도 된다는 듯 말이다.

"생각하지 마."

그녀의 머리 위로 고개를 숙인 중락이 말했다. 신음처럼 불분명한 발음이었다.

"이 집에 온 이상 아무 생각도 하지 마. 나만 보고 내가 시키는 대로만 해."

"중락 씨…….."

중락의 손끝이 다소 느슨해진 틈을 타, 도은은 한숨을 토해내듯 입을 열었다.

"친구……, 혜미를 유찬 오빠에게 소개하느라…….."

"닥쳐."

유찬의 이름이 나오자 중락은 바로 그녀의 말을 잘랐다. 도은은 다시 신음을 토해냈다. 머리가 깨질 것 같은 통증 때문이었다.

"다신 외출하지 마. 이 집에서 한 발자국도 나가지 마."

이어 그는 도은의 머리를 위로 쳐들었다. 고개가 뒤로 꺾인 그녀의 눈에는, 그러나 중락의 얼굴이 보이지 않았다. 그의 얼굴이 눈앞에 너무 가까이 와 있던 탓이었다.

"이 집에서 죽을 때까지 살아. 나만 보고, 내 생각만 해. 인형처럼 살아."

"화내지 말아요……."

"대답해."

그가 강압적으로 다그쳤다.

"난 인형이 아녜요."

"인형이 돼. 지금부터."

"싫어요."

"넌 인형이야."

"아니야……."

도은은 그의 손에 잡힌 채로도 고개를 흔들었다. 그 결과는 그녀의 두 무릎이 쿵 소리를 내며 바닥에 닿는 것으로 나타났다. 중락이 그녀의 어깨를 내리 누른 것이었다. 무릎에 오는 충격으로 도은은 앓는 소리를 짧게 내며 주저앉았다. 중락이 따라 앉으며, 이번에는 그녀의 팔을 잡았다.

"넌 원래 인형이었어. 놓고 와서는 안 되는 것을 놓고 온……
넌 처음부터 껍데기였어."

그 말에 도은은 대꾸를 못 했다. 분명 뭐라 말을 하려고 입
을 벌렸지만 그 입에서는 신음 섞인 가느다란 한숨만 새어 나
왔을 뿐이다.

"아니야? 말 못 하지? 어차피 울지도 못하잖아. 그러니 그대
로 살아. 날 위한 인형으로, 어디 평생 살아봐. 이렇게 예쁜 인
형……."

중락은 도은의 얼굴을 우악스럽게 감싸 쥐었다.

"아주 너덜너덜해질 때까지 내가 잘 사용해 줄 거야. 걱정은
마. 그래도 버리지는 않을 테니."

중락은 도은의 원피스와 속옷을 차례로 찢어냈다. 도은은
정말 인형처럼 아무 반항도, 심지어는 표정도 없었다. 그 바닥
에서 다리가 벌어지고, 그가 다짜고짜 들어오고, 이어지는 그
의 발작적인 행위에, 바닥에 몸을 부딪느라 느껴지는 통증에도
그녀는 아무 소리를 내지 않았다. 도은의 몸은 그에게 힘없이
끌려가 소파로 던져졌다, 마지막에는 침대에 아무렇게나 나뒹
굴었다. 이제는 분명해졌다. 그는 도은과 유찬의 관계를 알고
있다, 어떻게 알았을까, 결혼 전에 알았을까, 알았다면 왜 결
혼을 했을까. 도은은, 그러나 그런 의문들도 이미 의미가 없다
고 느꼈다. 다만 그것을 현실로 받아들이는 수밖에.

"으음……."

도은은 이를 꽉 다물고도 신음 소리를 냈다. 중락이 그녀의
귀를 깨문 통증 때문이었다. 그가 머리채를 잡아당겨 목도 비
틀렸다. 그 상태로 그녀는 제 얼굴과 목에 그의 뜨겁고 부드러
운 혀와 차가운 타액을 느꼈다. 이어 젖가슴의 통증이 느껴졌
다. 얼마 안 있어 그의 팔에 갇혀, 제 몸이 그와 더욱 밀착되는
것도 알았다. 숨이 약간 가빠왔음에도 아랫도리는 점점 강한
타격으로 흔들려, 딱히 몸의 어디가 어떻다고 말할 수도 없을
정도로 전신이 뻐근해 왔다. 도은이 느끼는 고통 그대로 중락
은 정말 그녀를 인형처럼 다뤘다. 그럼에도 난폭하다는 것만
뺀다면 그 인형에 취해 있음도 분명해 보였다. 실제로 그는, 자
신이 그렇게 하면 그녀가 아파할 것이라는 당연한 사실을 의식
못 하고 있었다. 그녀의 마음으로 들어갈 수 없으니 그녀의 몸
에라도 들어가려는 듯, 어쩌면 몸이라도 온전히 제 것으로 하
려는 양, 다만 필사적일 뿐이었다. 때문에 도은을 껴안고 행위
를 하는 그의 몸짓에는, 그녀 안으로 더 깊이, 할 수만 있다면
그녀의 영혼에까지 닿아보려 애를 쓰는, 덧없는 절박함마저 엿
보일 지경이었다. 그것을 또 도은은 알았을까, 지금까지 그와
의 관계 중에 한 번도 제 의지를 실은 어떤 움직임도 보여주지
않았던 그녀가 팔을 하나, 천천히 들어올렸다. 천근만근인 듯
무겁게 들어, 그것을 그의 머리 뒤에 살며시 갖다 대었다. 어쩌

면 그가 느낄 수도 없을 정도의 아주 가벼운 접촉이었다. 그의 좋은 아내가 되면, 그에게 잘하면, 그를 위해 무조건 노력하면 될 줄 알았더니 오히려 그를 더욱 괴롭히는 일이 될 줄이야. 순간, 도은의 귀에 그의 신음 소리가 들려왔다. 거의 동시에 그녀의 입도 벌어진다.

"아악……."

날카로우면서도 짧고 격렬한 비명이 도은의 입으로부터 터졌다. 그 소리는 아래층까지 내려가 노부인의 방으로까지 스며들어, 불경을 읽던 노부인의 고개를 들게 만들었다. 아주 잠깐 스치듯 지났던 소리라, 그것을 다시 되새기듯 노부인은 잠시 귀를 기울였지만 더 이상은 아무 소리도 들려오지 않았다. 노부인은 곧 못마땅한 얼굴로 혀를 차며 고개를 흔들었다.

섹스가 끝난 후, 하얀 시트가 어지럽게 흐트러진 침대 위로 두 사람의 벌거벗은 육체는 여전히 아랫도리는 포개진 채로 상반신만 따로 떨어져, 중락은 등을 위로 하고, 도은은 어깨 한쪽만 위로 세워 잔뜩 움츠린 모습으로 있었다.

중락이 먼저 천천히 움직였다. 자신이 한 짓을 아는 얼굴이었다. 그는 손을 뻗어 도은의 세워진 어깨를 내렸다. 그의 손길에 힘없이 어깨를 툭, 내린 그녀였지만 그 팔로 그녀는 제 눈을 가렸다. 중락의 눈길은 그녀의 반대편 어깨를 향했다. 그곳에는 선명한 치아 자국과 함께 피멍이 들어 있었다. 중락은, 자신이 한 짓에 허탈한 듯 짧은 한숨을 뱉어냈다. 참으려고 했는데 참아지지를 않았다. 절정에 이르는 순간, 동시에 폭발해 버린 그녀에 대한 격정의 소용돌이에 그만 모든 것을 놓아버리고 만 것이었다. 그렇다고 해도 미친 짓이다, 중락은 자신에게 그런 면이 있었나 싶어, 스스로도 뒤통수를 맞은 기분이었다.

중락은 도은의 얼굴로 눈을 옮겼다. 그녀는 팔로 눈가를 가린 채, 굳게 다문 입술만 내보이고 있었다. 그 모습만 보면 울고 있나 싶기도 했는데, 중락이 그녀의 팔을 치우고 보니, 그녀는 다소 충혈이 된 눈을 하고 있을 뿐, 울고 있지는 않았다. 그 모습이 더 애잔해 심장 한편을 에는 것 같았건만 동시에, 중락 자신도 뭐라 설명할 수 없는 불가해한 심술에 사로잡히기도 했다. 그녀를 울리고 싶었던 것이다.

"솔직히 말해."

중락이 말했다.

"뭘요……?"

"날 증오한다고, 경멸한다고."

"그렇지 않아요."

"인형이라서 아무것도 못 느낀다는 건가?"

"난 인형이 아녜요."

"증명해 봐."

순간 도은은 신음을 토했다. 피멍이 든 그녀의 오른쪽 어깨를 그가 움켜잡았기 때문이다.

"울어봐."

"아아……."

"울어."

도은은, 그러나 우는 대신 머리를 흔들고 발작적으로 몸을 꿈틀댔다.

"울면 고통도 끝나."

"왜……."

도은은 간신히 신음처럼 토해냈다.

"왜 나랑 결혼했어요?"

도은의 갑작스러운 물음에, 그는 잠시의 침묵 후 그녀의 어깨를 잡았던 손을 치웠다.

다음 날 아침, 도은은 주방에서 아줌마와 함께 아침을 준비하고 있었다. 평소와 같은 모습이었다. 식탁 위에 세팅이 끝날 때쯤 출근 준비를 마친 중락이 모습을 보였다. 아줌마는 자리를 물러나고 도은은, 중락이 앉는 것을 보며 자신도 그의 곁에 앉았으나 그녀 앞에 식사는 차려져 있지 않았다. 도은은 시어머니까지 식사를 마친 후에 보통은 토마토 주스 등으로 아침을 해결하고 식사는 점심부터 했기 때문으로, 평소 중락이 아침 식사를 할 때는 그저 그의 곁에 앉아 그의 대화 상대가 돼주고는 했다.

"오늘 아버지 제사야."

중락은 수저를 들며 도은을 보지도 않고 말했다.

"가능한 2층에서 내려오지 마."

"왜요? 제산데……."

"시키는 대로 해."

중락은 건조한 목소리로 그녀의 말을 잘랐다.

"네. 당신은…… 일찍 들어오나요?"

"제사 전엔 들어와야지."

"아버님은…… 어떻게 돌아가셨어요? 병이 있으셨나요?"

"그래. 병은 병이군. 화병."

시간이 흘러 그날 늦은 오후, 주방으로부터 노부인의 불호령이 떨어졌다. 도은을 향해서였다. 그녀는 '2층에서 내려오지 말라'는 중락의 당부를 어기고 주방으로 들어오다 노부인의 노여움을 산 것이었다. 주방은 제사 준비를 하느라 생선과 전 부치는 냄새로 가득했다.

"당장 나가지 않고 뭐 해? 여기 얼씬도 마라."

주방 입구에 선 도은을 향해 노부인이 쩌렁쩌렁한 목소리로 명했다.

"아버님 제산데……."

"그러니까 얼씬 말라는 것이다. 말귀 못 알아먹어?"

도은은 도저히 이해할 수 없는 얼굴로, 그러나 어쩔 수 없다는 듯 몸을 돌렸으나 몇 발자국 가지도 못했다.

　"사기꾼 놈의 딸이 어딜……."

　노부인의 목소리가 이어서 들려온 것은 그때였다. 아마도 도은이 갔으리라 생각하고 뱉어낸 말이었으리라. 그 말에 밀려 도은은 서둘러 계단을 향했지만 시어머니의 '사기꾼 놈'에, 바로 어제 엄마에게 들었던 '누구한테 사기 쳐서 죽게 만들었다'던 아버지의 과거 내용이 겹쳐졌다. 2층으로 올라온 도은은 응접실의 소파에 쓰러지듯 주저앉았다. 현기증이 나듯 머리가 핑핑 돌았다. 기억의 회로로부터 꺼내져 올라온 14년 전 중락의 모습도 떠올랐다. 그렇구나, 그랬구나, 도은은 온몸의 힘이 쭉 빠져 달아난 것 같은 느낌에 한동안 기운을 차릴 수가 없었다.

　중락은 저녁 7시에 귀가했다. 그리고 8시에 시작한 제사가 치러지는 동안 2층에 있던 도은은 제사가 끝날 즈음에 아래층으로 내려왔다. 제사상은 리빙 룸의 한편에 차려져 있었다. 도은이 그곳으로 다가가니, 상 앞에 앉아 있던 중락과 노부인 중 노부인이 먼저 자리에서 일어났다. 노부인은 단 한 시라도 도은과 같은 공간에 있기를 거부하는 사람 같았다. 그래서 도은의 옆으로 비켜갈 것 같던 노부인은 웬일로 도은 앞으로 다가오더니 다짜고짜 도은의 뺨을 후려쳤다. '짝' 하는 소리와 함께 몸의 중심을 잃은 도은이 바닥으로 털썩, 주저앉았다. 순간 중락이 자리에서 일어나려 반쯤 몸을 일으켰으나 그 순간에 다시 멈칫하고는 아랫입술만 지그시 깨물었다. 그는 일그러진 표정으로 도은을 외면하기까지 했다. 노부인은 곧장 그 자리를 벗어났다. 도은은 잠시 후에 일어나 노부인의 뒤를 쫓았다.

도은이 노부인의 방으로 들어왔을 때 노부인은 보료 위에 앉아 눈을 감고 손에 든 염주를 한 알, 한 알 돌리고 있었다. 도은은 말없이 노부인의 맞은편에 무릎을 꿇고 앉았다. 그런 그녀의 입술 가장자리에는 피가 맺혀 있었다.

"아버님께선…… 14년 전쯤에 돌아가셨나요?"

도은은 나직한 소리로 물었다. 거의 동시에 노부인의 눈이 열리고 곧장 도은의 눈을 마주했다. 노부인은 대답하지 않았지만 그녀의 놀란 눈빛만으로도 도은에게는 충분한 답이 되었다. 바로 그때였다. 도은은 허리를 아주 깊숙이, 아주 천천히 숙여 코가 거의 땅에 닿을 정도로, 노부인을 향해 절을 했다. 노부인은 조금 전보다 더 놀랐지만 역시나 아무 말도 하지 않았다. 도은은 한참을 그대로 있다, 허리를 펼 때도 아주 천천히 폈다. 그 사이로, 차분하지만 냉정한 눈빛으로 돌아와 있던 노부인은 이제 다른 것을 보고 있었는데 바로 도은의 목과 7부 소매 아래로, 손목에 드러나 있는 푸른 멍 자국들이 그것이었다. 도은이 나간 후 노부인은 염주를 돌리는 것도 잊은 채 잠시 생각하는 얼굴이더니 곧 다시 눈을 감고 염주를 돌리기 시작했다.

늦은 밤, 하루를 마감하듯 욕실 안에서 샤워를 끝낸 도은은 커다란 타월을 집어 들었다. 그러나 그녀는 타월로 몸을 가리기도 전에 젖은 몸 그대로, 욕실 내의 화장대 앞으로 가 앉았다. 거울에 비친 제 얼굴이 보였다. 도은의 얼굴은, 시어머니에게 맞아 피가 맺혔던 입술 끝을 중심으로 약간 부어올라 있었다. 뿐만 아니라 그녀의 몸 역시 성치 않아, 사정을 모르는 사람이 봤다면 필시 '맞고 사는 여자'를 연상하기에 결코 부족함이 없을 정도였다. 오른쪽 어깨의 피멍에서부터 시작해 젖가슴 주변으로, 등에, 팔에, 다리에 크고 작은 멍들이 흩어져 있었는데 바로 어젯밤, 침실 바닥에서 시작해 소파를 거쳐 침대로 가는 과정이 고스란히 묻어난 흔적으로, 그것이 하룻밤을 지나며 더 진해져 있다는 것이 어제와의 차이라면 차이였다. 그럼에도 도은의 얼굴 표정은 이상하리만치 편안해 보였다.

도은이 가운을 입은 모습으로 침실로 나왔을 때 중락은 소파에 앉아 있었다. 욕실 문소리를 들었을 텐데도 돌아보지 않은 채였다. 도은이 침실로 오기 전까지는 줄곧 서재에만 있어, 그녀는 커피를 가져다주기도 했었다. 그러면서 그에게 말도 붙여보았지만 그는 무심하게 반응했었다. 그는 이제 무심해지기로 한 것일까, 도은은 그렇게 생각하면서도 그의 곁으로 가 앉는다. 그녀의 생각대로 중락은 정말 그런 다짐도 했었다. 도은에게 집착하는 저 스스로에 대한 환멸에, 무심함이라도 가장

한다면 화가 덜 나겠지, 그녀를 아프게는 안 하겠지, 싶었다. 이 여자가 뭐기에, 겨우 아내라는 타이틀 하나 달고 있는 민도은이 뭐기에, 그 자신의 가장 어리석고 추악한 면만을 끄집어내는지, 정말 답답하기도 했으리라.

중락은 바로 제 곁에 도은이 앉았는데도 아무 기척도 보이지 않고 있었다. 그래서일까, 도은이 먼저 그의 어깨에 살포시 머리를 기댔다. 그렇게 얼마나 시간이 흘렀을까. 그의 고개 역시 마침내 천천히, 그녀의 머리 위로 기울어졌다. 그런 두 사람의 모습은 평화로워 보였다.

다음 날 오후, 도은은 뜻밖의 전화를 받았다. 엄마였다.

[네 아빠가 현장에 나가셨다가 사고를 당해서 지금 병원에 와 계셔.]

도은은 깜짝 놀랐다.

"어, 얼마나 다치셨어?"

[너무 놀라지는 말고⋯⋯. 조금 다치셨어.]

그러나 엄마의 목소리가 도은의 귀에는 정말 '조금'은 아닌 것으로 들려, 그녀는 '어느 병원이냐' 물어본 후 서둘러 외출 준비를 했다. 그런 후 1층으로 내려와, 보나마나 무시당할 것을 알면서도 노부인의 방문을 노크했다.

"어머님. 친정아버지가 사고를 당하셔서요, 병원에 잠깐 다녀오겠습니다."

문고리를 잡고 밖에 서서 도은은 외출 인사를 했다.

"그래라."

노부인은, 비록 도은과 눈을 맞추며 말한 것은 아니었지만 도은의 인사에 분명한 대답을 해보였다. 그동안은 도은이 무슨 말을 하던 무시와 호통으로 일관했던 것에 비하면 완전한 변화였다. 도은은 놀라기보다는 어리둥절한 얼굴로 머뭇거리던 중 '어여 문 닫지 뭐하냐'는 '익숙한' 호통을 듣고 나서야 그제서 정신이 들며 문을 닫았다.

도은이 도착한 병원은 외과전문병원이었다. 입구를 막 들어서는데 뒤에서 '도은아' 하고 부르는 소리에 돌아보니 친구 혜미가 급히 다가오고 있었다. 손에 작은 음료 박스를 든 모습이었다.

"어, 혜미야. 네가 왜……?"

도은은 의아한 얼굴로 물었다.

"유찬 오빠한테 전화했다가 병원이라고 해서. 혹시 너도 오나 싶기도 하고, 암튼 겸사겸사."

혜미는 배시시 웃었다.

"오면서 또 통화했는데 오빠 말이 검사 결과가 생각만큼 나쁘지 않대. 피가 많이 나서 되게 놀랐었나 봐."

두 사람은 승강기를 향했다.

"야, 근데 너, 옷이 그게 뭐야? 안 더워?"

승강기 안에서 혜미는 눈으로 도은의 위아래를 훑으며 어이 없다는 듯 물었다. 아닌 게 아니라 7월의 날씨에 도은은 긴 소매의 블라우스에 스카프로 목까지 꽁꽁 감고 있어 보기만 해도 더워 보였다.

"으응……. 약간 감기 기운이 있어서……."

"그래도 그렇지, 몸에 문신 감추는 사람 모양……. 스카프라 도 좀 빼라."

바로 3층에서 멈춘 승강기에서 문이 열리는 순간, 혜미는 밖으로 걸음을 옮기며 도은의 스카프를 슬쩍 잡아 흔들었다. 그 바람에 실크루 된 스카프는 바로 도은의 목에서 풀리며 바닥으로 떨어졌다.

"어, 미안……."

혜미가 먼저 허리를 굽혀 스카프를 집어 드니, 도은은 약간 당황한 모습으로, 친구의 손에서 스카프를 빼앗듯 낚아챘다. 이어 그것을 다시 급히 목에 두르는 도은을 보며 혜미는 당혹스러움을 감추지 못했다.

"도은아……."

"얼른 가자. 몇 호라고 했더라……, 아, 308호……."

2인실의 입원실에는 강 사장 외에 도은의 엄마와 유찬이 있었다. 강 사장은 내부 공사가 진행 중인 한 상가에서, 그곳에 세워둔 자재들이 무너지는 바람에 부상을 입었는데 왼쪽 팔꿈치 윗부분에 7센티 정도의 열상(裂傷)을 입어 수십 바늘을 꿰매기는 했으나 다행히 뼈가 부러진 곳은 없어 아주 심한 중상은 아니었다.

"꿰맨 거랑 팔목 뼈에 금이 간 거 말고는 괜찮아. 금방 나아."

걱정스러운 얼굴을 하고 있는 도은에게 강 사장은 토닥이듯 했다. 증명하듯 강 사장의 왼쪽 팔에는 붕대뿐 아니라 팔을 움직이지 못하게 하는 보호대까지 있었다.

"금방 낫진 않죠. 실금도 아니고 운 좋게 골절된 거 넘긴 거라잖아요."

엄마가 설명을 보탰다.

"그러니까요, 내가 운이 좋을라구 요거밖에 안 다친 거라니까. 당신은 더 운이 좋은 거구요. 과부 안 됐으니까."

"그걸 말이라고……."

그렇게 말하면서도 두 부부는 늘 그렇듯 웃음으로 마무리를 한다.

"좀 전에 차 서방한테서도 전화 왔었다. 도은아. 퇴근길에 들른다고 하더라."

엄마가 도은을 보며 말했다. 도은은 병원 오는 길에 중락에게 전화를 해 자초지종을 먼저 설명했던 터라, 엄마의 말에 고개만 끄덕여 보였다.

"저녁 먹고 갈 수 있어?"

화기애애한 시간이 얼마큼 흐른 후에 유찬이 도은에게 물었다. 그는, 침대 앞에 앉아 있는 도은의 바로 뒤에 서 있었다.

"아니. 나 며느리야. 시어머님 저녁 봐드려야 하거든."

"야아, 전화 드려서 저녁 먹구 간다 그래. 거기 일하는 아줌마도 있을 거 아냐?"

혜미가 유찬 곁에서 끼어들었다.

"무슨 소리, 도은이 말이 맞아. 어른 모시고 살면서 내 맘대로 하는 거 아니다. 더구나 아버지 큰 부상도 아니고, 이제는 좀 주무셔야 하니 니들 여기 더 있을 것도 없어. 이제 그만 나가서 너희들끼리 놀아."

엄마의 말에 유찬은 '나가자'며, 제 앞에 있는 도은의 어깨를 ―그것도 하필 오른쪽 어깨를― 무심히 잡았다. 순간 도은이 미간을 찌푸리며 움찔하는 것과 동시에 거의 반사적으로 유찬의 손으로부터 제 몸을 떼었다. 역시나 반사적으로 나올 뻔한 신음을 참아내느라 그녀는 의식적으로 입을 꾹 다물기까지 했다.

"왜 그래……?"

도은의 반응에 멈칫한 유찬이 의아한 얼굴로 물었다. 황급히 몸을 일으키는 도은을 보면서였다.

"딴 생각하고 있다 좀 놀라서……."

당황함을 감추느라 도은은 과장되리만큼 활짝 웃음 띤 얼굴로 대답했다. 도은의 변명을 들으며 어두운 낯빛을 보이고 있는 사람은 혜미였다.

도은, 유찬, 혜미, 세 사람은 병원을 나와, 병원 건물에서 머지않은 곳에 있는 커피숍으로 들어갔다.

"두 사람은…… 어떻게 하기로 한 거야?"

유찬이 주문한 커피를 가져왔을 때, 도은은 제 맞은편의 혜미와 그를 번갈아 보며 물었다.

"뭘 어떻게 하냐? 겨우 엊그제 소개팅 명목으로 보고 오늘 보다시피 지금 이 상황인데."

혜미는 대답하며 유찬을 힐끔 쳐다본다.

"엊그젠 괜찮았어. 오빠랑 말도 잘 통하고."

"미 투."

유찬은 두 여자 앞에 각각 커피를 놓아주며 혜미의 말을 간단한 대답으로 받았다.

"두 사람 잘 어울려. 잘됐으면 좋겠다."

"정말?"

도은의 눈을 정면으로 보며 유찬이 물었다.

"응."

그런 유찬의 눈을, 도은은 피하지 않고 담담히 받아냈다. 두 사람은 잠시 그렇게 서로를 바라보았다. 먼저 눈길을 돌린 사람은 결국 유찬이었다. 심짓 자연스럽게 커피 잔을 들면서였다. 도은 역시 천천히 커피 잔에 손을 가져갔다. 세 사람은 약 40분 정도 이야기를 나누다 일어섰는데 도은이 화장실에 들른다 하여 유찬과 혜미가 먼저 커피숍 밖으로 나왔다.

"도은이를 집에 데려다줘야 할 것 같은데 어쩌지? 너도 갈 거면 가는 길에 니네 집 지나가고."

유찬이 말했다.

"에계, 아버님 문병 왔는데 밥도 안 사줘요?"

"내일 사줄게. 일요일이잖아."

"그렇다면 뭐……."

헤헤 웃던 혜미는 금세 안색을 바꿨다.

"이 말을 해야 하나…… 계속 생각했는데……."

"뭘?"

혜미는, 도은이 나오는지를 확인하듯 먼저 커피숍을 돌아봤다. 그 사이로 유찬은 '뭔데 그러냐'며 혜미를 재촉했다. 혜미는 도은의 복장과 스카프를 먼저 거론했다.

"스카프가 벗겨질 때 보니까……. 목에 멍 자국이 있더라구요."

"뭐? 확실해?"

유찬은 정색한 얼굴로, 그러나 침착하게 물었다. 유찬 역시도 도은의 목에 감긴 스카프가 의아했었으나 '목감기에 걸려서'라는 도은의 설명에 그런 줄로만 알고 있었다.

"네. 목 옆이랑 요기……."

혜미는 제 몸의 쇄골 부분을 가리켰다.

"분명 거무스름하니 멍 같았어요. 더구나 아까 오빠가 걔 어깨 잡았을 때 화들짝 했던 것도 좀 수상하더라구요. 또 그런 생각 갖고 봐서 그런가, 안색도 별로 안 좋은 것 같고……."

그때 커피숍의 문이 열리며 도은이 모습을 보여 혜미는 얼른 입을 다물었다. 세 사람은 다시 병원으로 움직여, 그곳에 주차해 놓은 유찬의 흰색 승용차에 올라탔다. 도은은 원래 택시를 타고 가겠다며 '두 사람은 데이트하라' 했지만 굳이 '바래다주겠다'는 유찬의 고집을 꺾지는 못했다. 유찬은 먼저 혜미를 그녀가 사는 동네에 내려준 후 도은의 시댁으로 향했다. 그런데 그녀의 시댁에 한참 못 미친, 비교적 인적이 드문 길에서 유찬은 갑자기 차를 세웠다.

"왜……?"

도은이 의아한 얼굴로 물었다. 혜미와 함께 뒷좌석에 앉았던 그녀는 그대로 그 자리에 있는 모습이었다.

"할 얘기가 있어서. 네가 앞으로 올래? 아님 내가 뒤로 갈까?"

도은은 머뭇거렸다. 그렇잖아도 혜미를 내려주고 오는 길 내내 유찬에게서 심상찮음을 느꼈던 그녀였다. 그는 마치 화가 난 사람처럼, 도은이 시키는 말에 퉁명스럽게 반응하거나 아니면 아예 대꾸도 하지 않았었다. 유찬은 더 이상 기다리지 않고 차에서 내려 도은 옆으로 옮겨 탔다.

　"무슨 할 얘기……."

　도은이 경계의 눈빛으로 입을 연 순간, 유찬은 다짜고짜 그녀의 목에서 스카프를 잡아당겼다.

　"왜 이래?"

　도은이 날카롭게 소리쳤으나 그녀의 목은 금세 드러났다. 물론 목에 있는 멍도 함께 드러났다. 도은은 당황해 자신의 목을 손으로 가렸다.

　"설명해 봐."

　유찬은 먼저 나직이 입을 열었다.

　"별거 아니야."

　"별거 아니니 설명해 보라구."

　"그냥 다친 거야."

　"어떻게 다쳤는데? 구체적으로 설명해 봐."

　"경락 같은 거 흉내내다……."

　"경락?"

　유찬은 손을 뻗어, 이번에는 도은의 오른쪽 어깨 —병원에서 무심히 손을 댔을 때 도은이 움찔했던― 바로 그 부위를 움켜잡았다. 도은의 입에서는 절로 신음 소리가 터져 나왔다. 또한 동시에 통증을 느끼는 사람 대부분이 그러하듯, 그녀는 통증을 유발하는 그것에서 몸을 떼려 했다. 물론 유찬은 재빨리 손을 놓았다. 그는 이어 도은의 팔을 잡고, 그녀의 블라우스 소매를 위로 걷어 올렸다. 멍 자국은 팔에도 있었다.

"아니야……."

도은은 유찬의 손을 뿌리치며 마치 헐떡이듯 말을 토해냈다.

"오빠가 생각하는 그런 거 아니야. 충분히 오해할 만한 것은 아는데……. 절대 그거 아니야. 아니야. 아니라구. 나중에, 나중에 다 설명할게."

"지금은 설명 못 해?"

유찬의 얼굴은 차갑게 굳어 있었다.

"지금 말할 수 있는 것은 오빠가 걱정하는 그런 일이 아니라는 거야. 믿어줘. 중락 씨 그런 사람 아니야."

"그걸 지금 말이라고 해? 참고 믿어줄 게 따로 있지, 너 정신이 있는 거야? 진작 말했어야지, 몸이 이 지경이 될 때까지 왜 이러고 있었던 거야? 대체……."

"그런 거 아니라니까……."

"혹시……."

유찬은 불안한 눈빛으로 마른침을 삼켰다.

"나 때문이니?"

"아니라니까. 아니야, 아니야, 아니야……."

"안 되겠다. 너, 그 집에 들어가지 마. 그냥 우리 집으로 가자."

유찬이 다시 운전석으로 자리를 옮기려 하자 도은은 그를 와락 움켜잡았다.

"안 돼, 안 돼. 오빠. 제발 모르는 척해."

"이게 모르는 척해서 될 일이야?"

"그래서? 뭐라 그러려구? 엄마한테 뭐라 그러려구? 엄마 죽일 거야?"

도은의 그 항의에는 유찬도 대꾸를 못 했다.

"엄마가 알면…… 엄마 죽어. 죽는다구……."

유찬은 도은의 간절한 눈빛을 보고만 있었다. 그녀의 말이 틀리다고 볼 수도 없었기 때문이다. 엄마 자신이 당한 일을 고스란히 딸도 당하고 있다는 사실을, 만약 엄마가 안다면 무슨 일이 일어날 것인가.

"무엇보다 오빠가 오해하고 있는 거야. 오해라구. 지금은…… 뭐라 설명할 수가 없지만 나중에 때가 되면 다 말할 거야. 그러니 나한테 맡겨둬. 오빠. 응? 제발……."

유찬은 대꾸하지 않은 채 운전석으로 옮겨 탔지만 결국은 도은의 시댁 앞에 차를 세울 수밖에 없었다.

"이것만 알아둬."

도은이 차에서 내리기 전, 유찬은 입을 열었다.

"넌 엄마와 달라. 너한텐 가족이 있어. 네가 필요할 때 언제 든 널 도울 수 있는 가족이 바로 곁에 있다는 거……, 잊지 마."

"응. 고마워. 오빠."

도은은 미소까지 보이고 차에서 내렸다. 유찬은, 도은이 집 안으로 들어가는 것을 보지도 않고 바로 차를 출발시켰으나 멀 리 가지도 못하고 끼익, 차를 세우고 만다.

"빌어먹을……."

유찬은 운전대를 주먹으로 쳤다.

"가족이라고?"

지금으로서는 가족이 오히려 그녀에게 족쇄나 다름없지 않은 가. 엄마도 그렇지만 중락의 회사로부터 하도급을 받는 아버지 도 마찬가지다, 도은이 그것을 모를 리 없다, 그렇게 생각하니 유찬은 미칠 것 같았다. 어떻게 이럴 수 있단 말인가, 차라리 보내지를 말 것을, 가족을 위해 '연인'을 포기하고 '여동생'으로 보냈건만 이제는 그 여동생의 불행을 담보로 가족을 지켜야 한 단 말인가. 유찬은 가슴이 갈기갈기 찢기는 것 같아 숨도 쉴 수 가 없었다. 운전대 중앙으로 눈물이 투둑, 떨어졌다. 대체 그녀 는 무슨 일을 당하고 있는 것인가.

"아빠 보고 오는 길에 오빠가 집까지 바래다줬어요."

도은이 말했다. 약간 어둡다 싶게 은은한 조명 아래 부부 침실에서였다. 하얀 러그 위에 다시 하얀 침대, 그리고 그 위에 도은은 중락과 함께 나란히 누웠는데 둘 다 잠을 자기에 편한 차림이기는 해도 발가벗은 모습은 아니었다.

"응."

중락은 짧게 대답했다. 중락 역시 퇴근길에 강 사장이 입원해 있는 병원을 들렀던 터였다.

"아빠 퇴원할 때만 한 번 더 가볼게요."

"그래."

"팔베개 해줘요."

아내의 요구에 중락은 팔을 벌렸다. 그러자 도은은 기다렸다는 듯, 그의 팔 깊숙이 들어와 그의 가슴 쪽으로 얼굴을 묻었다. 그런 그녀의 움직임에 간지러움을 느낀 중락이 미소를 띠며 가슴을 살짝 들썩인다.

"왜요?"

중락의 가슴이 들썩인 것을 느낀 도은이 물었다.

"아냐."

그는 대답하며, 그녀의 위로 세워진 어깨로 눈길을 보냈다. 여전히 붉은 피멍이 선명한 오른쪽 어깨였다. 그것을 볼 때마다 그는 가슴이 서늘하니, 얼음처럼 차가운 칼날에 심장에 베이는 것 같았지만 그녀에게 '미안하다' 말하지는 않고 있었다. 그녀 역시 사과를 받자는 뜻을 전혀 보내지 않고 있어, 그는 다만 '그녀가 노력하고 있구나' 생각할 뿐이었다. 언젠가 그랬지, '좋은 아내가 되도록 노력할게요'라고 말이다. 그녀가 말하는 '노력'이 왜 이리 씁쓸한 것인지, 그 생각에 중락은 저도 모르는 한숨을 쉬느라 제 가슴이 다시 들썩이는 줄도 몰랐다. 그것을 보고 느낀 것은 도은이었다. 그의 그런 가슴 위로 그녀의 손이 사뿐 올라온다.

"난 껍데기가 아녜요."

도은은 마치 비밀이라도 된다는 듯 속삭였다.

"인형이 아니야……."

8
도은의
눈물

7월의 뜨거운 햇살이 정원의 파릇한 잔디 위로 내리쬐었다. 도은은 주방에서 아줌마와 함께 점심을 준비하던 중이었다. 물론 시어머니를 위한 것이고 그녀는 늘 그 후에 식사를 했다.

"어머님. 식사하세요."

노부인의 방을 노크 후 도은이 말했다. 예전 같으면 호통이 먼저 나갈 일이었지만, 물론 지금도 살가운 대답까지는 아니어도, 어쩐 일로 호통도 들리지 않는 가운데 노부인은 자리에서 일어나 방을 나왔다.

"어딜 가는 게냐?"

주방의 반대편으로 몸을 돌린 도은을 향해 노부인은 호통 아닌 호통을 쳤다.

"네?"

도은은 어리둥절한 얼굴을 해보였다.

"밥 먹어라."

노부인은 퉁명스럽게 툭 던져놓고는 먼저 주방으로 걸음을 옮겼다. 그렇게 해서 도은이 시집온 후 처음으로, 시어머니와 며느리는 함께 식사를 하게 됐다.

"오늘 친정아버지가 퇴원하셔서요."

식사 중에 도은이 말했다. 그녀가 병원에 다녀온 지 나흘 후였다.

"오후에 친정에 잠깐 다녀오겠습니다."

"그래라."

노부인은 곧 아줌마를 불렀다.

"새아가 친정 가는데 뭐 좀 싸봐. 퇴원한 사람한테 좋은 걸로."

"네."

아줌마는 주방에 딸린 수납 창고로 움직였다.

"감사합니다. 어머님."

노부인은 대꾸도, 도은과 눈을 마주치지도 않았지만 그런 노부인을 바라보는 도은의 얼굴은 편안한 그것이었다.

도은은 오후 4시쯤 외출 준비를 하면서 중락에게 '친정에 간다' 문자를 남겼다. 최근 그녀는 중락하고 별다른 문제없이 지내고 있었는데 그동안에 그의 얼굴을 보기도 힘들었던 터라 문제가 있고 말고 할 것노 사실 없었다. 계속 바빴던 그는 일요일에도 나가 밤늦게 들어오고, 다음 날은 서둘러 출근하는 일을 반복하고 있었기 때문이다. 실제로 업무가 많기도 했을 것이지만 일을 핑계로 또한 그는 도은을 피하는 인상도 주었다. 물론 전적으로 중락 자신으로 인한 것이었다. 도은에게 상처를 줄까, 오히려 그녀를 피한다는 것을, 또 누구보다 그녀 자신이 잘 알았다. 시간이 좀 필요하겠지, 그렇게 생각하는데 문자 도착 신호음 소리가 들린다.

〈저녁에 데리러 갈 테니 아파트에서 기다리고 있어.〉

중락의 답문을 보는 도은의 얼굴에 잔잔한 미소가 떠올랐다.

도은은 5시가 조금 넘어 그녀의 친정인 아파트에 들어섰다. 강 사장 부부는 오전에 일찌감치 퇴원 수속을 밟고 집에서 도은을 기다리고 있던 중이었다.

"세상에, 전복이잖아. 이 비싼 걸 이렇게나 많이⋯⋯."

주방에서 엄마가 감탄했다. 도은이 가져온 보따리를 풀어본 후였다.

"고마워서 이를 어째, 우린 뭘로 보답한다지……. 아니, 일단 네 시어머님께 엄마가 정말 감사드린다고 꼭 전하고, 아니다. 이런 건 내가 직접 전화 드려야겠다."

"좀 있다 차 서방 올 거니까 차 서방한테 대신 전하든가."

엄마의 호들갑을, 도은은 기분 좋은 웃음으로 받았다.

"그건 당연한 거고……. 도은 아빠."

엄마는 거실에 있는 강 사장에게 눈을 옮겼다.

"당신, 오늘 도은이 시어머님 덕에 입 호강하겠어요."

"그게 나 이뻐서 보내셨겠나, 며느리 이뻐서지. 암튼 감사히 먹겠습니다."

강 사장은 아직 팔에 붕대와 보호대를 하고 있기는 했으나 ―통원 치료는 계속해야 했다― 당장 내일부터 출근한다고 해도 크게 무리 없어 보일 정도로 건강한 모습이었다.

"오빠는?"

도은이 엄마를 보며 물었다.

"당연히 회사에 있지. 오늘 너 온다고 일찍 퇴근한댔으니까 좀 있음 올 거다. 이제 슬슬 저녁 준비해야겠다. 넌 그냥 쉬어. 커피 줄까?"

도은은, 엄마가 싱크대 쪽으로 몸을 돌리는 것을 보며 식탁 앞에 앉았다. 나흘 전, 시댁 앞에서 유찬과 헤어진 후 그녀는 계속 그의 문자를 받았었다. 문자 내용은 거의 '아무 일 없니?'

혹은 '무슨 일 있으면 꼭 전화해' 등의, 도은을 걱정하는 그것이 다였다. 통화도 몇 번 했었다. 통화 중 그의 목소리는 도은에 대한 걱정을 넘어 초조함까지 배어 있었다. 도은이 아무리 '유찬의 오해다'라며 그를 안심시키려 해도 그는 그녀의 말을 곧이 곧대로 믿지를 않았다. 그는 자신이 본 것만을 믿었다. 무리도 아니다, 이해를 하면서도 도은은 중락과 자신의 문제에 다른 이가 끼어드는 것을 원치 않았다. 오직 중락과 그녀, 둘만의 힘 으로 풀고 싶었다.

7시 넘은 시각에 중락은 도은의 아파트 지상주차장에 차를 세우고 1층의 승강기 앞에 섰다. 승강기는 지하로부터 올라와, 잠시 후 문이 열렸다. 열린 문 사이로 중락의 눈에 보인 것은 뜻밖에도 유찬이었다. 그는 지하주차장으로부터 올라오는 중 이었던 모양이다. 유찬은 놀란 듯했으나 곧 중락과 가벼운 묵 례로 인사를 나눴다. 두 남자는 승강기 안에 나란히 서서, 불 안하고 기묘한 침묵이 흐르는 가운데 위로 올랐다.

"도은이가 시집에서 잘 하나요?"

먼저 입을 연 것은 유찬이었다. 평범한 듯 보이는 그의 물음 은 또한 숨길 수 없게 공격적인 어조에 실려 나왔다.

"네."

중락의 대답은 짧았다.

"하긴 도은이가 나이 어리긴 해도 애늙은이라 특별히 미운털 박힐 일은 안 할 것 같기는 합니다만, 오히려 또 그게 걱정이라서요. 아파도 아프다, 싫어도 싫다, 말을 잘 안 해서…… 심지어는 울지도 못하거든요. 왜 그런지 아세요?"

유찬은 힐끔 중락의 얼굴을 향했으나 중락은 앞을 향한 눈길을 고정한 채였다.

"하긴 관심도 없으시겠지. 사업하느라 바쁘실 테니."

"또 빙빙 돌리는군요. 그냥 뱉어내요. 하고 싶은 말."

"이혼하십시오."

유찬의 도발에, 정작 하고 싶은 말을 하라 했던 중락도 적이 놀란 눈치였다. 그때 승강기 문이 열렸다.

"사랑하지 않는다면 그 이유로, 혹시 사랑했다면…… 역시나 그 이유로요."

유찬이 먼저 내려 현관 앞에 서는 사이, 중락은 닫히는 승강기의 문을 턱, 손으로 밀치며 뒤늦게 밖으로 나왔다.

"그게 강유찬 씨와 나의 차이죠."

전자식 도어락의 비밀번호를 누르고 있는 유찬의 뒤에서 중락이 말했다.

"난 이미 시작한 것은 포기하지 않아요. 포기할 것이라면 시작도 안 했습니다."

"결혼은 사업이 아닙니다."

세차게 돌아보며 유찬이 내뱉었다.

"사랑은 사업하고 달라요."

"난 사랑에 대해 말하고 있는 건데요?"

중락은 태연하게 받아쳤다.

"내 것을 포기시킬 수 있는 것은 존재하지 않아요. 그것이 설혹……."

중락이 말을 하는 사이로 유찬은 제 부릅뜬 눈을 중락에게 고정하고 있었다.

"피를 나눈 내 가족이라 할지라도."

도은의 가족과 중락이 함께한 저녁 식사는 여느 평범한 집의 그것과 다를 것이 없었다. 비록 밖에서는 날카롭게 대립했던 중락과 유찬이었지만 그것을 겉으로 드러내 저녁 식사의 분위기를 망칠 정도로 미숙한 사람들도 아니었으니 말이다. 식사 중 대화는 늘 그렇듯 강 사장 부부 사이에서 주로 오갔고, 가끔씩 도은이 보태는 정도였으며 중락과 유찬 역시 도은이나 강 사장 부부가 말을 시킬 때는 입을 열었다. 그럼에도 두 남자들 ―중락과 유찬― 사이에 대화는 전혀 없어, 누군가 세심히 관찰했다면 단순히 대화뿐 아니라 둘 다 매우 무겁고 어두운 얼굴이라는 것도 그리 어렵지 않게 눈치챌 수 있었을 것이다.

"유찬아. 너, 술 너무 많이 먹는 거 아니니?"

도은 엄마가 유찬을 보며 걱정스러운 듯 물었다. 저녁상에는 반주로 청주가 올려 있었는데 중락은 운전해서 돌아가야 하기 때문에 강 사장과 유찬만 마시고 있던 중이었다.

"집인데요, 뭐. 퍼져 잘 일밖엔 없잖아요."

유찬은 대수롭지 않게 대답했다.

"요 며칠 밖에서도 내리 술 먹고 들어오니 그렇지. 접대도 좋지만 몸도 생각해라."

"유찬이가 요새 술 많이 했어요?"

강 사장은 이어 아들을 본다.

"강 실장이 접대 나갈 일이 뭐가 있어? 일도 바쁜데. 또 오 팀장도 있구만."

"그냥 친구 만난 거예요."

시큰둥하게 대답한 유찬은 다시 잔을 들이켰다. 도은은 의식적으로 유찬의 모습을 보고 있지 않았다.

"친구란 게 설마…… 도은이 친구 혜미?"

엄마는 장난기 어린 표정으로 젓가락 끝을 입에 물었다.

"당신 눈엔 어때요? 혜미요, 병원에도 왔었잖아요."

"뭐가요? 내 눈엔 당신이 젤로 이뻐요."

"아이참……."

"며느릿감?"

강 사장 역시 장난기 실은 웃음소리를 내었다.

"좋아요, 좋아. 내년엔 우리 아들놈 혼사까지 후딱 치러 버리고 우리끼리 잘 살아봅시다."

"그럴 일 없습니다."

아버지의 말을, 유찬이 바로 받아 딱 잘랐다.

"그래? 혜미랑 그런 거 아니야?"

도은 엄마가 물었다.

"아닙니다. 어머니. 제가 사랑하는 여잔 따로 있습니다."

순간, 내내 밥그릇에 눈을 두고 있던 도은은 눈을 질끈 감았다. 유찬이 원망스러웠다.

"정말? 사랑하는 여자가 있다구? 누군데? 언제 연애를 했어?"

엄마는 눈을 휘둥그레 떴다.

"혹시 회사에서……?"

"회사 여직원이 넷인데 그중 둘은 기혼이고……. 암튼 난 눈치 못 챘어요."

아내의 눈길을 받은 강 사장은 그렇게 대답하며 역시 의아한 얼굴을 해보였다.

"괜한 말이겠지. 여자 있다면 지금껏 그 눈치 안 보였겠나?"

강 사장의 말에, 엄마는 바로 도은에게 고개를 돌렸다.

"도은이, 넌 알어? 네 오빠가 몰래 한 사랑이 누군지?"

"으응……? 그걸 내가 어떻게……."

"니들 은근 비밀 없잖아. 알면 털어놔 봐. 궁금해 죽겠네."

"모, 몰라……."

도은은 바늘방석에 앉아 있는 기분이었다. 바로 제 옆에 있는 중락이 내내 의식되었다.

"몰래 한 사랑?"

강 사장은 싱글거렸다.

"그러니 꼭 불륜 같잖아."

"엑? 불륜이라니, 말도 안 돼요……."

"불륜 맞습니다. 어머니."

유찬의 다시 딱 자르듯 하는 말에 엄마는 깜짝 놀라 유찬에게 눈길을 던졌다. 강 사장과 도은도 마찬가지였다.

"시작은 그렇지 않았는데 어쩌다 보니 지금은 그렇게 됐네요. 그런데 누가 그러대요. 피를 나눈 가족이라도 사랑을 포기시킬 순 없다고. 그래서 나도 그래볼까……, 생각 중입니다."

"너 취했냐?"

강 사장은 어처구니없다는 듯, 그러나 아들의 말을 대수롭지 않게 여기듯 받아쳤다. 유찬은 더 이상 입을 여는 대신 술잔을 들이켰다. 저녁 식사는 그렇게 끝이 났다. 그 후로는 소파에 모여 앉아 과일과 커피를 앞에 두고 이야기가 오고 갔는데 유찬의 모습은 보이지 않았고, 중락은 주로 강 사장과 업무에 관한 이야기를 하고 있었다. 도은은 엄마하고만 대화를 나누며 수시로 중락의 눈치를 살폈는데 겉으로 보이는 그의 모습에서 평소와 특별히 다른 점은 발견되지 않았다. 그래도 도은은 불안했다. 그 불안은 또한 고스란히 그녀의 얼굴에도 드러나 있었다.

"어디 아프니? 도은아."

딸의 안색을 눈치챈 듯 엄마가 물었다.

"체한 거 아냐?"

"아, 아니야. 잠깐 화장실 좀……."

도은은 자리에서 일어나 거실을 가로질러 화장실 문이 있는 짧은 복도로 접어들었다. 화장실 문의 맞은편이 유찬의 방문이라, 도은은 잠시 그 문을 쳐다봤다. 유찬은 식사 후 제 방으로 들어가 나오지 않고 있었는데 식사 중 그가 과음한 것을 다들 알고 있던 터라 강 사장이나 엄마는 그것을 이상하게 생각하지 않았지만 도은의 눈에는 굳게 닫혀 있는 그의 방문이야말로 그의 심정을 대신하듯 읽혀, 마음이 몹시 착잡했다. 도은은 화장실 문을 열었다. 그리고 안에서 그 문을 다시 열었을 때 그녀는 화들짝 놀라고 만다. 눈앞에 유찬이 서 있었기 때문이다. 물론 그가 일부러 그 자리를 지키고 있었던 것은 아니고, 마침 방을 나와 화장실로 걸음을 옮기던 참이었다.

"오빠……, 왜 그래?"

도은은 속삭이듯 낮은 목소리로, 동시에 원망을 담은 어조로 물었다. 문이 열린 화장실 입구에서 유찬과 서로 지나치던 찰나였다.

"뭘?"

걸음을 멈추고 유찬은 무뚝뚝하게 반문했다.

"왜 날 곤란하게 해?"

"곤란할 거 없어. 나 결심했어. 너 그 집에서 살게 할 수 없다. 당장 그 집에서 나와. 아니, 지금이라도 거기 가지 말고 그냥 여기 있어. 나머지는 내가 알아서 할 테니."

"미쳤어?"

"그래. 미쳤다. 미치지 않고는 이번 일 해결 못 하겠더라고."

"해결이라니…… 뭘?"

"몰라 물어? 네가 엄마 걱정하는 거 잘 알고 또 이해도 하지만 결국은 네가 행복하게 사는 것이 진짜 엄마를 위하는 거야. 예전에 엄마처럼 살며 진실을 숨기는 게 아니라구."

"진실? 오빠가 진실을 어떻게 안다구 그래?"

"말 잘했다."

유찬은 도은의 어깨를 잡았다. 그녀는 보트네크라인의 블라우스를 입고 있었는데 세로로 긴 네크라인은 한쪽을 잡아당기면 쉽게 어깨를 노출시킬 수 있었다. 유찬은 그렇게 그녀의 오른쪽 어깨를 벗겨냈다.

"아……."

도은은 놀라 그 어깨를 옆으로 기울였다. 그곳에는 아직도,

물론 전보다는 많이 흐려졌으나 노란빛마저 띠고 있는 멍 자국이 선명히 자리 잡고 있었다.

"이래도? 이것 이상 진실이 있어?"

순간, 도은과 유찬은 누가 먼저라고 할 것도 없이 복도 쪽으로 눈길을 보내며 소스라쳤다. 그곳에는, 복도를 막고 선 중락이 있었다.

"집에 가자."

중락은 무표정하게, 낮고 가라앉은 어조로 말했다. 도은은 즉시 움직였으나 그런 그녀의 팔을 유찬이 낚아채듯 잡았다.

"가지 마."

유찬은 말했다.

"가지 마. 도은아."

도은은, 그러나 유찬의 손에서 벗어나려 제 팔목을 비트는 것으로 대답을 대신했다. 그러나 그는 그녀를 놔주지 않았다. 그 모습에 결국 중락이 한 발 앞으로 내디딘 찰나, 거실로부터 '도은이 집에 갈 때 뭘 들려 보내지?' 하는 엄마의 목소리가 가까이 들려왔다. 유찬은 손을 놓고, 도은은 얼른 중락 앞으로 다가섰다. 또한 거의 동시에 중락 뒤로, 주방을 향하는 엄마의 모습이 보였다. 중락은 도은의 등에 손을 대 끌며 천천히 몸을 돌렸다. 그 모습에 유찬은 주먹을 쥐었다. 이 무력함이라니, 그는 어금니를 지그시 깨물기까지 했다. 이토록 무력하게 그녀를 내줘야 하는 것이 지금 자신의 입장인 것이다. '남편'이라는 이름으로 그녀에게 고통을 주고, 일방적으로 그녀를 데려가는 것을 그저 지켜보고 있어야만 하는 것이 유찬, 자신의 처지인 것이다.

시간이 흐른 후, 도은은 중락의 차에 실려, 그의 운전으로 시댁을 향하고 있었다. 아파트에서 출발할 때부터 아무 말이 없는 중락 옆에서 도은 역시 입도 벙긋 못한 채, 그녀는 사형장으로 끌려가는 사형수의 얼굴을 차창 밖에만 두었다. 그가 무서워서는 아니었다. 그가 자신을 설사 때린다 해도, 그것도 별로 두렵지 않았다. 정작 두려운 것은 쌓여만 가는 오해였다. 그것을 어디서부터 어떻게 풀어야 할지, 해명하면 그가 믿어주기나 할지, 그녀는 그것이 답답했다.

어느덧 차는 중락의 집, 정문 경비실을 통과해, 정원을 지나고 있었다. 그런데 중락은 차고까지 미처 가지도 않고 차를 세웠다. 도은이 고개를 돌려 그를 향하니, 그는 담배를 꺼내 입에 물고 있었다. 도은은 그가 담배를 피우는 것을 알고는 있으나 그 모습을 보는 경우는 극히 드물었다. 그가 도은 앞에서는 담배를 잘 피우지 않기 때문이었다. 곧 도은은 퐁 하는 라이터 소리를 듣는다.

"돌아가고 싶어?"

담배 연기를 뱉어내며 그는 불쑥 물었다.

"마음이 있는 곳으로?"

"이네요."

도은은 단호하게 대답했다.

"몸까지 돌아가야 완전하긴 하지. 아무리 껍데기라도 필요는 하니까."

"아니라고 했잖아요. 난 인형도, 껍데기도 아녜요."

"강유찬의 동정심을 유발해 날 도발하게 한 네 방법, 유쾌하진 않아."

중락은 경멸 투로 내뱉었다. 그는 아마도 도은이 유찬에게 돌아가고 싶어, 두 남자의 싸움을 붙이고 있다, 생각한 모양이었다.

"아녜요. 오빤 오해하고 있을 뿐이에요."

"오해? 오해로 그렇게 당당하게 널 돌려 달라 한다? 널 가져가겠다, 한다?"

중락은 한 손으로 도은의 턱 아래를 콱, 움켜잡았다.

"나한테 싸움을 걸어와? 그래. 유쾌하진 않았어도 나쁜 방법은 아니야. 싸워야 할 이유가 확실히 생겼으니까."

"중락 씨……."

"네 눈앞에서 해줄게. 똑똑히 봐둬. 울 수 없는 네가 피눈물이 나도록 해줄 테니."

두려움에 빠진 도은의 눈을 보며 말하는 중락의 얼굴은 지금까지처럼, 그저 화가 난 사람의 그것이 아니었다. 그녀의 전부를 갖지 못해 화를 내면서도 그녀에게 상처 입히는 것을 동시에 자책하는, 온전히 그녀 하나에만 집중하던 모습도 아니었다. 오히려 혼란과 갈등을 접고, 오직 하나의 표적을 정한 단순 명료한 모습이었으며, 목적은 오직 상대의 숨통을 끊어놓는 것에만 있다는 듯, 피도 눈물도 없는 그것이었다. 중락은 도은의 얼굴을 밀치듯 놓았다. 그리고 먼저 차에서 내린다.

"중락 씨⋯⋯."

뒤따라 내린 도은이 큰소리로 그의 이름을 불렀지만 그는 돌아보지도 않고 현관을 향해 성큼성큼 걸어갔다. 도은은 그의 뒤를 쫓아 달렸다. 안 돼, 그런 일이 일어나서는 안 돼, 도은은 그를 잡기 위해 손을 뻗으며, 그를 따라 현관을 지나, 계단을 올랐다. 두 사람은 홀에 노부인이 있다는 것도 보지 못했다.

"중락 씨, 제발 내 말 좀⋯⋯."

계단의 중간쯤 올랐을 때 도은은 중락을 잡았다. 아니, 스쳤다고 해야 할까, 그녀의 손이 그의 몸에 닿은 것과 동시에 그가 그것을 뿌리친 것이었다. 그렇게 이어진 찰나는 중락에게나 도은에게나 흡사 시공이 정지된 듯, 또한 영겁의 시간이기도 했다. 그 영겁은 두 사람의 눈길이 만나는 것으로 현시(顯示)된다. 차가운 눈빛과 절망의 눈빛은 절묘하게 하나로 섞였다. 중락이 손을 뻗었다. 그의 손은, 그러나 허공을 잡았을 뿐이다. '퉁탕' 하며 계단을 따라 둔탁한 소리가 바닥으로 이어졌다. 도은이 바닥에 쓰러진 모습을 보인 것은 그 소리가 난 후였다.

강 사장은 퇴원한 바로 다음 날부터 회사에 출근을 했다. 사고 당한 후 첫 출근이며 물론 그의 아들인 유찬과 함께였다.

"왜, 할 말 있어?"

사장실로 아버지를 따라 들어온 유찬이 나가지 않고 미적대는 것을 보며, 강 사장은 물었다.

"네."

"뭔데 얼굴이 그래?"

유찬의 심각한 얼굴을 보며 강 사장은 소파로 움직였다.

"도은이 얘깁니다. 어머니는 몰라도 아버지는 알고 계셔야 할 것 같아서요."

유찬은 어젯밤 내내 고민하다가 결국 도은의 문제를 털어놓기로 결심했다. 도은을 그녀의 시댁에서 나오게 하려면 최소한 아버지의 도움이 필요하다 여겼기 때문이다.

잠시 후, 소파 앞 테이블 위의 커피 잔이 비어갈 즈음, 강 사장의 얼굴은 먹구름이 낀 듯 어두워져 있었다.

"허……."

강 사장은 한탄과도 같은 소리를 허공에 뱉어냈다.

"믿을 수가 없네. 차 서방이 왜……, 아니지……. 원래 그런 놈들이 있긴 하지. 아무 이유도 없이 제 와이프 패는……. 하지만 차 서방이 그럴 줄이야……."

"저 때문입니다."

"뭐? 그건 또 무슨 소리야?"

유찬은 자신과 도은의 관계까지도 어렵게 털어놓았다. 강 사장은 아연실색했다.

"그, 그럼 어제 너 술주정한 거…… 불륜이란 게, 그게 도은이란 말이야?"

유찬은 대답 대신 짧게 한숨을 쉬었다.

"너 설마……."

"아닙니다."

아버지가 무엇을 걱정하는지 금세 눈치챈 유찬은 단호하게 대답했다.

"그건 아닙니다."

"암튼 그걸 차 서방도 안다는 거냐?"

"네."

"허어……."

강 사장은 다시 허공을 향해 탄식을 토해냈다.

"일단 도은이 데려와야 해요. 그 녀석 절대 제 발로 못 나와요. 어머니가 알까 봐, 그것만 전전긍긍하고 있어요."

"그건 맞다. 설대 네 엄마한테 임 밀 하지 마라. 일단온……. 일단은 비밀로 해."

"도은이 데려와요. 아버지."

"그게 우리 맘대로 돼? 도은인 차 서방 와이프야."

"그러니까 데려와야지요. 지금 이 순간도 그 집에서 무슨 일을 당하고 있을지 어떻게 아냐구요?"

"넌 인마, 그걸 알면서도 어제 그런 주정을 했단 말이야?"

강 사장은 버럭 화를 냈다.

"네. 죄송해요. 암튼 어젯밤이랑 오늘 아침, 출근 전에도 도은이한테 별일 없냐, 문자 남겨봤는데 아무 대답도 없어요. 걱정돼 죽겠습니다."

"전화 한 번 해봐. 지금 시간이면 차 서방도 출근했을 테니."

유찬은 핸드폰을 꺼내 전화를 걸었다. 한 번에 통화가 되지 않아 그는 연거푸 걸었으며 그렇게 네 번을 시도한 후에야 통화 신호음이 떨어지는 소리를 들었다.

[여보세요.]

핸드폰 너머에서 들려오는 소리에, 그러나 유찬은 멈칫했다.

[난 도은이 시어미 되는데……. 뉘요?]

"아……, 안녕하십니까, 사돈 어르신. 전 도은이 오빠 강유찬입니다."

유찬의 통화 내용에 강 사장은 의아한 얼굴로 귀를 기울였다.

"네? 도은이가 병원에요?"

그때 유찬이 놀라 소리치자 강 사장 역시 깜짝 놀란다.

[가서 며느리⋯⋯, 친정으로 데려가서 쉬게 해요.]

노부인은 마지막으로 그렇게 말했다. 통화를 끝낸 유찬은 강 사장과 함께 서둘러 차를 몰고 회사를 나왔다. 노부인이 가르쳐 준 병원은 어느 대학병원이었다. 그러나 입원실은 모른다 하여, 강 사장이 중락의 핸드폰으로 전화를 걸어 입원실을 알아내 찾아갔을 때 그곳에는 도은 혼자 침대에 비스듬히 앉아 있었다. 적당한 규모의 일인실이었다.

"아빠⋯⋯."

강 사장과 유찬이 들어온 것을 보면서 도은은 그리 놀란 얼굴을 하지는 않았다. 아마 사전에 중락으로부터 언질을 들은 것 같았다.

"너 혼자야? 차 서방은?"

"내가 라떼 먹고 싶다 그래서 사러 갔어요."

강 사장과 도은이 말을 주고받는 동안 유찬은 걱정과 분노가 뒤섞인 얼굴로 도은을 유심히 훑고 있었다. 그것은 어디를 얼마큼 다쳤는지 유심히 살피는 눈길로, 도은도 눈치를 챘는지

'괜찮다' 하며 웃음까지 띠어 보였다.

"어쩌다 이렇게 된 건데?"

강 사장이 물었다.

"바로 어제까지만 해도 멀쩡하게 잘 놀다 가서 말이야."

"그러게 말예요. 근데 사실 여기까지 오실 필요 없이 다친 데도 별로 없는데……. 제 실수예요. 계단에서 발을 헛디뎌 굴렀거든요."

그 후 도은은 중락에 의해 바로 이곳 응급실로 이송되어 검사를 받았다. 검사 결과 가벼운 뇌진탕에, 팔꿈치 인대 손상과 전신에 심한 타박상을 입은 것으로 나타났지만 다행히 골절은 피한 데다 얼굴을 다친 것도 아니어서, 긴 소매의 환자복을 입고 있는 도은의 모습은 그녀의 말대로 그리 다친 데도 없어 보였다. 그래선지 강 사장은 '그만하길 다행'이라며 안도의 한숨을 내쉬었다.

"그걸 어떻게 믿어?"

유찬은, 그러나 굳은 얼굴로 도은을 향해 입을 열었다.

"계단에서 구른 건지, 아니면 네 남편한테……."

유찬의 말은 문이 열리는 소리와 함께 중단되었다. 중락이었다.

"오셨습니까?"

손에 라떼를 들고 들어온 중락은 먼저 강 사장을 향해 묵례를 해보였다.

"차 서방. 잠깐 나 좀 보세."

강 사장은 무거운 표정으로 말하며 먼저 문으로 움직였다. 중락은 라떼를 도은에게 건넨 뒤 그녀의 안타까운 눈길을 받으며 강 사장의 뒤를 따라 밖으로 나갔다.

"오늘 너 집으로 데려갈 거야."

그때 불쑥 유찬이 하는 말에 도은은 깜짝 놀란다.

"지금 아버지가 차 대표한테 그 말씀하러 가신 거야."

"아빠한테 말했어?"

그렇게 묻는 도은의 얼굴은 화가 나 있었다.

"설마 엄마한테도……."

"지금은 아무 걱정도, 다른 누구의 걱정도 하지 마. 오직 네 걱정만 해. 너만 생각해."

유찬은 단호하게 도은의 말을 잘랐다.

"그럼 내 생각을 존중해 줘야지. 오빠 맘대로 이러는 법이 어딨어? 난 집에 안 가."

"좋아. 엄마가 걱정되면 네가 있을 만한 다른 곳 알아볼게."

"필요 없어. 난……."

"그 집으로는 못 보내."

"그 집이 바로 내 집이야. 난 내 집으로 갈 거야."

"네 집?"

"그래. 내 집. 남편이 있는 집."

유찬은 도은의 팔을 잡고 환자복의 소매를 쑥 올렸다. 그렇게 맨살이 드러난 도은의 팔에 별다른 상처 자국이 보이지 않자 유찬은 이어서 이불을 휙, 걷어내더니 그 다음으로 그녀의 환자복 바지 자락을 위로 올렸다.

"왜 이래?"

도은은 몸을 틀며 저항했지만 그에게 발목을 잡혀, 맨살의 다리를 드러냈다. 그녀의 무릎 주변으로 검붉은 멍이 선명했다.

"네 집이라는 데서 이런 꼴을 당해? 그게 집이야?"

유찬은 분노로 눈까지 충혈된 모습이었다.

"계단에서 굴렀다고 했잖아."

도은이 소리를 질렀다.

"왜? 그 자식이 밀어서?"

유찬 역시 맞받아 소리쳤다.

같은 시간, 중락은 강 사장과 함께 병원 내 커피숍에 마주앉아 있었다. 두 사람 앞에는 각자의 커피 잔이 놓여 있었는데 중락은 손도 대지 않고 있는 것에 비해 강 사장은 짧은 시간에도 수시로 그것을 들어 마셨다. 마치 입 안이 바짝 마른 사람 모양새라 그것만으로도 그의 초조함을 대신 보여주기에 충분했다.

"유찬이에게 듣기는 했는데……. 솔직히 난 믿어지지 않네만, 혹시 변명할 말이라도 있나?"

강 사장은, 무표정한 얼굴의 중락을 보며 물었다. 강 사장
눈에 비친 중락의 얼굴은 '변명 따위 할 생각 없다' 하는 뜻이
역력해, 별로 기대를 하지는 않았지만 역시나 중락의 입은 열리
지 않아, 내심 '오해가 있다. 도은에게 손찌검한 적이 없다' 하
는 변명이라도 해주기를 바랐던 강 사장의 바람은 여지없이 무
너지고 말았다.

"도은이를 우리가 데려가게 해주게."

강 사장은 중락의 태도로 보아, 변죽을 울릴 필요가 없다 생
각해 바로 본론을 꺼내들었다.

"솔직히 말하면⋯⋯ 부탁이네. 그 작고 가냘픈 애, 불쌍하다
생각해 주고 그냥 보내주게."

"데려갈 수 있으면 데려가 보십시오."

아무 감정도 싣지 않은 어조로 중락은 조용히 말했다.

"본인이 간다고 하면요."

"도은이가 간다고 하면 보내준다는 뜻인가?"

"네."

"그, 그래. 그럼 더 이상 왈가왈부할 필요도 없겠군."

강 사장은 안도하듯 짧게 한숨을 쉬었다. 그는 도은을 설득
해 데려가는 일이 어렵지 않다 생각하는 모양이었다.

"회사 일은 차근차근 정리하도록 하겠네."

현재 강 사장의 회사는 중락의 회사와 사업적으로 밀접한 관계를 맺고 있었는데 ─주로 강 사장의 회사가 하도급을 받는 위치였지만 거기에 중락의 회사를 가운데에 두고 제3의 업체들과도 얽혀 있었다─ 그것을 정리하겠다는 의미였다. 강 사장은 중락과 함께 다시 도은이 있는 입원실로 돌아왔다.

"난 안 가요. 아빠."

도은은 완강하게 버렸다. 도은이 제 엄마를 걱정해 처음에는 거부하리라는 것을 강 사장도 짐작 못 했던 바 아니었지만 '그 방법은 같이 모색해 보자' 정도로 설득해 데려갈 수 있을 줄 알았더니, 그녀는 단지 '엄마 걱정' 때문이 아닌, 그 이상의 이유가 있는 사람 모양으로 무작정 고집을 부렸다.

"강제로라도 데려가죠. 아버지."

강 사장 곁에서 유찬이 굳은 표정으로 말했다.

"안 간다니까."

도은은 그런 유찬을 향해 소리쳤다. 강 사장은 중락을 쳐다봤다. 그리고 그제서 중락이 이런 결과를 예측하고 '도은이 간다면 보내준다'고 했구나 싶어, 어금니를 지그시 깨물었다.

"가자."

강 사장은 문으로 향했다.

"아버지……."

"얼른 나와."

강 사장은 버럭 소리를 지르며 먼저 밖으로 나갔다. 유찬은 뒤늦게 따라 나와, 먼저 승강기 앞에서 기다리고 있는 강 사장 옆으로 다가왔다.

"정말 그냥 가실 거예요?"

뛰어온 것이 분명한 유찬은 거친 숨결과 함께 물었다.

"강제로 데려가자니까요."

"세상 물정 모르는 소리 좀 작작해. 도은인 법적으로 차 서방 와이프야. 강제로가 말이 돼? 도은인 또 세 살 먹은 애야?"

"저런 상황 속에 있는 여자들, 세 살 먹은 애만도 못해요. 겁에 질려 제대로 된 판단을 못 한다구요. 그러니 도와야 하는 거구요."

"그렇다 쳐도 일엔 순서가 있는 법이다. 지금 칼자루를 쥔 건 차 서방이야. 칼자루를 우리가 쥐었다 해도 불안할 판국에……. 너랑 차 서방은 달라. 듣기론 차 서방이 겨우 대학생 땐가, 그때 제 아버지 죽고 빚더미 위에 올라앉았다던데, 그렇게 세상과 직접 부딪치며 자수성가한 사람들이 얼마나 독한지 알기나 하냐? 산전수전 다 겪은 데다 지금 인맥도 장난 아니더만……."

"그래서요? 그 작자 자비에만 기대고 기다려요? 그냥 손 놓고?"

"사람 문젠 사람으로 풀어야지. 나도 생각이 있어."

강 사장은 자신의 생각을 바로 실천에 옮겼다. 그가 병원을 나와 유찬과 헤어져 향한 곳은 바로 중락의 집이었다. 노부인을 만나러 온 것이다. 오는 중에 전화 연락을 했음은 물론이다.

"갑자기 결례를 하게 돼서 정말 죄송합니다. 사부인."

1층 홀에서 노부인을 만난 강 사장은 허리를 굽혀 정중히 인사했다.

"별말씀을요. 오히려 심려를 끼쳐드려 죄송합니다."

노부인 역시 정중하게 예를 갖췄다. 잠시 후 두 사람은 리빙룸에 마주앉아 아줌마가 차를 내오기 전까지는 별다른 말을 하지 않았다.

"이렇게 찾아뵌 것은 사부인께 부탁드릴 말씀이 있어섭니다."

아줌마가 물러가자 강 사장은 자신의 방문 목적에 대해 설명했다. 요점은 당연히 도은을 친정으로 데려갈 수 있게 도와달라는 것이었다. 노부인은 전혀 놀라지 않았으며 오히려 착잡한 표정으로 고개를 끄덕였다. 사실 노부인 역시 그것을 바라, 오전에 유찬과 통화를 했을 때도 '도은을 친정으로 데려가라' 했던 것이었다.

"무슨 말인지 알아들었습니다. 제 힘껏 애를 써볼 테니 걱정 마시고 돌아가세요."

노부인은 그렇게 마무리를 지었다.

"이렇게 선뜻 이해해 주시니 제 마음이 편합니다. 도은이 그녀석……."

강 사장은 울컥해선지 잠시의 사이를 두었다.

"참 이쁘고 고운 앤데……. 생부 잘못 만나 고생하더니……."

강 사장은 커피 잔을 들어 입에 댔다. 그런 그를 노부인이 쳐다본다. 노부인의 눈빛은 '말씀 더 하라'는 뜻을 담고 있었다. 그것을 또 강 사장은 읽었는지, 간단하게나마 도은의 불행했던 어린 시절에 대해 언급했다.

"그때의 충격으로 도은이 걔, 아직도 잘 울지를 못해요. 울면 시끄럽다고 제 엄마가 더 맞았거든요. 그래서 우는 것을 참다, 참다 그리 됐다 하더라구요. 그러니 딸애 엄마 심정이 어떻겠어요……?"

그날 저녁, 중락은 도은을 퇴원시켜 제 차에 태우고 집으로 돌아왔다. 도은의 고집이었다.

"굳이 병원에 있을 필요가 없어서요."

집으로 돌아와, 노부인의 방으로 인사 온 도은은 말했다.

"약 먹고 집에서 잘 쉬면 된대요. 어머님."

"친정으로 가면 더 잘 쉴 텐데?"

노부인은 못마땅한 얼굴이었으나 그것은 전처럼 도은을 백안시해서가 아니라 오히려 그 반대였다.

"전 여기가 더 편해요. 어머님."

도은은 웃음을 보였다.

"모자란 것……."

노부인을 혀를 끌끌 자다, 이내 깊은 숨을 들이켰다. 그리고 그것을 천천히, 한숨처럼 뱉어내는 노부인의 얼굴은 무겁게 가라앉아 있었다.

깊은 밤, 침실에서 도은은 이불을 덮고 침대에 혼자 누워 있었다. 불이 환하게 밝혀져 있었는데 그것이 낮아지며 은은한 조명으로 바뀐 잠시 후, 침대 가까이로 중락이 모습을 보였다. 그는 도은을 내려다보며 서서, 입고 있던 흰 티를 벗어 아무데나 던져놓고는 도은 곁으로 앉았다. 도은은 꼼짝도 않고, 자신을 내려다보는 그의 눈을 마주했다.

"내일은 출근해야죠?"

도은이 먼저 입을 열었다. 중락은 대답 대신 그녀의 얼굴을 쓰다듬었다.

"내가…… 고맙단 말 했던가요?"

"필요 없어."

중락은 차갑게 대답했다. 어젯밤 병원에서 두 사람 사이에는 모종의 거래가 있었는데 도은의 필사적인 애원이 전부라 사실은 거래라 할 것도 못 됐다. 그녀의 애원이란 결과적으로, 중락이 유찬에게 하려는 짓을 막은 것이었다. 대신 그녀 자신, 절대 중락의 곁을 떠나지 않음은 물론 그가 시키는 대로 다 하는 '인형이 되겠다' 약속했다. 친정에 가지 말라 하면 가지 않고, 가족들도 만나지 말라 하면 만나지 않겠다 했다. 도은은, 자신의 그런 행동이 한편으로는 ─유찬을 위해 그렇게까지 한다 생각할─ 중락의 분노를 키울 위험이 없지 않다는 것을 모르지 않았지만 그 외에 그녀에게는 달리 방법이 없었다.

중락은, 도은이 덮고 있는 이불을 젖혔다. 검은색 슬립형 잠옷을 입고 있는 도은의 몸이 드러났다. 그녀의 팔과 다리, 특히 다리에는 계단에서 굴러 떨어진 흔적이 얼룩덜룩한 모습으로 남아 있었다. 중락은 도은의 슬립 끈을 아래로 내린다. 그녀의 젖가슴이 드러났다. 그 위로 머리를 기울인 중락은 젖무덤에 입술을 대고 혀를 내어 천천히, 그것을 음미하듯 핥았다. 이어서 덥석, 젖꼭지를 물었다. 도은은 제 젖꼭지를 압박하는 그의 이를 느끼며 어깨를 움츠렸다. 중락은 도은의 슬립을 잡아 아래로 잡아당겼다. 그 손으로 팬티까지 내리며 그는 그녀의 젖가슴으로부터 아랫배를 향해 진한 입맞춤을 퍼부었다. 그녀의 아랫도리를 뒤집어 드러난 엉덩이에도 마찬가지였다. 그런 그녀의 엉덩이 위로는 커다랗고 검붉은 멍 자국이 선명했다.

"아……."

도은은 미간을 좁히며 소리를 내었다. 아파서 내는 신음이었다. 중락이 그녀의 다리 하나를 잡아, 무릎을 위로 올린 채로 벌렸을 때였다. 도은의 몸 상태는 지금, 마치 격렬한 운동 후에

나 있을 법한 전신 근육통이, 그것도 아주 심한 정도로 있어, 스트레칭이 되는 자세 자체가 고통이었기 때문이다. 중락은 제 눈 아래에 있는, 그녀의 섶은 숲에 넌서 싶고 신 입맞춤을 하더니 다시 입을 떼고는 잠시 그것을 보다가 이윽고 손을 댔다. 그의 손끝은 그리 오래지 않아 축축하게 젖어들었다. 그의 눈길은 도은의 얼굴을 향했다. 그녀는 눈을 감고 있었다. 미간에 주름이 있는 것으로 보아 여전한 통증을 품고 있는 것 같은데도 그녀는 제 아랫도리가 젖는 것을 알기는 하는 것일까, 중락의 눈빛은 그렇게 묻고 있는 듯했다. 얼마 지나지 않아 중락은, 자신과 도은의 몸을 연결시켰다.

"아……."

도은은 고개를 옆으로 돌리며 깊은 숨결을 토해냈다. 그가 위에서 내리누르는 힘에 의한 통증은 단박에 전신으로 퍼졌다. 그의 행위가 시작되자 동시에 몸이 흔들리며 그녀가 느끼는 통증 또한 가중되었다. 행위의 강도가 높아갈수록 그녀의 고통도 비례해서 커져갔다. 도은이 느끼는 고통은, 전신을 흠씬 두들겨 맞은 후에 그 몸으로 관계를 하는 것과 같아, 물리적으로 폭행을 당한 후 그 위에 다시 성폭행을 당하는 것과 크게 다르지 않은 정도였다. 그는 이제 그녀에 대한 연민도 접은 것일까, 질투에 사로잡혀 어리석어질 때라도, 도은의 몸이 정상이 아닐 때는 건드리지 않았던, 그 최소한의 동정심마저도 그는 거둔 것일까.

　도은은 제 몸이 아무렇게나 흔들리는 와중에 고개를 옆으로 꺾어, 베개에 얼굴을 반쯤 파묻었다. 그런 후 얼마 되지도 않았다. 그녀의 감긴 눈으로부터, 반짝하고, 마치 보석이 빛을 발하듯 눈부신 반짝임이 그녀의 긴 속눈썹에 걸린 것이 말이다. 그 반짝임은, 그러나 금세 베개에 흡수돼 사라졌다. 눈물이었다. 그렇다고 도은이 울고 있는 것도 아니었다. 그녀의 얼굴과 가슴은 그녀가 운다는 그 어떤 신호도 보내지 않고 있었다. 속눈썹이 파르르 떨리지도 않았고, 코끝이 빨갛게 변하지도 않았으며, 입술도, 가슴도 들썩이지 않았다. 오히려 그 모든 것이 조금의 미동도 없이 평화로웠음에도, 그 보석과 같은 반짝임은 다시 그녀의 긴 속눈썹에 잠깐 맺혔다가 베개 안으로 스러져갔다.

9

바 보 같 은
사 랑

"이제 그만해라."

노부인은 단호히 말했다. 중락이 출근 전 노부인의 방에 들렀을 때였다.

"그만 멈춰. 에미 제 명에 죽는 거 바라면."

"시작도 안 했습니다."

중락은 무감정하게 대답했다.

"독한 놈. 그 업을 다 어찌 갚으려고."

"다녀오겠습니다."

"새아가 친정으로 보내라."

돌아서는 중락의 뒤에 대고 노부인은 다시 한 번 명했다.

"네가 안 보내면 나라도 보낼 것이야."

중락은, 그러나 아무 대답도 없이 방을 나갔다.

중락이 출근하고 두 시간쯤 흐른 후, 노부인은 2층의 계단을 올랐다. 2층에서 노부인은 곧장 침실로 향했다. 도은은 침실에 있었지만 노부인이 들어온 것도 알지 못했다. 당연한 것이, 그녀는 침대에 누워 앓는 소리를 내고 있었던 것이다. 핼쑥해진 도은의 안색은 누가 봐도 아픈 그것이었다. 그 모습을 잠시 들여다보고 있던 노부인은 다시 몸을 돌렸다.

도은은 비몽사몽간에 눈을 떴다. 누군가 옆에 있다는 의식이 들었는데 그것이 누군지 깨닫기까지는 약간의 시간을 소요했다. 시어머니였다. 노부인은 도은 곁에 앉아 도은의 이마 위에 맺힌 식은땀을 닦아주고 있었다. 또한 도은의 몸 위에는 한여름에는 어울리지 않는 두께의 이불이 덮여 있었다.

"깼니?"

노부인이 물었다.

"어머님……."

도은은 일어나려 몸을 꿈틀댔다. 노부인이 도은의 몸을 잡아준다.

"자, 이것부터 마셔라."

도은이 몸을 일으켜 앉게 도와준 후 노부인은 침대 가까이에 있는 작은 테이블에 올려 있는 우윳빛 사발을 들고 왔다. 한눈에도 탕약인 것을 알 수 있었다. 도은은 말없이 그것을 받아 마셨다.

"좋은 약이니 한 방울도 남기지 말고 먹어라."

도은은 시어머니가 시키는 대로 했다.

"또 자. 좀 있다 죽 쒀서 올릴 테니 그때까지 자거라."

"네. 고맙습니다."

노부인은 빈 사발을 들고 몸을 돌렸다. 도은은 역시나 시어머니가 시키는 대로 다시 잠에 빠져들었다.

도은이 1층으로 내려왔을 때는 오후 5시 무렵이었다. 죽을 먹은 후 또 잤다가 그제서 일어난 것이었다. 좋은 약과 영양을 취하고 잠도 푹 잔 덕분인지, 도은은 비록 아직 해쓱한 얼굴이기는 했으나 기운을 차릴 수 있었다.

"이제 좀 괜찮아요?"

홀에서 도은과 마주친 아줌마가 인사를 했다.

"얼굴이 반쪽이 됐네. 한여름 몸살이 더 독한가 봐요."

"네에……."

도은은 어색한 미소로 답했다.

"큰 사모님 방에 가보세요. 작은 사모님 내려오면 들르라 하셨거든요."

도은은 곧장 노부인의 방으로 향했다. 노부인은 기다렸다는 듯 도은을 제 앞 가까이에 앉게 했다.

"이거 받아라."

노부인은 좌식탁자의 서랍에서 꺼낸 장지갑 크기의 파우치를 내밀었다.

"이게 뭔데요? 어머님."

"내 이름으로 된 통장이다."

파우치의 지퍼를 열던 도은은 멈칫했다.

"그 안에 도장이랑 비밀번호랑 다 있어."

"이걸 왜 제게……."

"네가 써. 대신 이 집을 나가거라."

"아직도 제가 그렇게 미우세요?"

도은은 어설픈 미소와 함께 물었다.

"그래. 밉다. 너로 인해 내 아들 망가지는 모습 보니 밉고, 그럼에도 내 눈엔 네가 더 짠해서 밉다."

그렇게 말한 노부인은 한숨을 쉬었다.

"그놈……, 원래 그런 놈 아니야. 저보다 약한 거에 그렇게 독하게 구는 놈 아니야. 아무리 제 아비 때문이라도 그렇지……, 아니다. 이제와 이런 말 더해 뭐하겠누……."

노부인은 고개를 흔들었다.

"나, 내 아들 살려야겠다. 내 아무리 네가 짠해도 나한텐 내 아들이 귀하다. 내 아들 망가지고 잘못되는 거, 그게 더 걱정이다. 그게 에미다. 이해를 해다오."

"네. 이해해요. 어머님."

"중락이를 위해서 네가 떠나다오. 부탁이다. 아가."

도은은 잠시 노부인의 얼굴을 바라보다가 천천히 고개를 끄덕였다. 그리고 자리에서 일어나 허리를 깊숙이 숙여 인사하고는 방을 나갔다. 도은이 나간 후 노부인은 손으로 제 무릎을 툭, 툭, 치며 고개를 위로 들었다.

"불쌍한 것……, 가엾은 것……."

눈물을 참으려 고개까지 쳐들었건만 노부인은 끝내 눈물을 보이고 말았다.

2층의 계단 끝으로부터 도은이 내려오고 있었다. 외출복 차림에, 손에는 작은 여행용 가방을 든 모습이었다. 그녀는 한 발, 한 발 무너지듯 계단을 밟으며 내려와, 같은 모습으로 현관을 지나고 정원을 가로질렀다. 한 여름날의 고즈넉한 저녁 햇살이 그녀를 붉게 비추고 있었다.

중락은 자기 집무실에서 강 사장을 맞았다.

"어쩐 일이십니까?"

중락이 집무용 책상에서 일어나며 그렇게 묻는 것으로 보아 아마도 강 사장의 방문은 사전에 예고되지 않은 것이 분명했다.

두 사람은 곧 소파에 마주앉았다. 강 사장이 '커피는 됐다' 해서 여비서는 그냥 물러갔다. 강 사장은 먼저 손에 든 봉투를 테이블 위에 올려놓았다.

"계약서랑 뭐 이것저것들인데……."

강 사장은 그렇게 시작했다.

"차 대표가 살펴보고 파기할 것은 파기하고 계속할 것은 계속하는 것으로 이 자리에서 결정했으면 싶네만."

강 사장은 '차 서방'이라 하지 않고 '차 대표'라 칭하고 있었다.

"무슨 의미입니까?"

중락은 전혀 놀라지도 않고 물었다.

"차 대표 입장이 어떨지 몰라서 말이야. 사업은 사업이라서 나는 뭐 상관없지만 다 내 마음 같지는 않으니 차 대표의 의향을 묻는 것이야. 도은이와 이혼하고 나서 말일세."

"집사람이 나와 이혼한다고 합니까?"

중락은 역시나 태연하게 물었다.

"내가 차 대표한테 묻고 싶네. 한 줌도 안 되는 아이, 굳이 때려가면서까지 결혼을 지속해야 할 이유라도 있나?"

강 사장의 어조에는 비난의 감정을 싣지 않으려 노력한 흔적이 역력했다. 중락의 심기를 건드려 좋을 것은 하나도 없기 때문이다. 소송으로 간다 해도 증거 하나 못 챙긴 상황에서 불리한 것은 도은인 터라 사장 좋은 방법은 협의이혼밖에 없었는데, 그렇게 하자면 당연히 중락의 동의가 필요하지 않은가. 그런데 강 사장의 생각에 중락은 결코 호락호락하게 이혼에 동의해 줄 것 같지 않았다. 그렇다고 소송으로 갈 의향도 없었다. 법과 소송은 돈을 많이 가진 자들에게 전적으로 유리한 게임으로 결과는 불을 보듯 빤했기 때문이다. 그럼에도, 그렇게 모든 것이 불리한 상황에서도 강 사장이 이렇게 나선 배경에는 중락의 모친인 노부인의 협조가 절대적이었다. 강 사장이 바로 지금 중락을 찾아온 것도 '도은을 보냈다'는 노부인의 전화를 받고서였다. 아직 도은과 연락이 닿고 있지 않아 걱정이 되기는 했지만 중락과 담판을 짓기에는 무리 없다 여겼다.

"그렇다면 봉투 채 놓고 가십시오."

중락의 말에 강 사장은 약간 흠칫한 눈치였다.

"계약 파기는 강 사장님의 일방적인 파기로 알고 있어도 되겠습니까?"

"그렇다 해도 차 대표 손실도 만만치 않을 텐데……."

"손실은 만회하면 됩니다. 회사 문을 닫아야 할 강 사장님이 걱정하실 일은 아니죠."

강 사장은 소스라쳤다.

"무슨 짓을 하려는 건가?"

"제가 무슨 짓을 할 것 같습니까?"

"이 정도로 치사할 줄은 몰랐네."

강 사장은 얼굴을 일그러뜨렸다.

"더할 수도 있습니다."

반대로 중락은 비릿한 웃음을 흘렸다.

"민도은이 내게서 떠나려 한다면요."

그러나 도은이 떠났다는 것을 중락은 퇴근하고 밤늦게 집에 돌아와서 알았다.

"내가 쫓았다."

노부인은 말했다. 노부인의 방에서였는데 중락은 앉지도 않고 서 있는 모습이었다.

"이혼하고 새장가 가."

노부인은 퉁명스럽게 말을 이은 후 돌아앉았다. 중락 역시 돌아섰다.

"찾지 마. 다시 쫓아낼 거야."

아들과 거의 등을 진 채로 노부인은 호통치듯 했다.

"찾을 거고, 다시는 쫓겨나지 못하게 다리라도 부러뜨려 놓겠습니다."

중락은 문을 쾅 닫고 나갔다. 노부인은 새파랗게 질려 있었다.

같은 시간 강 사장의 회사에서는, 직원 모두 퇴근한 썰렁한 사무실에 강 사장과 유찬의 모습만 보였다. 유찬은 손에 핸드폰을 들고 초조한 모습으로 제자리를 서성이고 있었는데, 회의용 탁자 근처에 가만히 앉아만 있는 강 사장 역시 초조해 보이기는 마찬가지였다.

"다시 해봐."

강 사장이 유찬을 보며 말했다.

"전원을 아예 꺼놨어요."

말은 그렇게 하면서도 유찬은 핸드폰을 터치했다. 그리고 잠시 핸드폰을 귀에 댔지만 이내 손을 내렸다.

"얘가 도대체 어딜 간 거야……? 엄마 때문에 집에는 못 온다 쳐도 연락은 해야지."

"설마……."

유찬은 어둡고 불길한 눈빛을 강 사장에게 보냈다. 그것이 무슨 뜻인지 금세 눈치챈 강 사장은 소스라쳤다.

"말도 안 돼……. 생각도 마라."

"내일도 연락이 없으면 실종신고라도 해야겠어요. 불안해서 못 살겠어요. 아버지."

"지, 지금이 몇 시야?"

강 사장은 사무실 내 벽시계로 눈을 옮겼다.

"12시 넘었다. 일단 집에 들어가고 내일 다시 생각해 보자.

네 엄마 눈치 못 채게 하고."

강 사장이 주의를 주는 사이로 유찬은 다시 핸드폰을 터치하고 있었다.

※

이틀 후 오후 5시 전후해서, 어느 건물로부터 흰색 승용차 한 대가 나오더니 쏜살같이 도로로 진입했다. 유찬의 차였다. 그는 소매를 걷은 셔츠 차림에 목장갑까지 끼고 있는 것으로 보아 인테리어 공사 현장에 있다가 급히 출발한 것으로 보였다. 운전 중에 그는 목장갑을 입으로 물어 벗었다. 유찬의 차는 사거리에서 좌회전했다. 유찬의 차로부터 일정 거리를 두고 마찬가지로 좌회전하는 회색 승용차 한 대는 줄곧 유찬의 차를 보며 달리고 있었다. 주의 깊게 본다면 그 회색 승용차가 유찬을 미행하고 있는 것이라 눈치채기가 그리 어렵지만은 않을 정도로, 일정한 거리를 두고 뒤따르고 있었다.

유찬은 '성원장'이라는 간판을 단, 한 모텔의 주차장에 차를 세웠다. 차에서 급히 내린 유찬이 모텔 안으로 모습을 감춘 지채 30초도 되지 않아 바로 그 회색 승용차가 천천히 다가와 모텔 근처에서 멈췄다. 안에는 두 명의 남자가 타고 있었다. 그중조수석에 탄 남자가 핸드폰으로 어딘가에 전화를 걸었다.

"강유찬 씨가 사당동의 한 모텔로 들어갔습니다. 확인을 해 봐야 알겠습니다만 찾으시는 여자 분을 만나러 들어간 것 같습니다. 지금 오실 거면 바로 확인을 해봐 드릴까요?"

남자는 그렇게 말한 후 잠시 동안은 듣기만 했다.

"네……, 그건 좀 힘들 것 같긴 한데요, 시도는 해보겠습니다."

통화는 그렇게 끝났다. 두 남자는 중락의 의뢰를 받은 흥신소 직원들이 틀림없어 보였다. 중락은, 도은이 누군가에게 연락을 한다면 바로 유찬일 것이라 짐작해 흥신소를 이용했는데, 그의 그런 짐작은 보기 좋게 들어맞았다.

"도은아."

유찬은 도은을 보자마자 한숨처럼 그녀의 이름을 토해냈다. 모텔의 3층 객실 중 하나의 문이 열리며 도은의 모습이 보인 후였다. 유찬은 도은을 따라 객실 안으로 들어섰다. 객실은 평범한 모텔의 그것으로 퀸 사이즈의 침대와 작은 옷장에, 역시 작은 테이블과 의자 두 개를 갖추고 있었다. 유찬은 도은에게 다가가 가볍게 그녀를 끌어안았다. 그리고 말을 하려 했지만 그 말을 하려니 울컥하며 여러 복잡한 감정이 치밀어 올라 결국 아무 말도 하지 못했다. '다행이다. 살아 있어서, 나쁜 생각 하지 않아서', 유찬은 그렇게 말하고 싶었다. 혹시 도은이 독한 마음을 품었을까 봐, 살아있는 그녀를 다시 볼 수 없을까 봐,

얼마나 가슴을 졸였던가.

"걱정 많이 했구나?"

유찬의 그런 심정을 눈치챘는지, 그의 가슴에서 머리를 뗀 후 도은이 말했다. 입가에 미소까지 띠고서였다.

"내가 한강 다리에서 뛰어내리기라도 했을까 봐?"

"농담이라도 그런 소리 마라. 미치는 줄 알았다."

"그럴 줄 알고 나타났잖아. 그동안은 좀 혼자 있고 싶었어."

"그래도 전화는 받았어야지. 아버진 반나절 만에 눈이 퀭하시더라."

"나…… 불효녀니까…….''

"아니야. 효녀야. 이제 네가 잘 있다, 모습만 보여드리면 돼."

그러자 도은은 뒤로 물러나며 천천히 멀어졌다.

"도은아…….''

"아직은…….''

도은은 침대에 털썩, 앉았다. 그런 그녀를 유찬은 물끄러미 바라만 봤다. 그녀의 야위고 까칠한 얼굴에 대고 충고하고 싶은 생각 따위는 저만치 사라져 버렸다.

"밥은 먹었어?"

유찬은 대신 그렇게 물었다. 도은은 고개를 흔들었다.

"저녁은 당연히 안 먹었을 테고 점심을 아직 안 먹었단 거야?"

"응······?"

도은은 그가 하는 질문에 별다른 의미도 두지 않는 얼굴이었다. 유찬은 한숨을 쉬었다.

"일단 밥부터 먹자. 먹어야 기운을 차리고 앞으로의 일도 모색하지."

"엄마는······."

"엄마 안부 이제 궁금해?"

유찬은 부러 밝은 얼굴로 그녀의 옆에 앉는다.

"잘 계셔. 아직 아무것도 모르시고. 하지만 도은아······."

"응?"

"엄마는 엄마야. 네가 걱정할 필요가 없는 거야. 이 세상에 아마 자식보다 약한 엄만 없을걸? 날 낳으신 엄마도 그랬어. 암 말기에 고통이 이루 말할 수 없을 텐데도 겨우 내 끼니 걱정하시더라. 그게 엄마잖아."

도은은 하얀 이를 살짝 드러내는 미소를 지어 보였다. 눈빛은 오열을 하고 있건만 입은 그렇게 웃고 있었다.

"그래도 이렇게 용기를 내서 그곳을 나왔잖아. 그러니 한 번 더 용기를 내봐. 응?"

"응. 엄마 때문에. 시엄마."

"역시 시엄마는 무서웠던 모양이네?"

"아니. 좋은 분이셔. 자식 걱정하는 분이셔. 그래서 집을 나왔어."

도은은, '중락을 위해서 떠나다오' 했던 노부인을 떠올렸다.

"엄마의 부탁이라서."

와락, 유찬은 다시 도은을 품에 안았다. 이번에는 힘껏 끌어안았다. 그는 눈물을 억지로 참고 '밥 먹자' 했다.

도은과 유찬이 모텔 밖으로 모습을 보인 것은 해가 져서 땅거미가 진하게 밀리고 있던 때였다. 도은의 여행용 가방을 갖고 나오지 않은 것을 보면 두 사람은 식사를 하기 위해 나온 것인 듯싶었다. 두 사람은 모텔 근처에 세워져 있는 회색 승용차 곁을 스쳐 지났는데 그 차로부터 자신들의 사진이 찍히고 있다는 사실은 꿈에도 모른 채 한쪽 길로 접어들었다. 곧 회색 승용차에서 남자 둘이 내렸다. 그중 하나는 도은과 유찬을 보며 그 뒤를 따르고, 나머지 하나는 모텔로 향했다.

밤이 깊어갔다. 중락은 자기 차를 운전해 어디론가 가고 있었다. 이윽고 이면도로로 접어든 그는 '성원장'이라는 간판과 회색 승용차를 눈으로 확인하며 천천히 그 차 뒤로 자신의 차를 갖다 대었다. 회색 차로부터 남자들이 먼저 모습을 보인다.

"오십시오."

중락이 차에서 내리는 것을 기다렸다가 남자 하나가 먼저 모텔 입구로 움직였다. 중락이 그 남자 뒤를 따른다. 남자는 모텔 주인과 모종의 뒷거래가 있었는지 아무런 제지도 받지 않고 통과해 곧장 3층을 향했다.

"일 끝나면 증거들은 파일로 만들어서 메일로 보내드리겠습니다."

계단을 통해 3층 복도로 접어들며 남자가 말했다. 남자는 어느 문 앞에서 한 손에 고리를 잡고, 다른 손에는 만능키로 보이는 열쇠를 든 채로 중락을 쳐다봤다.

"함께 있어 드릴까요?"

남자는 나직이 물었다. 중락은 대답 대신 고개를 살짝 저었다. 그것을 확인 후 남자는 열쇠를 꽂는 것과 동시에 재빨리 돌렸다. 매우 익숙한 솜씨였다. 문은 단번에 열렸고 그 사이로 중락은 재빨리 들어섰다. 그 갑작스러운 불청객에, 도은과 유찬 둘 다 아연실색했다. 도은은 침대 머리맡에, 유찬은 탁자 근처의 의자에 앉아 있었다. 그런 두 사람의 모습에 중락은 오히려 묘한 표정을 지었다. 그것은 실망과 안도가 동시에 스쳐간 그것이었다. 그는 세간의 흔한 불륜 현장이라도 상상했던 것일까.

"이리 와."

중락이 도은을 향해 말했다. 도은은 겁먹은 얼굴로 가슴을 들썩였다. 숨결이 거칠어진 것이다.

"어서."

도은은, 그러나 천천히 고개를 저었다. 그녀의 고갯짓에도 불구하고 중락은 한 걸음에 성큼 다가와 도은의 손목을 난폭하게 낚아챘다.

"가기 싫다잖아요?"

유찬이 막아섰다.

"데려가려면 설득하고 동의를 받아 데려가요."

중락은, 그러나 유찬을 상대할 마음이 전혀 없는 모양이다. 그는 유찬을 무시하고 도은만 데리고 입구를 향했다.

"이게 무슨 짓……."

유찬이 이번에는 중락의 팔을 잡으며 소리쳤으나 말을 채 끝맺기도 전에 '퍽' 하는 소리와 함께 바닥을 뒹굴었다. 중락이 다른 손의 주먹으로 돌려 친 것이었다.

"갈게요. 그만해요."

도은이 창백한 얼굴로 재빨리 말하며 중락의 재킷을 움켜잡았다. 중락은 즉시 그녀를 잡아끌고 그곳을 나왔다.

"도, 도은아……."

유찬은 비틀대며 일어나 뒤를 따랐다. 그의 입은 피를 머금고 있었다.

"도은아……!"

유찬이 모텔 밖으로 나왔을 때 중락의 차는 이미 움직이고 있었다. 그것은 유찬의 눈앞에서 총알처럼 멀어져갔다.

노부인은 놀란 얼굴로, 중락이 도은을 끌고 2층의 계단을 올라가는 것을 보고 있었다. 중락은 거침없이 계단을 밟았고 도은은 제 발로 계단을 제대로 딛지도 못한 채 질질 끌려갔다. 또한 도은은 비명인지, 신음인지 애매한 소리를 내고 있었는데 중락에게 잡혀 끌려가는 팔이 바로 이틀 전, 계단에서 굴렀을 때 팔꿈치 인대 손상을 입은 팔이었기 때문이다. 노부인은 망연히 그 모습을 보더니 가슴에 손을 얹었다. 이어 눈을 감는 노부인의 얼굴에서 입술이 들썩였다. 아마도 불경을 읊조리는 것이리라.

노부인의 불경도 도은을 구원하지는 못한 듯, 그녀는 침실의 소파 옆으로 나뒹굴었다. 이번에는 비명도 지르지 못했다. 아내를 물건 던지듯 던지고 난 중락은 이어 재킷을 벗어 내팽개치고 넥타이를 잡아당겼다.

"인형이 제 발로 걸어 나가?"

그는 도은에게 다가와 그녀의 머리채를 잡아챘다.

"아……."

도은의 비명에도 아랑곳없이, 그는 그녀의 얼굴을 제 앞으로 했다.

"네가 한 약속은 뭐야? 말해. 어머니 핑계는 대지도 마. 그런 것으로 날 속일 순 없으니까."

도은은 불안정한 숨결을 토해내면서도 입을 꾹 다물고 있었다.

"대답 안 해? 못 해? 내가 해줘? 강유찬 보고 싶어서?"

집을 나가 당장 유찬을 만난 것만 봐도 그녀의 속셈은 빤하다고 생각했다. 그러니 어떠한 경우라도 '떠나지 않겠다'는 약속을 어기고 떠난 그녀에게, 그는 기필코 그만한 대가를 치르게 할 작정이었다. 어차피 인형인 주제에 그마저도 못 하겠다면 그 인형을 아예 갈기갈기 찢어버릴 것이다.

"거랜 깨졌어. 아니, 이제 너와 거래고 뭐고 없어. 이유도, 논리 따위도 필요 없어. 넌 무조건 이곳에서 영원히 인형 노릇 하며 살아."

"용서 안 할 거예요."

그때 불쑥 도은이 말했다. 거의 들리지도 않을 정도로 가냘픈 목소리였지만 눈빛만큼은 반짝, 빛이 날 정도로 강렬했다.

"뭐?"

"용서 안 해요."

"나 역시."

중락은 그녀의 머리채를 뿌리치듯 놓았다. 순간 퍽 하며 도은의 머리가 소파용 테이블에 부딪치고는 아래로 툭 떨어졌다. 그녀는 그 충격으로 정신을 잃고 말았다. 그러나 그것이 의도적인 것은 아니었는지 중락도 순간 놀라, 엎어져 있는 도은의 모습을 잠시 내려다보았지만 그뿐이었다. 지금 그에게 동정심을 바라는 것은 무리일 것이다. 중락은 일어나 침실을 나갔다.

도은이 머리를 부딪친 테이블 위에는 펼쳐진 잡지책 위로 페이퍼 나이프가 올려 있었다.

'쨍강' 하는 날카로운 파열음과 함께 머그잔이 바닥에서 박살났다. 중락의 서재였다. 잔을 던지고도 분을 못이긴 중락은 서재 안을 잠시 서성이다, 이윽고 뭔가 생각난 듯 성큼 책상 앞으로 가 마우스를 잡았다. '파일을 보냈다'는 흥신소 직원의 메시지를 조금 전에 받은 터였다. 그는 그 파일을 찾아서 열었다. 파일은 먼저 사진이었다. 도은과 유찬이 나란히 모텔을 나오고, 들어가는 모습이 모두 담겨 있었다. 남들이 본다면 영락없는 '불륜의 현장'이었다. 중락은 또 다른 파일을 열었다. 그리고 그것이 시작되는 동안 담배를 입에 물고 불을 붙였다. 파일은 녹음이었다. 도은의 목소리가 먼저 들려왔다. 이어 유찬의 목소리도 들렸지만 두 사람의 대화는 특별할 것이 없는 내용들이었다. 그렇게 시간이 흐르던 중에, 중락이 줄담배로 네 개째를 다 피웠을 때였다.

[오빠 내가 착하다고 착각하고 있구나? 아니다, 멍청하다고 생각하는 건가? 울 엄마처럼 자식이 있는 것도 아닌데 왜 참냐고…… 오빠 자꾸 안 믿는데 중락 씨가 나 때린 적은 없어. 정말이야. 그치만 마지막엔…… 때린 거랑 다름없이 밀긴 하더라.]

[때린 거랑 다름이 없다니? 그게 뭔데?]

[있어. 그런 거.]

　중락은, 도은을 퇴원시켜 집으로 데려왔던, 그날 밤의 일을
떠올렸다. 도은이 집을 나가기 전날 밤이었으니, 오늘 모텔에서
그녀를 끌고 오기 전까지는 중락과 그녀의 마지막인 셈이었다.
계단에서 굴러 온몸에 멍 자국이 있는 도은을, 그는 일방적으
로 능욕하다시피 했었다. 그때 그녀가 느꼈을 고통을 그가 몰
랐다면, 그것은 거짓일 것이다. 때문에 그녀가 하는 말이 무슨
의미인지를 그는 당연히, 바로 알아들었다.

[그땐 정말 미웠어.]
[밉다는 건 이뻤던 적도 있었단 거?]

이후 꽤 오랜 침묵이 있었다.

[오빠…… 미안해.]
[응? 뜬금없이 뭐가?]
[정말 미안해. 용서해 줘.]
[나참, 갑자기 무슨 소리야?]
[나…… 그 사람 사랑해.]

녹음은 다시 긴 침묵으로 이어졌다. 그러나 중락의 귀는 제 심장박동의 격렬함으로, 도리어 몹시 시끄럽게 울리고 있었다. 그의 얼굴은 마치, 커다란 망치로 머리를 한 대 된통 얻어맞은 사람의 그것이었다. 아니, 그 이상이었다. 그것은 그에게 정말로 완전한 쇼크였다.

[사랑하고 있어…….]

도은과 유찬의 목소리가 녹음된 상황은 식사를 하고 들어온 두 사람이 커피를 들고 각기 침대와 의자에 앉아 이야기를 나누던 중으로, 반도 마시지 않은 도은의 커피는 진즉에 식어 있었고, 그녀는 또한 침상 머리맡에 몸을 기댄 채였다.

"언제…… 부터야?"

그렇게 묻는 유찬의 안색은 숨길 수 없게 어두워 있었다.

"음……. 14년 전부터."

"뭐?"

"그냥……."

도은은 힘없는 소리나마 소리를 내어 웃었다.

"그냥 그런 거 있어. 듣기만 해. 오빠. 나 이 얘긴 엄마한테도 안 했어. 아무한테도 안 할 거야. 오해할 수 있거든. 시어머님까지 오해하시는 것 같더라. 하긴 나도 잠깐은 오해할 뻔했으니까······. 하지만 아닌 거 알아."

"무슨 말인지 정말 하나도 이해가 안 된다."

"사실은 그 사람, 중락 씨 얘기야. 14년 전은 그 사람에게나
나에게나 아픔이었지, 원한이니 복수니, 그따위로 변질될 수
있는 것은 아니었다는 거······."

"14년 전에 차 대표를 알았어?"

"응."

"그게······ 네가 그 사람을 사랑하게 된 이유야?"

"이유 같은 건 없어. 그냥······. 어느 날부터인가 봐. 처음에
는 몰랐는데······. 오빠가 그냥 오빠로만 느껴지면서······, 이상
하다, 뭐지, 하는데 갑자기 중락 씨가 떠올랐어. 근데 오빠한
테서와 같은, 그런 편안한 느낌은 아니야. 약간 불안한······ 뭔
데······. 그걸 뭐라고 해야 할까······? 아주 달콤한 긴장 같은 거
였어."

"사랑한다고······, 말은 해봤니?"

도은은 고개를 흔들었다.

"하긴 너 그런 말 잘 안 하지······. 나도 못 들어봤네."

유찬은 씁쓸한 웃음을 머금었다.

"그런 건 말 안 해도 아는 거잖아. 그냥 알게 되는 거잖아.
근데 그 사람은 몰라······. 바보라서. 그래서 말했거든. 난 인형
이 아니라고, 껍데기 아니라고 했는데······. 그래도 못 알아듣

더라."

"응? 인형? 나도 못 알아듣겠는데."

도은은 웃었다. 그리고 식은 커피를 한 모금 마셨다.

"남자들은 다 바본가? 그 바보가 못 알아들어서……. 사실은 사랑한다고 말하려고도 했어."

"근데 왜 못 했어?"

"너무 늦어버렸어. 그 바보가 너무 차가워졌거든. 그전까진 화를 내긴 했어도 차갑진 않았는데……. 그러니 내가 말했어도 안 믿었을 거야. 내가 오빠를 위해 거짓말을 하는 거라고……, 그렇게 생각했을 거야."

"듣고 보니 정말 바보네. 그 바보가 널 사랑하긴 한 거니?"

유찬은 우울하게 물었다.

"응."

"그럼…… 돌아가고 싶어?"

"아니."

"아니라고?"

"내가 돌아갈 곳은 따로 있는 것 같아."

"그게 무슨 말이야?"

유찬은 불안한 눈길을 도은에게 보냈다.

"하지만 엄마 때문에 안 되겠다……."

"도은아……."

나무라듯 그녀의 이름을 부르는 유찬의 목소리가 이어졌지만 두 사람의 대화는 사실상 거기서 끝나 있었다. 그 뒤로 중락이 들이닥쳤기 때문이다.

컴퓨터에서는 더 이상 아무 소리도 들려오지 않았다. 중락은 자리에서 일어났다. 그것도 급히 일어났건만 그는 다음 행동으로 바로 옮기지 못하고, 자신이 왜 일어났는지도 모르는 사람 모양 고개만 두리번거렸다. 이어 제자리에 털썩, 도로 주저앉은 것은 약간의 시간이 흐른 뒤였다.

그는 멍하니 허공에 눈을 두고 있었다. 지금껏 자신은 무엇을 한 것인가, 방금 전에는 또 무슨 짓을 했나, 그의 뇌리에는 도은이 '사랑한다' 했던 말이 아니라 '밉다', '돌아갈 곳은 따로 있다' 했던 말들이 콕 박혀 있었다. 그것은 사실 깊은 상심의 표현이었으며, 사랑을 잃어 죽고 싶다는 처절한 비명이나 한 가지였다. 거기에 더해 '용서 못 한다' 했던 그녀의 분노가, 혹은 서글픔이 슬그머니 포개졌다. 그것이야말로 —도은이 '바보'라 한 것처럼— 그가 정말 지독히도 어리석은 짓만을 해온 결과의 다름 아니기 때문이었다. 어찌하여 깨달음은 이처럼 느닷없이, 그것도 참담한 결과를 잉태한 잔인한 모습으로만 다가오는 것인가.

중락은 다시 벌떡 일어났다.

"도은아……?"

입속으로 뇌까리던 중락은 서둘러 서재를 나와 침실 문을 거의 박차고 들어갔다. 침실은 피투성이였다. 도은은 소파 테이블 옆에 주저앉아 페이퍼 나이프를 들고 열심히 제 손목을 긋고 있었다. 날이 무딘 페이퍼 나이프가 제대로 들 리 없음에도, 그래서 더욱 처절하게 힘을 주고 있는 그녀의 모습은 기괴해 보이기까지 했다. 그녀의 왼쪽 손목은 이미 피 범벅이었다.

"맙소사, 안 돼……."

중락은 도은에게 달려들어 나이프를 쥔 그녀의 손을 잡아챘다.

"놔아……."

도은은 악을 썼다. 중락은, 피가 흐르는 도은의 팔목을 지혈을 하듯 한 손에 꽉 쥐고, 다른 손으로는 그녀의 머리를 잡아 제 가슴에 끌어안았다. 발버둥치는 그녀를 진정시키기 위해서였다. 도은은 몸부림을 치다 결국 그의 품 안에서 축 늘어졌다. 쌕쌕거리는 그녀의 숨소리만 들려왔다. 중락은 천천히 몸을 아래로 기울여, 그녀의 머리를 한 손에 받쳐 든 채, 그대로 그녀를 바닥에 뉘였다. 그러는 순간에도 그녀의 손목을 쥐고 있는 그의 손아래로는 피가 뚝, 뚝 떨어지고 있었다.

도은은 바닥에 머리를 대고 누워, 여전히 거친 숨을 몰아쉬며 위에서 내려다보는 중락의 눈을 마주하고 있었다. 그런 도은의 눈빛은 싸늘했다. 그러고 보니 그 눈빛이 바로 중락을 향해 '용서 못 한다' 했을 때와 같다는 것을 그는 그제서 기억해낸다. 또한 그녀의 그 눈빛은, 중락이 그녀를 알았던 이래 처음이라는 것도 그는 깨달았다. 어쩌면 그것만으로도 오늘의 결과는 돌이킬 수 없는 것일지도 몰랐다.

"도은아⋯⋯."

중락은 조심스럽게 도은의 얼굴로 손을 가져갔으나 그녀는, 그의 손이 채 닿기도 전에 고개를 돌려 외면했다. 그는 뭐라고 말해야 할지 몰랐다. 말을 해야겠는데 그녀의 이름만 불러놓고는 입이 떨어지지 않았다. 결국 말 대신, 외면해 있는 도은의 뺨 위로 투명한 물 한 방울이 뚝, 떨어졌다. 그것은 그녀의 뺨에서 코끝을 향해 흘러내렸다. 도은은 놀란 것이 분명했다. 그러나 그것도 그녀의 외면한 얼굴을 돌려놓기에는 역부족이었나 보다. 그녀는 도리어 눈을 감아버렸다. 그 무심한 얼굴 위로 투명한 물은 투둑, 계속 떨어졌다. 그런 끝에 중락은 무너지듯 도은의 가슴에 얼굴을 묻었다. 소리는 없었다. 다만 물결치듯 꿈틀대는 그의 어깨가 오열을 대신할 뿐이었다.

열려 있는 침실 문가에 노부인이 서 있었다. 노부인은 강 사장의 다급한 전화를 받고 올라온 길이었는데 ―아마도 강 사장은 유찬으로부터 자초지종을 전해들은 후 전화를 한 것이었으리라― 그런 노부인의 눈에 비친 침실의 광경에, 그녀는 적이 충격을 받고 말았다.

　병원의 입구로 강 사장과 도은 엄마, 유찬이 들어섰다. 입구
의 규모로 보아 종합병원임이 틀림없었다. 세 사람은 서둘러 들
어오는 모습이기보다는 오히려 그 반대로, 강 사장이 도은 엄
마를 거의 부축하다시피 한 모습이었다. 유찬은 쇼핑백을 손에
든 모습으로, 강 사장 부부의 걸음에 보조를 맞추며 걱정스러
운 눈빛을 하고 있었다. 세 사람은 두 시간 전쯤에 도은의 시모
인 노부인의 전화를 받고 이 병원으로 온 것이었다. 또 다 함께
이곳에 오기까지는 엄마에게 더 이상은 도은의 상황을 감출 수
없다 판단한 강 사장과 유찬의 합의가 있었다. 때문에 강 사장
의 입을 빌려 도은 엄마에게 딸의 상황을 털어놓기에 이르렀다.
그것은 엄마에게 날벼락이었다. 상상조차 끔찍한 악몽이었다.
그럼에도 버틴 것은 얼른 딸에게 달려가 위로가 되고자 하는,
위로가 돼야 한다는 모성(母性)의 발로였을 것이다.

　승강기를 이용해 6층에서 내린 유찬의 가족은 복도를 지나
던 중 누가 먼저랄 것도 없이 모두 걸음을 멈췄다. 도은 엄마는
더구나 소스라치면서였다. 복도의 한 벤치에 중락이 앉아 있었
기 때문인데 피가 묻은 셔츠 차림으로 윗몸을 깊숙이 숙인 채
꼼짝도 않고 있는 그의 모습은, 마치 주변의 상황과 전혀 관계
없이 홀로 존재하는 듯했다. 그래선지 그는 유찬의 가족이 가

까이 왔음에도 아무 반응을 보이지 않았고, 유찬의 가족 역시
그의 의식을 깨울 생각이 전혀 없는 듯 등을 돌렸다. 세 사람이
찾는 문은 중락이 앉아 있는 벤치의 바로 맞은편이었다.

도은은 깨어 있는 눈으로 제 식구들을 맞았다. 그녀의 주의
깊은 눈은 특히 엄마를 향하고 있었다. 도은의 엄마는 놀랍게
도, 바로 직전까지 제 몸도 가누지 못해 남편에게 의지해 있었
던 것이 맞나 싶을 정도로 차분하게, 심지어는 미소까지 띤 얼
굴로 다가왔다.

"도은아, 이게 무슨 일이야……."

엄마는 딸의 이마에 손을 대 머리를 부드럽게 쓸어내렸다.

"엄마……."

"많이 아프니?"

도은은 고개를 흔들었다.

"그래. 이제 괜찮아. 엄마가 있으니까 아무 걱정 마. 알았
지?"

그러자 도은은 하얀 이가 살짝 보이게 웃었다. 그것을 보며
엄마 또한 웃는다. 강 사장과 유찬은 서로를 보며 의외라는 눈
빛과 함께 곧 안도하는 모습들이었다.

"유찬아, 그거 냉장고에 넣어놔. 우리 도은이 좋아하는 매실
엑기스랑 우유 생크림, 엄마가 가져왔지."

엄마는 유찬에게 몸을 돌려 그렇게 말하면서도 자신이 그것

을 직접 할 양 유찬으로부터 쇼핑백을 건네받았다. 도은이 누워 있는 입원실은 바로 직전에 ―계단에서 굴렀을 때에― 잠깐 입원한 적도 있었던 곳과 거의 동일해 보이는, 생수기와 냉장고와 작은 소파를 갖춘 적당한 규모의 일인실이었다.

"아빠……."

강 사장은 도은의 손을 잡고 있었다. 강 사장의 눈길은 도은의 왼쪽 손목에 감긴 붕대에 잠시 머물기도 했다. 그녀의 손목은 물론 정맥이 끊긴 것이라 과다출혈만 아니면 생명에는 지장이 없는 것이었다. 시퍼렇게 날이 선 칼로도 동맥을 끊으려면 팔목의 반을 잘라내야 하니, 하물며 페이퍼 나이프로 팔목을 그어 죽기란 하늘의 별따기나 다름없는 일이다.

"그래. 도은아. 여기 며칠 있다가 집으로 가자."

"죄송해요."

"네기 왜 죄송해? 그런 소리 마라. 식구끼리 그런 소리 하는 거 아니다."

"왜요? 죄송하면 죄송해야죠. 그래야 담부터 같은 일이 안 일어나죠."

유찬이 실실 웃는 낮으로 불쑥 끼어들었다. 도은은 그의 얼굴을 빤히 쳐다봤다. 어제 중락에게 맞은 흔적이 아직도 남아 있는 것을 어렵지 않게 확인할 수 있었다.

"미안해. 오빠."

"그래. 미안 받아줄 테니 얼른 일어나서 우리 자전거 타러 가자."

"갑자기 웬 자전거?"

강 사장이 물었다.

"그럼 오토바이 타요?"

"뭐? 자식, 싱겁긴."

유찬이 먼저 소리 내어 웃자 강 사장이 따라 웃고 전염되듯 엄마도 웃었다. 그 웃음소리는 그대로 문을 통과해 복도의 벤치에 있는 중락의 귀에도 들려왔다. 그는 변함없이 동상처럼 있더니, 그 웃음소리가 그의 의식을 깨웠는지, 마침내 천천히 고개를 들었다. 그리고 얼마 후에는 벤치에서도 일어나 복도를 향해 몸을 돌렸다. 그는 아주 긴 시간을 두고 복도에서 사라져 갔다. 그로부터 다시 제법 긴 시간이 흐른 후, 입원실의 문이 열리고 강 사장과 유찬, 도은 엄마가 밖으로 나왔다.

"정말 우린 가도 되겠어요?"

강 사장이 물었다.

"여기서 다 같이 밤을 지낼 게 뭐 있어요? 죽을병도 아니고. 또 내일 당신, 유찬이랑 출근도 해야잖아요. 지금이라도 가서 몇 시간이라도 주무세요. 아침 밥 못 해줘서 미리 미안해요."

"밥이야 뭐 나도 잘 하니까……."

"어머니 말씀이 맞아요. 가요. 아버지."

그렇게 해서 강 사장과 유찬도 가고, 입원실에는 도은과 엄마만 남게 되었다. 시간은 이미 자정을 넘긴 지 오래였다.

"어여 자."

이미 낮은 조명으로 바뀐 입원실에서 엄마는, 도은이 덮은 이불을 가슴께로 끌어주었다.

"엄마……."

도은은 엄마를 물끄러미 올려다봤다.

"왜? 불러놓고 왜 말이 없어?"

"엄마……. 실망했지?"

"그래. 실망했다. 이렇게 착하고 이쁜 내 딸도 몰라본 그놈한테 엄청 실망했다. 근데 어쩌겠어? 거기까지가 제 복인걸. 제 복 제 발로 찬 거야, 그놈은."

"그런가……?"

"그렇고말고. 이제 얼른 자. 너 환자야."

도은은 눈을 감았다. 유찬의 말이 맞았던 것일까, 의외로 씩씩한 엄마의 모습에 도은은 적이 마음이 놓였다. 엄마가 입원실로 불쑥 모습을 보였을 때만 해도 아주 잠깐은 유찬이 원망스러웠는데 그렇게 나타난 엄마는 의외로 의연했다. 다행이다, 마음으로 되뇌며 도은은 약 기운에 서서히 잠에 빠져들었다. 그러는 동안 엄마는 보호자용 침상에 이불을 깔고 나서, 마치 자리끼를 준비하듯 생수기 앞에서 조그만 주전자에 물을 받았다. 그런데 물이 주전자를 가득 채우고 흘러넘치는 중에 주전자를 든 엄마의 손이 부들부들 떨려왔다. 어깨와 가슴도 흔들렸다. 그녀는 곧 주전자를 생수기 옆에 놔두고 입원실을 나왔다. 엄마가 달려간 곳은 화장실이었다. 뚜껑 덮인 변기 위로 스르르 주저앉은 엄마는 입을 꾹 다물고, 통곡에 체한 양 주먹으로 제 가슴을 쳤다. 그녀는 정말 힘껏, 그리고 오래 치면서도 입 밖으로는 거의 소리를 내지 않았다. 그저 간헐적으로, 오래된 마룻바닥이 삐거덕대는 것 같은 소리를 낸 것이 다였다.

도은은 잠결에 어떤 소리를 듣고 깼다. 엄마가 들어온 소리였다.

"으응…… . 엄마 아직도 안 잤어?"

"조용히 열었는데 깼니?"

엄마는 언제 울었냐는 듯 평소와 같은 목소리였다.

"화장실에 있었어. 요새 변비가 좀 있네. 어서 자."

도은은 별말 없이 다시 눈을 감았다. 엄마 역시 보호자용 침상에 몸을 눕힌다. 그런 엄마의 모습은 마치 아무 일도 없었던 양 처절하리만치 평온했다.

새벽 3시가 넘어가는 시각에 노부인은 일어나 있었다. 실내용 가운 차림의 노부인은 1층 홀의 창을 통해 정원을 내다보고 있었는데 그녀의 눈길이 닿은 곳에서는 중락이 약간 불안정한 걸음으로 걸어오고 있었다. 비틀대는 정도는 아니었지만 안정적인 걸음도 분명 아니었다. 술을 먹었을 리도 없을 아들의 그런 위태로운 모습에 노부인의 안색은 더욱 어두워졌다. 응급차를 불러 도은을 병원으로 보낸 것도 강 사장에게 연락을 한 것도 모두 노부인이었다. 그 후 심란한 마음에 잠을 이루지 못해 뒤척이다 나와 본 잠시, 중락을 발견한 노부인은 아들이 처가 식구들 틈에 끼어 있을 수도 없었겠지, 싶었다. 아니 그 전에 도은이 그와 함께 있으려 하지 않았으리라, 상상하는 것도 그리 어렵지 않았다. 실제로 중락은 벤치에만 앉아 있다 온 것이 지 않은가. 중락은 현관을 통해 1층으로 들어서다 노부인의 혀 차는 소리를 듣는다.

"어리석은 위인."

아들을 보며 노부인은 툭, 뱉어냈다.

"그러게 내 뭐랬느냐? 그만하라 했지? 멈추라 했지?"

중락은, 그러나 대꾸도 없이 노부인 앞으로 걸어오더니 갑자기 무너지듯 주저앉았다. 노부인은 다시 한 번 혀 차는 소리를 냈으나 그것이 한숨으로 바뀌는 데에 오래 걸리지 않았다.

"중락아."

노부인 역시 아들 앞에 앉아서 나직한 소리로 아들의 이름을 먼저 불렀다.

"에미 말 들어. 도은이, 그 불쌍한 거……, 그만 놔줘라. 도
은이가 치러야 할 건 다 치르고도 남았어."

중락은, 그러나 고개부터 흔들었다.

"아닙니다. 어머니. 그런 게 아닙니다……."

중락은 내내 숙이고 있던 고개를 들어 어머니의 얼굴을 마주
했다.

"한을 갖고 돌아가신 아버지를 생각했다면 처음부터…… 민
도은을 마음에 품어서는 안 되는 것이었습니다."

노부인은 놀란 얼굴을 해보였다. 아들이 그저 어떤 목적을
갖고 —아마도 '말려 죽이려고'— 도은에게 접근했다 생각했었는
데 '마음에 품었다'니.

"죄송합니다. 피를 토하고 돌아가신 아버지에 대한 기억도,
그 분노도…… 내 마음을 바꾸지 못했어요."

그는 다시 고개를 떨어뜨렸다.

"아무 상관없었습니다. 도은이는 도은일 뿐이에요……."

아들의 뜻밖의 고백에 놀라기는 했으나 노부인은 곧 평정을
되찾은 듯했다.

"그럼 왜?"

노부인은 한탄하듯 물었다.

"그리 좋아했으면서 왜?"

"좋아했으니까요……. 머리칼 하나, 몸에 때조차도 모두……."

중락은, 여전히 포기하지 않는 집요함을 보였다.

"그녀의 전부를…… 완전히 갖고 싶었으니까요……."

10
사랑은
피보다 진하다

　도은은 병원에서 3일 만에 퇴원해 그녀의 친정인 아파트로
갔다. 결혼하기 전까지 약 4년을 살았던 자신의 방으로 온 도
은은 마치 고향에 돌아온 양 편안한 기분을 느꼈다. 아직 손목
에 붕대가 감겨 있고, 팔꿈치 인대도 완전치 않은 데다 몸 여기
저기에 멍 자국도 아직 남아 있었지만 그 모든 것들을 다 합해
도, 도은이 간절히 원했던 마음의 평화에 비한다면 하찮은 것
들이었다. 그녀는 중락과 살면서 몸보다는 아마도 마음이 힘들
었던 모양이다. 심지어는 그녀의 입으로 '달콤한 긴장'이라 했
던 것도, 사랑이라 말할 수 있는 그것조차도 되짚어보면 그녀
를 충만한 안락함으로 이끌지는 못했던 듯싶다. 그를 향한 사

랑은 늘 조마조마해, 유찬에게처럼 가족의 편안함이 아닌, 살
얼음 위를 걷듯 했고, 언제 폭발할지 모르는 거대한 에너지에
대항하듯 힘에 겨웠다.

"자니……?"

어두운 방안에서 나직한 목소리가 흘러나왔다. 도은 엄마의
목소리였다. 도은은 침대 위에, 그녀의 엄마는 침대 아래에 여
름 이불을 덮고 누워 있는 모습이었다. 도은 엄마는 병원에서
내내 딸과 붙어 있었음에도, 딸이 집에 돌아온 첫날이라고 또
그 핑계로 딸과 함께 자고 싶다며 남편인 강 사장의 양해를 얻
은 것이었는데 정작 엄마는 밤늦도록 잠을 이루지 못하고 있었
다.

"아니."

"아직도? 왜 못 자?"

"남 말 해?"

"그렇구나……."

엄마는 키득, 소리 내어 웃었다.

"도은아."

이어 딸의 이름을 부르는 엄마의 목소리는 금세 정색한 그것
으로 바뀌어 있었다.

"응?"

"너…… 엄마랑 단둘이어도 괜찮지?"

"뭐?"

도은은 몸을 일으켰다. 그러자 엄마도 일어나 앉는다.

"그게 무슨 말이야? 아빠랑 오빠는?"

"네 아빠한테 미안해서……. 아무래도 우리 나가야 할 것 같다. 도은아."

엄마는 착잡한 얼굴로, 그러나 차분히 말했다.

"차 서방……. 아니, 차 대표랑 문제가 발생하면, 그러니까 바깥일 말이다, 손해가 아주 많을 것 같아. 네 아빠는 아무 염려 말라고 하는데 엄마가 그 눈치 없겠어? 네 아빠나 오빠나 착한 사람들인데 너무 피해를 주면 안 되지 않겠니? 뭔가 차 대표 쪽에서 움직임이 보이면 우리가 그냥 여기서 나가자. 응?"

그 말은 엄마가 강 사장과 이혼을 하겠다는 의미였다.

"남남이 되면 차 대표도 아빠한테 심하게는 안 하지 않겠니?"

도은은 천천히 고개를 끄덕였다. 도은도 전혀 짐작을 못 하고 있던 것은 아니었기에 별로 놀라지도 않았다.

도은 엄마는 자신이 딸에게 했던 말을 실천하는 데에 꾸물거리지 않았다. 외부에서 바람이 불기 전에 그것을 정리하려는 사람 모양, 도은이 아파트로 온 지 불과 3일 만에 엄마는 강 사장에게 제 뜻을 밝혔다.

"지금 무슨 말을 하는 거예요?"

강 사장은 화를 버럭 냈다. 엄마는 깜짝 놀랐다. 지금까지 강 사장과 살면서 그가 그처럼 화를 낸 적은 거의 없었기 때문이다.

"도은이 오고 나서 겨우 생각해낸 게 도망칠 궁리예요?"

"도망이 아니라……. 왜 화를 내요?"

"안사람이 이혼하자는데 그럼 춤춰요?"

"그, 그게……."

"나 병들면 이혼할 거예요?"

"지금 내 말은 그게 아니잖아요?"

"아니긴, 같은 거예요. 부부가 말이야, 어려움이 닥치면 같이 머리 맞대고 궁리는 못할 망정 혼자 쏙 빠져 달아나려고 하다니, 그렇게 안 봤는데 정말 실망이네요. 좋을 때만 부부 하면 그거 누가 못 해요?"

"난……."

도은 엄마는 눈물이 핑 돌아 말을 잇지 못했다.

"그리고 아직 아무 일도 안 일어났어요. 뭘 미리 걱정하고 그래요?"

강 사장은 아내의 등을 토닥였다.

"차 대표한테서 아무 연락도 없어요? 도은이한테도 연락 안 하는 것 같던데."

"그렇잖아도 나도 이상하다, 생각하고 있던 참이에요. 무슨 꿍꿍이인지 알 수가 없어서…….”

강 사장은 말끝을 흐렸다. 사실 그는, 도은이 오고 나서부터 하루하루가 바늘방석이었다. 중락으로부터 내용증명이라도 날아오는 것이 아닌가 싶어 출근하면 우편물부터 살펴보기 바빴다. 그동안 강 사장이 접했던 중락의 태도로 봐서는, 도은이 아파트로 오는 즉시 당장 어떤 액션이라도 —최소한 ‘도은을 당장 보내라’는 통고라도— 취할 줄 알았더니 도리어 쥐죽은 듯 고요하기만 하지 않은가. 그러니 더 불안했다. 그 고요가 강 사장에게는 마치 폭풍전야처럼 느껴졌기 때문이다. 그렇다고 강 사장이 먼저 중락에게 연락할 수도 없고 해서 마냥 시간만, 그것도 불안하기 짝이 없는 시간만 보내고 있던 중이었다.

그렇게 며칠이 더 흘렀다. 그 시간은 도은에게도 평온한 한편으로는 불안하기도 한 그것이었지만 그녀는 그저 조용히 기다릴 뿐이었다. 그 사이 그녀는 머리도 상큼하니 단발로 잘랐다.

도은이 아파트로 온 지 6일째 되던 날인 토요일 오전, 마침내 ‘그날’이 왔다. 초인종 소리에 인터폰 액정을 처음 본 사람은 유찬이었다. 액정에서 중락의 모습을 확인한 유찬은 몹시 긴장한 채로 현관문을 열었다. 중락은 연회색의 여름용 슈트에 넥타이는 따로 하지 않은 모습으로, 현관 입구에서 유찬과는 따로 인사말 없이 눈으로만 인사를 주고받았다. 중락이 구두를 벗고 막 안으로 들어섰을 때 주방으로부터 '누가 왔어?' 하는 목소리와 함께, 손에 머그잔을 든 도은 엄마가 거실로 나왔다. '쨍' 하는 파열음이 그 뒤를 이으며 엄마의 발아래에서 머그잔은 산산조각이 난다. 엄마는 마치 귀신을 본 것처럼 놀라 제자리에 털썩, 주저앉기까지 했다. 또한 그 소리에, 아마도 안방인 듯 보이는 문이 열리며 강 사장이 뛰쳐나왔다. 강 사장 역시 중락을 보고는 깜짝 놀란 얼굴을 해보였다.

"집사람을 데리러 왔습니다."

중락은 무표정하게 말했다.

"안 돼……."

거의 동시에 엄마가 소리쳤다. 그 모습을 본 강 사장이 성큼성큼, 도은 엄마를 지나 중락 앞으로 다가가는가 싶더니 '팍' 하는 소리가 이어졌다. 중락의 얼굴이 옆으로 돌아갔다. 유찬과 도은 엄마는 깜짝 놀란다. 강 사장이 중락의 뺨을 후려친 것이었다.

"내 회사에는 무슨 짓을 해도 좋지만 내 집에서는 어림없다."

강 사장은 노기를 띤 모습으로 부들부들 떨었다.

"도은이한테 손 하나 대기만 해봐, 내가 가만있을 줄 알아? 당장 여기서 나가라."

중락은 돌아간 제 얼굴을 천천히 바로 했다. 여전히 무표정했다.

"집사람이 나올 때까지 기다리겠습니다."

"이…… 이놈이……."

강 사장은 다시 손을 들듯 했지만 그저 주먹 쥔 손을 여전히 부들부들 떨 뿐이었다. 그런데 그것이 어쩐지 단지 노기 때문만은 아닌 것으로 보여, 유찬은 그 상황에서도 웃음이 나와 손을 들어 슬그머니 입을 가렸다. 그때 문소리가 나 모두의 눈길이 도은의 방문 쪽으로 쏠렸다.

"갈게요."

그렇게 말하는 도은은 외출복 차림에, 시댁을 나올 때 들었던 작은 여행용 가방을 손에 쥔 모습이었다.

"안 돼……."

엄마가, 이번에는 절규하듯 부르짖었다. 중략 앞으로 걸어가는 도은을 보면서였다.

"여보, 유찬아, 얼른 도은이 잡아……. 도은이 못 가게 해."

"어머니."

유찬은 재빨리 엄마 곁에 앉아 어깨를 잡았다. 강 사장은 도은을 향하던 찰나였다.

"진정하세요."

"유찬아. 도은이……, 도은이 좀 말려 봐. 응? 도은이가 우리 땜에……."

"보내요."

침착하게 말하는 유찬에, 엄마는 놀라 멍한 눈을 유찬에게 고정했다.

"도은이 보내요. 어머니. 스스로 선택하게 해요. 우리 그냥 도은이 한 번 믿어보자구요. 네?"

유찬은 이어 착잡한 눈길을 도은에게 옮겼다. 도은의 마음을 이해했다. 어쩌면 엄마의 말대로 '우리 때문에', 즉 가족에 대한 염려로 도은은 중락에게 돌아가기로 결정했을지도 모른다. 그러나 그 이유가 전부였다면 유찬도 도은에게 '가지 마라' 설득했을 것이다. 그러니 그것이 전부가 아닌 것이다. 그녀는 아마도 자신을 고통스럽게 했던 무엇과 ―그것이 사랑이라 부를 수 있는 것이든 혹은 그 반대든― 정면으로 마주보기 위한 것이리라. 물론 그 결과는 이제부터 온전히 두 사람의 몫일 것이다.

도은은 유찬에게 미소를 보냈다. '고마워, 오빠' 하는 것 같은 누이의 미소였다. 이어 도은은 엄마와 강 사장에게도 차례로 눈길을 주었다.

"전화할게요. 걱정 마세요."

중락이 도은의 가방을 건네받는다.

"도은아……."

다시 딸의 이름을 부르며 엄마는 마치 딸의 옷깃이라도 잡으려는 듯 손을 뻗었지만 그런 엄마를 유찬이 잡는 사이 도은은 돌아섰다. 그렇게 엄마는 자신의 분신인 도은이 중락과 함께 떠나는 것을 망연히 지켜보아야만 했다.

중락의 차는 지상주차장에 있었다. 그는 도은을 조수석에 먼저 태운 후 여행 가방을 뒷좌석으로 던졌는데 그곳에는 이미 다른 여행 가방이 하나 놓여 있었다. 중락은 운전석으로 오른 즉시 차를 출발시켰다. 그런 그에게서 느껴지는 것은 묘한 흥분과 생기였다. 그것은 보고 싶은 사람을 오래 못 보았다가 드디어 만나게 된, 그런 종류의 생동감이었다. 그럼에도 그의 얼굴은 건강해 보이지 않았다. 야위고 해쓱해 있었다.

중락의 차는 한참을 달려 톨게이트를 지났다. 그 사이 딴 세상을 다녀온 듯 도은은 그제야 중락이 시댁으로 가고 있지 않다는 것을 깨달았다.

"어딜…… 가는 거예요?"

도은이 중락을 보며 물었다. 그것이 그녀가 차에 탄 이후 처음 입을 연 것이었다.

"가보면 알아. 잠깐 쉬었다 갈까?"

중락은 톨게이트를 지난 후 처음 보이는 휴게소 안으로 차를 몰았다. 휴가철의 끝 무렵이기는 했으나 주말이라선지 휴게소는 제법 많은 사람들로 북적였다. 때문에 실내는 물론이고 노천에도 빈자리가 보이지 않아 도은은, 중락이 커피를 주문해 가져오는 사이 적당한 곳에 그냥 서 있어야 했다.

중락은 양손에 테이크아웃용 종이컵을 들고 커피 판매대를 나오다, 도은에게 눈을 준 채로 잠시 걸음을 멈췄다. 도은은 휴게소 기둥 옆에 서서 먼 곳을 바라보고 있었다. 몸에 딱 붙는 하얀 7부 바지에 하늘하늘한 소재의 꽃무늬 블라우스를 받쳐 입고 자그마한 가방을 크로스로 멘 모습이 영락없는 20대의 상큼한 모습이었다. 거기에 턱선 길이로 단발한 머리끝에 살짝 펌을 한 것이, 4년 전 중락이 도은을 재회했을 때의 —10년 만에 재회했을 때의— 그 모습 그대로였다. 한눈에 알아보고 얼마나 놀랐는지, 기묘한 우연에 얼마나 가슴이 설렜는지, 그 후 그 대학에서 그녀의 모습을 찾아 돌아다니며 얼마나 애가 탔는지, 아마도 그녀는 모를 그 모든 것이 이제와 중락 자신에게도 새삼스러웠다.

　"물어보지도 않더니……."

　중락에게서 컵을 건네받아 확인해 본 도은은 못마땅한 표정을 지었다.

　"라떼…… 좋아하잖아."

　중락은 당황했다.

　"좋아한다고 맨날 그것만 먹어요? 카모마일 마시고 싶었는데."

　"그럼 다시 주문해서 가져올게. 카모…… 뭐?"

　도은은 대답도 없이 중락을 물끄러미 바라봤다. 그 모습은 마치 조금 전에 중락이 그녀를 바라보던 눈빛과도 흡사했다.

"왜……?"

중락은 눈치를 살살 보는 표정으로 물었다.

"카모도 싫어?"

"네. 됐어요. 그럼 이건 버려요?"

도은은 쌀쌀맞게 말하고는 먼저 날름 돌아섰다. 중락은 제 목덜미를 긁으며 따라간다. 두 사람은 차 안에서 커피를 마셨다.

"별장으로 가는 거야."

중락은 목적지를 말했다.

"파로호 있는 데요?"

"응."

별장은 강원도에 위치한 파로호수 가까운 곳에 있었다. 마치 두 개의 버섯이 나란히 있는 것 같은 생김새의 단층 별장은 호화롭지 않은 대신 자연과 융화된 듯 소박하고 아담한 형상이었다. 묻지 않아도 도은은 중락의 회사에서 만든 것임을 알 수 있었다. 도은은 특히 버섯의 갓과 같은 지붕 위로 보이는 굴뚝이 마음에 들었다. 별장 안에는 진짜 나무를 땔 수 있도록 벽난로도 갖추고 있었다. 중락의 설명에 의하면 겨울에 더 어울리는 곳이라 했는데 도은도 동의했다. 도은은 외형보다 오히려 더 볼거리가 많은 별장의 내부를 구경하는 재미에, 심지어는 욕실에서도 한참을 있었다. 욕조가 정말 인상적이었는데 삼면의 창가에 위치한 그것은 원목의 나무에 흰 욕조를 깊이 묻은 것 같은 모양새랄까, 욕조 안에 있는 것만으로도 노천 온천에 몸을 담근 것처럼 상쾌할 것 같았다.

"냉장고가 꽉 찼네요?"

주방에서 냉장고를 열어본 도은이 말했다.

"관리해 주시는 분이 있는데 미리 연락을 했거든."

"근데 뭐가 이렇게 많아요? 겨우 이틀 있을 건데."

"나 휴가야."

중락의 대답에 도은이 돌아보니 그는 서둘러 주방을 나가고 있었다. 내일 다시 서울로 올라가는 줄 알고 있던 도은이었기 때문이다. 점심도 한참을 지난 터라 도은은 냉장고를 뒤적거려 재료들을 꺼냈다. 그녀의 선택은 된장찌개였다. 잠시 후 두 사람은 식탁에 마주앉았다.

"맛있다."

된장찌개를 맛본 중락이 말했다. 도은은 그런 그를 그저 힐끔 보고 말 뿐이다. 생전 안 하던 말을 불쑥하면 대체로 도은과 같은 반응일 것이다. 중락은, 도은의 썰렁한 반응에 눈만 껌벅였다.

"밥 먹고……."

그가 다시 입을 연 것은 식사가 거의 끝나갈 무렵이었다.

"파로호 선착장 가볼까?"

파로호 선착장은 바람이 살랑살랑 불고 있었다. 이곳에도 여지없이 휴가객들이 있었지만 그리 붐비는 정도는 아니있으며 대부분은 배를 타기 위해 몰려든 사람들이었다. 물에 몸을 담그고 낚시를 하는 사람들도 심심찮게 눈에 띄었다. 중락과 도은은 호수를 구경하며, 주로 걸었다. 호수를 둘러싼 주변의 자연은 정말 아름다웠다. 도은은 가끔씩 걸음을 멈추고, 푸른 하늘 아래에 흰 뭉게구름이 늦은 오후의 햇살로 환상적인 그림을 만들어내는 먼 하늘을 오래 바라보기도 했다. 여행이란 것이 이래서 좋은 거구나, 국내여행조차 많이 해보지 않은 그녀는 서울을 벗어나 낯선 곳에서 낯선 공기를 마시며 낯선 풍경을 눈에 담으니, 제 안에서 썩어 문드러지던 잡념도 조금씩 정화되는 것 같아 편안해졌다.

중락이, 그 틈을 이용해 슬며시 도은의 손을 잡았다. 순간 도은이 힐끔 쳐다봐 중락은 가슴이 철렁했지만 다행히 그녀가 손을 빼지 않아 그는 안도의 식은땀을 흘렸다.

도은 곁에서 중락은 사실 편치 않았다. 머리를 계속 굴리고 있는 것에 비하면 성과가 없었기 때문이다. 즉 그는 그녀에게 말을 붙여 대화가 이어지게 하고 싶었는데 두 사람이 처음 만났을 때를 되돌아보면 답 나오듯, 불행히도 그에게 그런 재주는 전혀 없었다. 도은 또한 말이 많은 편은 아니어서 두 사람 사이는 대체로 적막강산이었다. 그러니 시간이 흐를수록 그는, 오늘을 얼마나 기다렸는데, 하루도 헛되이 보낼 수 없는데, 하는 초조함으로 더욱 가슴을 졸이고만 있었다.

도은과 헤어져 있던 지난 며칠간, 처음에는 감당할 수 없는 혼란과 절망감에 하루를 꼬박 멍하니 있기도 했던 그를 구원한 것은 역설적으로 과중한 업무량이었다. 그는 집에도 거의 가지 않고 부러 더 지치도록 일을 해, 그 여파가, 그 자신도 의식을 못 하는 새에 그의 몸에 남아 있었다. 사실 그는 현재 정상 컨디션이 아니었다. 그것은 고통을 잊기 위해 제 몸을 혹사한 결과이기도 했지만 휴가를 위해 같은 시간에 더 많은 일을 해놔야 한다는 강박의 탓도 있었다. 그러나 정작 그녀를 위해 무엇을 해야 할지, 그녀와의 대화조차 풀지 못하는 그로서는 암담한 문제가 아닐 수 없었다.

별장으로 오기 전, 아무리 바빴어도 밥은 먹고, 화장실은 갔을 테니 짬짬이 그녀의 생각을 안 할 수 없고, 그렇게 그녀의 모습이 떠오를 때마다 사실 더 간절했던 것은 어떻게 하면 그녀의 마음을 풀고 용서를 받을 수 있을지였다. 그것을 누가 가르쳐 준다면 얼마나 좋을까. 도은이 순하고 여린 것 같아도 은근 독한 구석도 있어, 중락의 생각으로는 그저 '빌어서' 해결될 것 같지는 않았다. 또한 중락 자신이 도은에게 했던 짓을 떠올릴 때면 '나라도 용서 안 해주겠다' 싶어 더욱 그러했다. 그때는 정말 귀신에 씐 것은 아니었는지, 다시 하라면 죽어도 못 할 짓을 어떻게 했는지, 지금에 와서는 그것도 의문이었다. 그런 중에 그는 문득 제 손에 들어와 있는 도은의 손으로부터, 바로 그 위에 자리한 상흔을 발견하고는 가슴이 서늘해졌다. 일부러 안 보려 해설까, 그것이 이제서 선명히 눈에 들어오니 말이다. 상흔은 아직 나아가는 과정이려니 싶어 흉터는 지지 않겠지, 싶었지만 정작 그의 걱정은 그녀의 마음에 입은 상처였다. 그것이야말로 흉터가 없어야 했기 때문이다. 어떻게 해서든 흉터를 만들지 말아야 한다!

"도은아."

중락이 무거운 어조로 그녀를 불렀다. 그녀는 대답 대신, 먼 곳에 두었던 제 눈길을 거두어 그를 향했다. 그리고는 긴 속눈썹 아래로, 까만 눈동자를 빛내며, 그를 멀뚱히 쳐다만 본다.

"그만…… 가자."

두 사람의 맥없는 시간은 별장으로 돌아오고 나서도 이어져, 저녁 먹고 어찌하다 보니 금세 잠 잘 시간이 되고 말았다.

"혼자…… 자고 싶으면 난 딴 데 가서 자고……."

일곱 난쟁이 집의 백설공주 침실 같은 분위기의 별장 침실에서 중락은 기껏 그렇게 말했다.

"네. 고마워요."

잠깐의 고민도 없이 '고맙다'고 하는 도은의 얼굴을 망연히 보던 중락은 아무 말도 못 하고 침실을 나왔다. 그냥 재워는 줄 줄 알았는데, 그래서 '잘 보이려' 물어만 봤던 것인데 그의 판단 착오였다. 중락은 응접실처럼 꾸며진 방으로 가서 소파 위에 몸을 뉘였다. 별장에 작은 침실이 또 하나 있건만 그는 굳이 소파를 택했다. 그녀와 헤어져 있던 때에도 그는, 그녀와 같이 쓰던 침대에 홀로 잠드는 것이 싫어, 잠도 거의 회사의 간이용 침상에서 대충 해결하던 때가 많았다. 중락은 소파 위에서의 불편함 때문인지 몸을 자주 뒤척였다. 그때마다 아스라이 잠결이었던 정신도 깨어 도은은 지금 잘까, 하는 생각을 했다.

아침에 도은이 노크 소리를 들었을 때 그녀는 깨어 있었다. 문은 아주 조심스럽게 열렸다. 중락은, 베개에 푹 파묻힌 도은의 얼굴에서 눈동자가 반짝하는 것을 확인하고는 안으로 들어왔다. 손에 머그잔을 들고서였다.

"모닝커피."

중락이 잔을 보이며 말했다. 그제서 도은은 부스스 몸을 일으켰다. 그런 그녀의 곁에 앉은 그가 그녀에게 잔을 내밀었다.

"밥 내가 할까?"

중락의 말에 잔을 입에 대던 도은이 멈칫했다.

"할 줄은 알구요?"

"밥솥에 밥은 있던데? 냉장고에 반찬도 있고. 그럼 차리기만 하면 되지 않나?"

"국이나 찌개는 만들어야 하는데?"

"가르쳐 주면 해볼게."

"애쓰지 마요."

도은은 정색했다.

"그렇게 안 해도 나, 도망 안 가요. 곁에 있을 거예요. 그러려고 따라 나선거구요. 이제는……."

그녀는 잠시 숨을 들이켰다.

"중락 씨한테 맞아 죽어도 나, 안 떠나요."

도은의 말은 '보내 달라' 하는 말보다 더 무서웠다.

"잘못했다."

중락이 말했다.

"내가 어떻게 하면 되는지 가르쳐 줘."

"안 떠난다고 했잖아요. 당신이 원했던 것은, 원하는 것은 언제나 그것뿐이었잖아요. 그 이상은 바라지 말아요."

도은은 침대에서 나와 가운만 챙겨 곧 침실을 나가 버렸다. 침대에 걸터앉아 있던 중락은 그대로 굳어버린 사람처럼 꼼짝을 않고 있었다. 그녀의 말은 결국 '용서하지는 않겠다' 하는 뜻이란 것을 그도 알았다. 그런데 이상하게 중락은 절망감에 빠져 있지 않았다. 단번에 용서받을 수 있으리라는 기대를 안 했기 때문도 아니었다. 그것과 관계없이 그는 이미 도은을 제 것으로, 제 여자로 온전히 느끼고 있던 이유가 더 클 것이다. 그녀가 끝내 용서를 안 하겠다면 어쩌겠는가, 그것까지도 사랑하는 수밖에.

도은은 욕실에 들어가 대충 세수를 한 후, 주방에서 다시 커피를 만들어 별장 밖으로 나왔다. 다만 실내가운 차림이라 멀리 가지는 못하고 그 주변만을 산책했다. 그녀는 진심으로 중락을 용서할 생각이 없었다. 먼 과거, 수시로 엄마에게 폭행을 일삼던 도은의 친부는 폭행한 다음 날이면 엄마에게 용서를 빌고 엄마는 또 너무 쉽게 용서를 했었다. 그렇게 습관이 된 폭행은, 나중에는 용서조차 빌지 않는 뻔뻔함으로, 죄를 짓지도 않았는데 죄의식에 사로잡히는 강박으로 변질돼 갔다. 사랑이라는 이름으로 모든 것이 용서될 수는 없다. 아니, 사랑하기 때문에 용서할 수가 없는 것이다. 그런데 그는 어째서 변한 것일까, 도은은 고개를 갸웃했다. 그녀는 그것을 어제 휴게소에서 문득 깨달았다. 그의 눈빛이 변했다. 정확히 말하면 도은이 그를 처음 만났을 때의 그 무뚝뚝하고, 쑥스러움인지 어색함인지 묻어나던 그 세련되지 못한 눈빛으로 돌아와 있었다. 그동안의 그 사납고 가혹했던 그의 또 다른 모습은 다 어디로 사라진 거지, 어느 쪽이 그의 진짜 모습일까. 사실은 둘 다 그의 진짜 모습이었다. 물론 도은의 '달콤한 긴장'은 되돌아온 그의 모습에서 시작했을 것이 분명했지만 말이다.

도은은 다시 별장으로 들어와 아침 식사를 준비했다. 중락은 자신이 아침을 준비한다고 말만 해놓고는 주방에 얼씬도 하지 않았다. 도은은 별로 기대도 안 했던 터라 굳이 그를 부르지도 않고 있다, 혼자 식탁 세팅까지 다 마친 후에야 그를 찾았다. 그러고 보니 산책 후 들어왔을 때부터 아무 기척도 없었다는 것을 그제서 의식한 그녀였다.

도은은 그를 침실에서 찾아냈다. 그는, 도은이 침실을 나갔을 때 침대에 걸터앉은 모습에서, 그대로 이불 위에 쓰러져 있는 모습이었다.

"중락 씨……."

이름을 부르며 그의 몸에 손을 댄 후에야 도은은 그의 몸이 매우 뜨겁다는 것을 알았다. 이마에도 손을 대보니 열이 대단했다. 도은은 서둘러 중락을 잡아 침대에 바로 눕히려 끙끙댔다. 그런 중에 중락은 정신이 들어 제 스스로 움직임을 보였지만 심한 열 때문인지 말도 제대로 하지 못했다. 그에게 이불을 덮어주던 도은은 '몸살인가 보다' 하고 다른 이불을 꺼내 그 위로 더 덮어주었다. 그런 다음 물을 따뜻하게 데워 그에게 먹이려 했지만 그것도 그는 조금밖에 먹지 못하고 베개로 머리를 떨어뜨렸다. 도은은 중락의 얼굴을 다시 만져본다. 불덩이였다.

도은은 침실을 나와 응접실을 뒤졌다. 비상용 의약품이 있을 만한 곳을 찾는 것이었는데 어렵지 않게 발견할 수 있는 그것들은, 그러나 대부분 외상을 치료할 만한 것들인 데다 경구 복용의 약들 중 어느 것이 해열제인지, 도은이 알 만한 것은 없었다. 그러던 중 소파에서 핸드폰이 눈에 띄었다. 중락의 것이었다. 중락의 핸드폰에 별장 관리인의 번호가 저장되었겠지 싶어, 도은은 그것을 집어 들고 침실로 향했다. 그런 중에 핸드폰을 켜다 도은은 갑자기 걸음을 멈췄다. 따로 잠금이 설정돼 있지 않은 중락의 핸드폰은 시작 화면을 도은의 얼굴로 장식하고 있었다. 도은이 놀란 것은 그것이 그녀의 최근 모습은 아니었기 때문이다.

"1학년 때 같은데……."

중락의 핸드폰 사진은 바로 도은의 1학년 때 모습이었다. 도은의 최근 모습을 찍은 적도 있건만 그는 굳이 4년 전 그가 몰래 찍은 그녀의 얼굴을 올려놓았다. 그것도 아마 그녀와 헤어져 있던 요 며칠 새에 바꾼 것이 분명했다. 도은은, 중락과의 맞선 후 이어진 첫 번째 만남에서, 그와 함께 대학교 기숙사 앞을 지나던 때를 떠올렸다. 두 사람은 기숙사가 완공되었던 4년 전 이야기를 했었다. 그 4년 전, 그때에 이미 그는 1학년의 도은을 알고 있다, 그렇다면 그때에 그는 이미, 바지에 오줌을 싸던 소녀를 알아봤다는 말인가.

도은은 뒤통수를 한 대 얻어맞은 것 같았다. 그녀는 자신이

나 중락이나, 14년 전 그때로부터 맞선 장소에서 처음, 기적과 같은 우연으로 재회했다고 생각했다. 14년 전을 먼저 기억해낸 것은 중락이고, 도은 자신은 나중이라고, 그렇게 알고 있던 것이 사실은 중간에 이런 비밀이 숨겨져 있었을 줄이야. 중락에게는 4년 전이 재회였으며, 4년 동안 도은을 기다려 왔던 것이다. 그러니 도은이 우연이라고 생각했던 맞선은 정작 우연이 아니었다, 그가 만든 필연이었다. 도은은 한걸음에 침실로 달려 들어가 순식간에 중락의 멱살을 와락, 잡아당겼다.

"목적이 뭐야?"

도은이 소리쳤다. 그녀의 힘으로는 무거워서 제대로 올리지도 않은 중락의 몸에서, 겨우 그의 목 부분만 위로 들렸다.

"4년 전에 날 알았잖아, 알고 있었잖아, 왜 그런 거야? 목적이 뭐야?"

소리치며 묻고는 있지만 도은이 그것을 완전히 모르는 것도 아닐 터였다. 중락은 무거운 눈꺼풀을 올려 마른 입술을 벌렸다.

"도은아……."

"말해. 왜 4년 전부터 날 지켜보고 있었던 거야? 정말 복수야? 정말 날 완전히 속인 거야?"

"아닌 거…… 알잖아……."

"미워했어야지, 복수했어야지……."

"아니야……."

"차라리 복수였다고 말해요. 그럼 용서해 줄 테니까……."

"아니야……. 사랑이야."

"그게 어떻게 사랑이야? 그렇게 아프게 하는 게 어떻게 사랑이야? 연민도 갖지 않는 게 어떻게 사랑이야? 죽고 싶은 마음만 들게 하는 게 어떻게 사랑이야?"

그렇게 말하는 도은의 눈시울에 눈물이 고이기 시작했다.

"그렇게 바보 같은 게 어떻게 사랑이냐구……."

"나…… 바보잖아. 도은아……."

"바보, 멍청이……."

도은은 소리를 지르며 주먹으로 그를 때렸다. 한 대, 두 대, 세 대, 계속 이어졌고 중락은 그것을 고스란히 다 맞으면서도 그녀에게 손을 뻗었다. 그녀를 안으려 했는데 잘 잡히지가 않았다. 열에 들뜬 눈에 그녀의 모습은 뿌옇게 보였다. 죽을힘을 다해 몸을 일으키니 드디어 손에 도은이 잡혔다.

"놔아……."

도은은 그의 품에서 몸부림을 쳤다.

"못 놔. 네가 나 용서 안 해도, 너와 사는 게 지옥이라도, 너로 인해 내가 가진 모든 것을 잃어야 한대도, 놔줄 수 없어. 넌 내 것이야. 내 여자야……."

마른 입술에서 뜨거운 숨결과 함께 토해져 나온 그의 고백

은, 언젠가 그러했던 것처럼 주술문(呪術文)처럼 들렸다. 도은
의 대답은 통곡이었다. 그녀는 정말 큰 소리로 울었다. 그런데
그 소리가 중락은 듣기 좋았다. 눈물로 사가워신 그녀의 얼굴
을 뜨거운 제 혀로 핥으며, 그녀가 내는 울음소리를 자장가 삼
아 서서히 의식을 잃듯 깊은 잠에 빠져들었다. 의식의 최후가
닫히는 순간까지도 그는 그녀의 눈물에 매달려 있었다.

✕

"이거 쌍화탕인데요……."

40대 후반 정도 돼 보이는 아주머니가 조그만 종이 백을 도
은에게 내밀었다. 별장의 현관 안에서였다. 아주머니는 별장이
비어 있을 때 일주일에 한 번씩 와서 청소하며 관리를 해주는
사람이었다.

"시중에 파는 그런 쌍화탕 아니고 한의원에서 제대로 만든
거라 몸살에는 직빵이에요. 팩으로 세 개 들었으니까 나눠서
드시고 푹 주무시기만 하면 돼요. 기운 차리시면 첨엔 꼭 죽을
드시게 하시구요."

"네에. 정말 고맙습니다. 들어오셔서 차 한 잔 하고 가세요."

"말만 고맙게 받을게요. 일이 있어서 가봐야 해요."

아주머니가 간 후 도은은 종이 백을 들고 주방으로 향하려던

발길을 돌려 침실로 향한다. 그녀는 침실 문을 열고 안으로 들어가지는 않은 채 침대를 바라봤다. 침대에는 당연히 중락이 잠들어 있었는데 매우 편안한 얼굴이었다. 도은의 옷이 원피스로 바뀌어 있는 것만 봐도 시간이 꽤 흐른 후로 보였다. 도은은 살짝 미소를 보이고는 다시 주방으로 걸음을 옮겨, 종이 백 안에서 까만 액체가 담긴 조그만 비닐 팩 하나를 꺼냈다. 도은은 비닐 팩을 자르기 위해 주방용 가위를 찾다가 제 핸드폰 벨소리를 듣는다.

"엄마네."

도은은 이미 어젯밤에, 딸을 걱정하고 있을 엄마에게 전화해 '아무 일 없이 잘 있다' 안부를 전했던 터였다.

[잘 있지? 별일 없는 거지?]

그럼에도 엄마는 먼저 그렇게 물었다.

"당연히 잘 있지. 밥도 잘 먹고 있고, 아~무 문제 없어."

[어쭈? 근데 목소리만 들어도 알겠다. 우리 딸 잘 있는 거. 우린 저녁에 외식할 거다.]

"네에. 그러세요? 나 없을 때 가족 단합대회?"

[사실은 네 시어머님한테 초대 받았어. 오전에 네 아빠한테 전화하셨거든.]

"정말?"

도은은 깜짝 놀랐다.

저녁 6시 무렵, 도은의 시댁으로 차 한 대가 들어섰다. 유찬이 운전하는 흰색 차였다. 현관 입구에는 노부인이 먼저 나와 있었다.

"어서 오세요."

강 사장과 도은 엄마, 유찬이 다가오자 노부인은 먼저 허리를 굽혔다.

"여기까지 발걸음하시게 해 송구합니다. 밖에서 할까 하다가 제 손으로 직접 대접해 드리는 게, 없는 면목이 조금이나마 설까 해서요."

"별말씀을요, 초대해 주셔서 정말 감사합니다."

도은 엄마가 답례를 하며 강 사장과 함께 정중히 몸을 숙였다. 저녁 식사는 잘 차려진 한식으로, 덕담들이 오가는 비교적 좋은 분위기 속에서 한 시간 가량을 소요했다. 식사 후에는 리빙 룸으로 자리를 옮겨 차를 함께했는데 유찬의 모습은 보이지 않고, 노부인과 강 사장 부부만 모여 앉아 있었다.

"모자란 제 아들놈 때문에 그간 마음고생이 심하셨죠?"

마침내 사돈을 저녁 식사에 초대한 용건을 꺼내듯 노부인은 그렇게 시작했다.

"잘 압니다. 뭐라 드릴 말씀도 없고요, 입이 열 개라도 저로서는 할 말이 없지요."

강 사장과 도은 엄마는 특별한 대답 대신에 그저 착잡한 표정만 지어 보였다.

"얘길 들어보니 둘 사이에 오해가 좀 있었던 모양입니다. 뭐, 그렇다 해도 아들놈이 모자란 짓 한 것이야 어디 감히 용서를 구할 수 있겠습니까마는, 그래서 더욱 면목이 없음에도 말씀을 드리니 널리 양해를 부탁드립니다."

"네. 말씀하세요."

도은 엄마가 말을 받았다.

"한번 맺은 인연, 어디 그리 쉽게 끊어서야 되겠나 싶어서요, 넓으신 아량으로 혹시 제 아들놈에게 한 번만 더 기회를 주신다면 제가 책임지고 같은 잘못이 일어나지 않도록 최선의 노력을 다할 것입니다. 이제 와 이런 말씀 구차하게 들리겠으나 그놈, 좀 모자라긴 해도 나쁜 놈은 아닙니다. 그렇게 가르치지 않았어요. 믿어주시고, 앞으로 그놈 노력하는 거, 한 번 더 지켜봐 주신다면 제가 죽어서도 이 은혜, 결코 잊지 않겠습니다."

도은 엄마는 고개를 떨어뜨렸다. 손을 코밑에 대면서였다. 그런 도은 엄마의 등을 강 사장이 토닥였다.

같은 시간, 유찬은 정원에 나와 있었다. 그는 가로등 너머 어두운 하늘을 바라봤다. '중락을 사랑한다'는 도은의 고백을 들은 후, 유찬은 그 나름의 힘든 시간을 홀로 견뎌야 했다. 도은을 다시, 그리고 정말 빼앗긴 것 같은 상실감과 질투로, 한때 그 자신과 같은 심정이었을 중락의 입장이 이해가 되었을 정도였다. 그러나 그것은 결국 그 자신의 선택이었다는 것을 그도 모르지 않았다. 가족을 지키기 위해 도은을 보내기로 결정했을 때 이미 예정된 것이었을 테니 말이다. 문득 중락의 말이 떠올랐다. '내 사랑을 포기시킬 수 있는 것은 존재하지 않는다. 그것이 설혹 가족이라 할지라도', 그리고 보니 유찬 자신은 그의 선언과는 정반대의 선택을 한 셈이었다. 포기할 수 있다면 사랑이 아니란 말인가. 유찬은 쓸쓸한 웃음을 머금었다. 인생에 정답이 있겠는가, 때에 따라서는 '포기'도 최고의 사랑이 될 수 있는 것이다. 그러나 다시 한 번 '사랑'이 나타난다면 그때는 절대 포기하지 않으리라, 그렇게 다짐하는 유찬이었다.

11
푼수
남편

버섯처럼 생긴 별장의 밤은 깊어가고 있었다.

"좀 더 먹어요."

숟가락을 놓는 중락을 보며 도은은 말했다. 두 사람은 침대에 조그만 상을 앞에 놓고 마주앉아 있었는데 이제서 몸을 추스른 중락에게 도은이 죽을 만들어 침대에 놓아준 것이었다.

"웬만큼 먹었어."

"원래 몸살 앓고 난 다음에 입맛이 없는 건 아는데 그래도 먹어야 기운을 차릴 수 있어요."

"좀 있다."

중락은 물만 마셨다. 그 사이 도은은 몸을 일으켜 중락의 얼

푼수 남편   331

굴에 손을 대본다.

"열은 다 내렸어요. 약 하나 남은 거 먹고 오늘밤까지 푹 자면 내일은 거뜬할 거야."

"나 어디서 자?"

중락은 뜬금없이 물었다.

"그냥 자던 데서 자요."

도은은 상을 들었다.

"넌?"

"다른 방에서 잘게요."

그렇게 말하며 상을 들고 문을 향하던 도은이 슬쩍 고개만 돌려보니 중락은 우거지상을 하고 있었다. 도은은 웃음이 나오는 것을 참고 밖으로 나왔다.

중락은 도은이 준 쌍화탕을 먹고 얼마 후 다시 잠이 들었다. 그렇게 얼마나 잤을까. 아직 완전한 체력은 아니지만 열이 내려선지 혼수상태일 정도로 깊은 잠에 빠지지는 않았던 그는 조그만 기척에도 금세 잠을 깼다. 눈을 뜬 그는 웃음을 머금었다. 이불 안으로, 그의 품 안으로 도은이 들어와 있었기 때문이다. 그는 아내의 몸을 더듬었다. 늘 입는 그녀의 슬립 형 잠옷의 얇은 천만으로도 그의 손은, 열이 내린 사람이 맞나 싶을 정도로 뜨겁게 달아오르기 시작했다.

"혼자 자려니 무서워서요."

도은은 새침하니 말했다.

"당연히 무섭지. 잘했어."

"잠만 자요. 알았죠?"

"으응······."

대답은 그렇게 했지만 그는 아내의 슬립 치맛자락 안으로 손을 넣었다.

"덥지 않아?"

"좀 덥긴 한데······."

아팠던 중락을 위해 한 개의 이불이 더 올려 있는 침대는 당연히 더울 수밖에 없었다. 중락은 도은의 팬티를 허벅지까지 내렸다.

"이제 좀 시원할 거야."

도은은 쿡, 웃으며 중락의 가슴으로 얼굴을 묻었다. 중락의 손은 부지런히 그녀의 엉덩이를 쓰다듬는다. 그러나 그것도 오래지 않아 에라, 모르겠다는 식으로 급히 몸을 들어 그녀를 제 아래에 두었다.

"이래도 돼요?"

도은은 짐짓 도끼눈을 떴다.

"용서도 안 했는데."

"어차피 안 할 거잖아?"

"그건 맞지만······."

다시 새침해지는 그녀의 얼굴에서, 혀끝이 입술 가장자리로 빼꼼히 나왔다. 순간, 눈이 번쩍 뜨인 중락이 그 혀끝을 제 입술로 덮쳤다. 도은이 '읍' 하는 소리를 내며 그의 귀를 잡아당겼지만 그는 막무가내로 그녀의 입안을 헤집었다.

"나……."

중락이 입을 떼었을 때야 도은은 비로소 말을 토해냈다.

"나 화났거든요."

"응……."

대답을 하면서도 그녀의 슬립 끈을 아래로 내린 그는, 이번에는 하얗게 드러난 그녀의 젖가슴을 다시 입술로 덮쳤다. 도은은 그저 허, 하는 얼굴을 해보였다. 죽도 못 먹은 체력에 어디서 이런 힘이 나는지, 어이가 없었다. 중락은 이불마저 확 젖혀 버리더니 도은의 슬립을 아래로 다 내려 버린다. 아랫도리까지 다 드러난 그녀의 몸은 알몸이나 다름없었다. 중락은 도은의 아랫배부터 시작해서 점점 아래로 내려가며 정신없이 입을 맞추었다. 까슬한 체모에 이르러서는, 그 아래 깊은 곳으로 혀를 밀어 넣느라 머리를 비비적댔다. 오므린 그녀의 다리부터 먼저 벌려야 쉬워질 것이란 단순한 사실도 모르는 사람처럼 그는 버둥거리기까지 했다. 보다 못한 도은이 답답한 마음에 스스로 다리를 슬쩍 벌려주자 기다렸다는 듯 그는 그녀의 다리 하나를 척, 제 어깨에 걸쳐놓는다. 그렇게 그녀의 가랑이 중앙이 어두운 모습을 드러냈다. 그 어두움에 빛을 주듯 그는 또 그것의 양 옆을 조심히 벌렸다. 순간 도은은 꾹 다문 입술 안쪽으로부터 묘한 소리를 내며 얼른 고개를 옆으로 돌렸다. 베개에 얼굴을 묻으려 한 것이다. 그러나 이내 까륵, 웃음을 터뜨렸다.

"간지러워……."

중락이 그녀의 그곳에 얼굴을 묻고 '부비부비' 했기 때문이다.

두 사람은 그리 오래지 않아 하나가 됐다. 하나가 된 채로 중락은 가만히 도은을 내려다보기만 했다.

"응……?"

도은은 갸웃했다.

"왜 그래요?"

그가 전혀 움직이지 않고 있었던 것이다.

"이렇게 오래 있고 싶어서."

"가만있으면 오래 있을 수 있어요?"

"응. 배고파서."

도은은 하얀 이를 활짝 드러내 보이며 소리 없이 웃는다.

"도은아."

그는 도은의 얼굴을 손으로 쓰다듬었다.

"고맙다."

"뭐가요? 용서해 준 것도 아닌데."

"용서 안 해줘서."

"응?"

"내가 날 용서 못 하는데 네가 용서해 버리면 싱겁잖아. 용서하지 마. 죽을 때까지 용서하지 말고 대신……."

"대신?"

"사랑해 줘."

도은은 피잇, 하는 입 모양에 이어, 다시 입 끝으로 혀를 메롱 내밀었다.

"못 참겠다……."

아내의 '메롱'을 본 중락은 아랫도리를 급히 움직이기 시작했다.

"배고프다며?"

"그래서 널 먹고 있잖아."

중락이 도은을 '먹는 행위'는 그날을 시작으로, 그의 컨디션이 정상을 찾는 것과 같은 속도로 맹렬해져, 심지어는 때와 장소를 가리지조차 않았다.

도은이 노천 온천 같다고 생각한 욕조에 중락 혼자 들어가 있었다. 꽃잎을 띄운 물은 연한 핑크빛을 띠었다. 도은이 다가서니 중락은 그녀를 보며 미소를 지었다. 발가벗고 다가선 도은은 원목으로 된 마룻바닥에 엉덩이를 대고 앉아 발부터 욕조에 담갔다. 중락은, 욕조 안으로 들어오는 도은의 허리를 잡아 제 앞에 앉혔다.

"밖이 다 보이니까 묘하게 긴장돼요."

도은은 욕조 바로 옆으로 있는 삼면의 창을 바라봤다. 창의 유리는 안에서만 밖을 볼 수 있게 돼 있어, 창밖에 펼쳐진 숲의 전경을 고스란히 감상할 수 있었다.

"긴장이 돼야 사랑도 재밌지."

중락은 손에 물을 담아 그녀의 어깨에 끼얹었다.

"자기만으로도 충분히 긴장되거든요."

도은은 그녀의 사랑, '달콤한 긴장'을 슬쩍 돌아봤다.

"자기? 그거 듣기 좋은데. 자기야, 라고 불러줘."

"사랑해 달라, 자기야 라고 불러 달라, 주문도 많으시네요? 별로 이쁘지도 않은 자기가."

"이뻐해 줘."

"바보 같애."

중락은 웃었다. 그의 웃음에 도은은 입을 맞추었다. 몸이 꿈틀댈 정도의 아주 뜨거운 입맞춤이었다.

"도은아."

입맞춤 후 중락이 도은의 귀에 대고 속삭이듯 불렀다.

"엉덩이 좀 깨물어도 돼?"

"어제도 깨물어 놓고. 식탁에서."

"욕조에서는 안 했잖아."

"귀찮어라."

그렇게 말하면서도 도은은 몸을 살짝 일으켰다. 그런 그녀의 허리를 중락이 잡아준다. 도은은 욕조의 발치 쪽에서 마루 위로 팔을 괴고 엎드렸다. 당연히 그녀의 둥글고 흰 엉덩이가 중락을 향했다. 도은은 고개를 숙이고 킥킥댔다. 그가 '깨문다'고 한 것은 도은의 엉덩이를 이로 간질이는 것과 같은 행위였다. 욕실 안에 도은의 숨죽인 웃음소리는 꽤 오래 계속되었다.

❖

도은과 중락이 사는 집의 지붕과 정원에 하얀 눈이 소복이 쌓여 있었다. 이른 아침이었다. 2층에 있는 두 사람만의 침실에서 도은과 중락은 아직 꿈나라에 있는 모습이었다. 눈처럼 하얗고 푹신한 러그가 깔린 위로 역시나 새하얗고 안락한 침대에서 포근한 이불을 어깨까지 덮고 잠들어 있는 두 사람은 서로 꼭 붙어 자는 모습만큼이나 행복하고 평화로워 보였다.

도은이 먼저 눈을 떴다. 손을 들어 눈을 살짝 비빈 그녀는 몸을 일으키려 어깨를 들었다. 그러자 중락이 팔을 들어 그녀의 앞을 척, 막더니 곧장 제 품으로 끌었다.

"내려가야 해요."

도은은 아직 졸린 목소리 끝에 하품을 했다.

"휴일이야. 더 자. 더."

"나 시어머님 모시고 사는 며느리거든요."

중락은 대꾸도 없이 제 뒤로 손을 뻗어, 침대 옆으로 있는 조그만 테이블에서 핸드폰을 척, 집어 들었다.

"뭐 하려구?"

도은은 눈을 동그랗게 떴다.

"어머니. 우리 아침 늦게 먹습니다. 혼자 드세요."

중락은 그 말만 하고 핸드폰을 도로 테이블로 던졌다.

"미쳤어요? 저리 비켜……."

도은은 중락의 가슴을 밀었지만 그는 놔주지 않았다. 그렇게 몸싸움을 하는 두 사람이 발가벗은 몸인 것을 보면 간밤에 사랑을 한 것이 분명해 보였다. 도은은 킥킥대며 소리 죽여 웃었다. 중락이, 도망가려는 그녀를 뒤로부터 껴안아 목덜미를 혀로 간질인 때문이었다. 그러나 도은의 웃음은 얼마 가지 못했다. 이어진 것은 야릇하고 달뜬 신음 소리였다.

"이, 이러지 마요……. 으음……."

신음을 삼키며 도은이 말했다. 중락의 손이 그녀의 아래에서 무슨 짓을 하는지 그녀는 거의 괴로워하고 있었다.

"어젯밤의 비명을 다시 듣고 싶어."

중락이 도은의 귀에 속삭였다.

"아, 아침부터……?"

아침부터 두 사람의 침실에서는 비명까지는 몰라도, 그것에 가까운 신음만은 넘치게 흘렀다.

두 사람은 결국 늦은 아침 식사 후 리빙 룸으로 노부인의 호출을 받았다.

"너희 둘……."

도은과 중락이 나란히 앉아 있는 가운데 그 맞은편에서 노부인은 눈을 부라렸다.

"허구한 날을 붙어 다니면서 어째 애는 안 들어서?"

어머니의 말에 중락은 도은에게 눈을 옮겼다.

"우리가 별로 노력을 안 했나? 좀 더 열심히 해야 하나?"

도은은 민망한 얼굴로 그의 옆구리를 쿡, 찔렀다.

"이런 영양가 없는 것들을 봤나."

노부인의 나무람에 도은이 이번에는 쿡, 웃는다.

"도은인 내일 나랑 한의원에 가자. 애 잘 들어서게 하기로 유명한 데가 있어."

"네. 어머님."

"저는요?"

"자넨 정신병원에 좀 가봐. 나사 하나 풀린 거 아닌지. 결혼한 지가 언젠데 아직도 제정신이 아닌 게야?"

노부인은 아들을 향해 한심하다는 듯 눈을 흘기고는 자리에서 일어났다.

"저희 아직 신혼입니다."

노부인의 뒤에 대고 중락은 퉁명스럽게 툭, 던졌다. 신혼이 3년까지라면 중락의 말에 틀림은 없었다. 두 사람은 결혼한 지 이제 1년 반밖에는 안 됐으니 말이다.

"평생 저럴까 봐 겁난다. 칠푼이 같으니라구."

노부인의 '불길한' 예감대로 중락에게서는 시간이 지나도 칠푼이 기질이 진정되기는커녕 화수분처럼 오히려 충만해 평생 가고도 남지 싶었다. 그는 신혼여행 때 못 간 유럽을 여름휴가를 이용해 다녀왔을 뿐더러 매해 휴가 때마다 아내를 위한 여행 계획을 짰다. 또한 브람스를 좋아하는 도은을 위해 브람스 연주회가 있을 때마다 그녀와 동반했으며, 2층에 음악 감상실을 따로 마련해 주기도 했다. 그러나 중락이 도은에게 가장 해주고 싶은 것은 '집'이었다. '도은의, 도은에 의한, 도은을 위한' 집을 만들어 그녀에게 선물하는 것, 그것을 이루기 위해 그는 서둘지 않고 천천히, 치밀하고 착실하게 준비해 갔다. 세상에서 가장 아름답고 멋진 집을, 아내와 가장 잘 어울리는 집을 위해서 말이다.

도은과 중락은 결혼한 지 3년 만에 첫 아이를 얻었다. 딸이었다. 늦게 얻은 아이라 부모의 사랑은 물론 친, 외가 모두의 사랑을 듬뿍 받았고 이어서 생긴 아들 또한 마찬가지였다. 그러나 그 아이들도 중락에게만은 영원히 두 번째였다. 그의 사랑은 늘 첫 번째가 그의 아내인 도은이었으며, 그것은 또한 그 자신보다도 앞이었다. 다만 한 가지, 그가 여전히 도은을 괴롭히는 것이 있었으니, 바로 질투였다. 그는, 도은이 아이 둘을 낳았어도, 그런 그녀가 어느 연예인을 보고 '잘생겼다, 매력 있다' 하는 것도 용납하지 못했다. 한때 그 질투로 그녀를 아프게 했던 과거까지 있으면서도 그는 그것을 멈출 수 없었나 보다. 물론 그를 향한 도은의 깊은 사랑이 있기에 그의 질투 역시 바보 같은 수준에만 머물러 있기는 했다.

도은은 2층의 침실에서 통화 중이었다.

"정말?"

눈을 동그랗게 뜬 그녀의 얼굴을 무척 놀란 표정이었다.

"진짜야? 오빠가 여잘 데려온다고?"

[그렇다니까. 너한테도 말 안 했니? 무슨 애가 그리 감쪽같아? 네 아빠랑 나도 전혀 눈치 못 채고 있다가 그 얘기 듣고 깜짝 놀랐잖아. 사귄 지 8개월 정도 됐대. 유찬이가 먼저 여자 집에 인사도 갔다더라. 나이도 있고 하니 마음 맞으면 후딱 결혼하는 게 좋긴 좋지. 토요일에 너도 와서 봐. 네 올케 될 사람이잖어.]

"으응…… . 알았어."

통화를 끝낸 도은은 곧장 유찬의 번호에 손을 댔다.

"오빠. 그러는 법이 어딨어?"

통화음이 떨어지자마자 도은은 짐짓 따지듯 했다.

"연애를 하면 나한테 제일 먼저 보고를 해야지, 어쩜 그래?"

[깨가 쏟아지는 신혼을 즐기는 새댁 붙잡고 무슨 보고를 해? 볼 때마다 눈꼴이 시다 못해 그동안 내 속이 속이 아니었는데. 니글거려서.]

"그래? 그러는 오빠 어디 얼마나 담백하게 연애를 하셨는지 토요일에 이 눈으로 꼭 확인해 주겠어. 근데 누구야? 어떻게 만난 건데?"

[주웠다. 운 좋게.]

"예뻐?"

[세상에서 제일 예쁘다.]

"어쭈?"

[토요일에 와서 직접 확인해 봐.]

유찬은 말끝에 하하, 웃음소리를 냈다. 통화를 끝낸 도은의 입가에도 기분 좋은 웃음이 번져갔다. 그러고 보니 최근에 유찬을 봤을 때 그의 얼굴이 밝다 느낀 것이 허튼 직감은 아니었구나 싶었다. 최근이라고 해봐야 3개월도 더 된 것 같기는 하지만.

도은은 결혼한 지 2년을 지나고 있었다. 이제는 시집 생활과 살림에 완전히 적응을 해, 한 남자의 아내로, 시모를 모시는 며느리로 순조롭고 평화로운 나날을 보내고 있나. 남편인 중락은 아내밖에 모르는 '아내 바보'에, 다소 엄격한 성품의 시모도 며느리에게 만큼은 매우 관대해, 도은에게 과연 무엇이 부족할까 싶을 정도로 행복한 나날이기도 했다. 그래선지 그녀의 얼굴에서 예전의 그늘을 찾아보기는 힘들었다. 이제야말로 나이에 걸맞은, 발랄한 생기가 돈다고 할까. 그런데 딱 한 가지, 부족한 것이 있기는 했다. 바로 아이였다.

아이가 들어서지 않는다고 시모는 진즉부터 큰 걱정이고, 도은도 슬슬 걱정이 되는 요즈음이었다. 아직 스물여섯인 저에 비해 열 살이나 더 많은 남편의 나이를 생각하지 않을 수 없었으니까.

"생길 때 되면 생기겠시."

중락은 대수롭지 않게 말했다. 잠자리에 들 시간에 도은이 한약을 먹고 난 후였다. 시모는 '애 들어서는 데'에 좋다는 온갖 한약을 지어 며느리에게 먹이기를 일 년 반째였다.

"우린 아직 신혼도 다 안 지났어."

신혼이 3년까지라는 제 주장을, 중락은 환기시켰다.

"나더러 3년까지 한약을 먹으라고요?"

입맛이 쓴 얼굴로 도은은 발끈했다.

"진짜 그만 먹고 싶다구."

"알았어."

중락은 두 손을 깍지 껴 앞으로 쭉 펴고는 자못 전투적인 표정을 지어 보였다.

"오늘 내가 최선을 다해볼게."

"아이 참, 그동안은 뭐 모자라서?"

도은은 제 허리를 덥석 끌어안은 남편의 가슴을 밀었다.

"매일은 안 했잖아. 오늘부터 매일 하는 거야. 매일 하는데 어쩔 거야? 뭐가 하나 걸려도 얻어 걸리겠지."

중락은 그렇게 말하며 아내를 놓지 않았다.

"얻어 걸려? 무슨 낚시도 아니고……."

말끝에 도은은 웃음을 터뜨렸다.

"그리고 매일 안 하긴? 내 기억엔 거의 매일인데?"

"무슨 소리? 내 기억엔 안 한 날이 더 많아."

"뭐라구요?"

"오늘부터 매일."

말과 함께 중락이 도은을 안고 침대 위로 다이빙했다.

"안됐지만 생린데?"

도은은 메롱, 혀를 내밀었다.

"뭐?"

중락은 벌떡 몸을 일으키더니 확인해 본다며 도은의 아랫도리를 더듬었다.

"오늘 시작했단 말예요……."

중락의 손을 밀치며 도은은 나무라듯 했다. 이이를 기나리는 만큼 생리가 시작할 때마다 그녀의 실망은 컸다. 그런데 중락의 실망은 더 컸다.

"뭘 그렇게 자주 해? 혼자만 한 달에 두 번 해?"

"두 번은 무슨? 나, 생리주기 35일 전후거든요. 25일인 여자들도 있어요. 그 여자들은 한 달에 세 번인가?"

"무슨 35일이 그렇게 빨리 돌아와? 15일을 잘못 알고 있는 거 아냐?"

"무슨 억지예요?"

"무려 4일을 기다려야 하는데……."

"넉넉잡아 5일."

도은은 손가락을 쫙 편 채로 중락의 눈앞에 갖다 댔다.

"왜 또 5일이야? 왜 하루 늘려? 전에도 그렇고, 분명 4일인데……."

"그거야 자기가 하도 보채니까 할 수 없이 그런 거지, 원래는 5일 정도 돼야 완전히 상큼하거든요."

"4일도 상큼해. 아니, 지금도 상큼해."

중락은 다시 도은을 잡고 침대 위로 쓰러졌다.

"어디다 손을……."

엉덩이 쪽에서 팬티 안으로 파고드는 중락의 손을 팍팍 때리며 도은은 질색했다.

"첫날은 별로 안 나온다며?"

"그런 건 기억도 잘해. 암튼 안 돼요."

"그럼 찌찌라도 내놔."

"뭐라구요?"

두 사람은 계속 티격태격, 실랑이 아닌 실랑이를 하면서 침대 위를 뒹굴고 장난을 치다가 제법 시간이 흐른 뒤에야 베개에 머리를 대고 잠에 들 모습을 갖췄다. 도은이 중락의 팔에 폭 안긴 모습으로였다.

"토요일에 오찬 약속이 있는데."

중락이 말했다. 도은이 토요일에 친정에 간다며 함께 가겠느냐 물은 후였다.

"그럼 나 혼자 갔다 올게요."

"장인, 장모 생신도 아니고……, 그냥 놀러가는 거야?"

"오빠가 결혼할 여자 데려온대요."

유찬이 결혼할 여자는 도은보다 먼저 유찬의 집에 와 있었다. 도은의 친정이기도 한 집은 그녀가 결혼 전에 살았던 그 아파트다.

현관에서 도은을 맞은 사람은 유찬인데, 3개월 만에 본 동생에게 반가운 인사도 전에 그는 '은주 씨 배고프게 왜 이리 늦냐' 타박부터 했다. 도은은 슥, 눈을 흘겼다.

"안녕하세요. 반가워요."

거실에서 낯선 여자가 자리에서 일어나는 것을 보며 도은은 빠르게 다가가 인사했다. 은주 역시 자리에서 일어나 고개를 숙여 인사했다. 갸름한 얼굴에 어깨 약간 아래로 결이 고운 생머리를 한 은주는, 세상에서 제일 예쁘다 했던 사랑에 빠진 남자, 유찬의 과대망상을 일부 수긍케 할 만큼의 단정하고 어여쁜 외모였다.

"앉아, 앉아. 도은이도 여기 앉고."

도은의 아버지인 강 사장이 딸과 은주에게 번갈아 손짓하며 말했다.

"아냐, 아냐. 도은이 왔으니 식사해야지."

도은 엄마는 도리어 일어났다.

"다 차려놨으니까 밥만 뜨면 되거든."

도은의 가족과 은주는 식탁에 모여 앉았다.

"어떻게 만났어요, 울 오빠랑?"

식사 중에 도은이 눈빛을 반짝이며 은주에게 물었다.

"병원에서요."

은주는 수줍은 미소를 머금고 대답했다.

"병원?"

"치과. 은주 양이 치과 간호사거든."

엄마가 보충 설명을 했다.

"마이 갓……."

도은은 부러 눈을 크게 떠 유찬을 향했다.

"첫 만남에 속살부터 보인 거야?"

"뭐?"

유찬이 웃음을 터뜨리자 강 사장과 도은 엄마도 따라 웃었다.

"도은이가 시집가고 나서 부쩍 웃긴 말을 잘해."

"능구렁이 다 됐다니까요."

강 사장 내외가 서로 주거니 받거니 했다.

"입 쩍 벌리고 있는 남자, 어디가 그렇게 좋았어요?"

도은은 다시 은주를 보며 짓궂게 물었다.

"충치요. 세상에 그렇게 귀여운 충치는 처음 봤거든요."

은주의 대답에 강 사장 내외가 이번에는 파안대소했다.

식사 내내 웃음이 떠나지 않는 화기애애한 분위기는 식사 후 과일, 차와 함께하는 동안에도 이어졌다. 은주는 도은의 가족과 한데 잘 어우러져 벌써 가족과 같을 정도였다. 도은은 그러한 은주가 마음에 들어, 저보다 두 살 많은 그녀를 벌써 '언니'라 부르며 서로 핸드폰 번호도 교환했다. 더불어 오빠인 유찬과 은주가 무척 잘 어울린다고 생각했는데, 실제로도 두 사람은 대화 중에 종종 다정한 눈길로 서로를 바라보고는 했다.

시간이 흘러 강 사장 내외가 슬며시 자리를 피해주고 젊은 사람들만 남아 수다를 떨던 중에 있었다. 화장실을 가느라 자리를 비웠던 도은이 ―생리대를 교체하느라 시간을 다소 지체한 후― 다시 돌아와 제자리에 앉은 찰나, 그녀는 묘한 기류를 감지했다.

그녀의 맞은편 소파에 유찬과 은주가 나란히 앉아 있었는데 그전까지 붙어 있던 두 사람의 간격이, 그 사이로 한 사람 더 앉을 수 있을 만큼 그새 떨어져 있는 것이었다. 뿐만 아니라, 테이블 위에 있는 과자 부스러기를 만지작대고 있는 유찬과 핸드폰을 들고 그 화면을 손끝으로 톡톡 찍고 있는 은주의 모습도 어딘지 자연스럽지 못했다. 특히 핸드폰 화면을 손끝으로 찍는 은주의 모습은, 정말 그것을 보며 무엇을 찾는다기보다는 머리로는 딴 생각을 하며 무의미하게 손장난하는 것처럼 비쳤기 때문이다.

"넌 언제 가?"

그때 유찬이 도은을 향해 불쑥 물었다.

"응……?"

도은은 벽시계 쪽을 힐끔 쳐다봤다.

"아직 4시도 안 됐는데, 왜? 빨리 가라는 거야? 둘만 있게?"

"그래. 넌 눈치도 없냐?"

유찬은 이어 은주에게 눈짓을 하고 먼저 일어서니 은주도 그 뒤를 따랐다. 두 사람은 함께 유찬의 방으로 움직였다.

"어허, 다 큰 남녀가 결혼도 전에 한 방에 들어가네?"

방문이 닫히기 전에 도은은 부러 장난기를 잔뜩 섞은 말을 던졌지만 두 사람 다 돌아보지도, 그 말에 반응도 하지 않았다.

"그새 싸웠나……?"

도은은 고개를 갸웃했다. 이어 집에 가야겠다, 하고 일어서는 중에 중락의 전화를 받았다. 그는 미팅 끝나고 가는 길이라며 아직 친정에 있느냐 묻고 데리러 온다 했다.

얼마 후 초인종 소리가 났을 때 도은은 엄마와 함께 주방에 있었다. 도은은 '차 서방 왔나 봐' 하고 현관으로 달려갔다. 그런데 현관문에 채 이르기도 전에, 현관과 가장 가까운 곳에 있는 유찬의 방문이 먼저 열리는 바람에 멈칫했다. 먼저 모습을 보인 이는 은주였다. 먹구름이 잔뜩 낀 것 같은 얼굴을 하고 나온 그녀는 도은을 보자마자 재빨리 웃음을 띠었다.

"이제 그만 가보려구요."

은주는 도은에게 말하면서도 제 뒤에 서 있는 유찬을 더 의식하는 기색이었다.

"어, 그래요? 저녁도 먹고 가지. 참, 우리 남편 왔어요. 인사하고 가요."

도은은 현관문을 열었다. 중락은 커다란 과일 바구니를 들고
들어섰다.

"중락 씨. 여기 인사부터……."

도은이 중락의 팔을 잡고 은주를 가리켰다.

"오빠와 사귀는 분이에요."

"아, 처음 뵙겠습니다."

중락은 정중히 인사했다. 은주 역시 고개를 푹 숙인 채 '네'
했다. 그녀는 가봐야 한다며 강 사장 내외에게도 서둘러 인사
하고 집을 나섰다. 그녀를 배웅한다며 유찬도 따라나선 것은
물론이다.

"올 때마다 뭘 그렇게 사들고 와?"

은주를 보내느라 사위와 눈인사만 나누었던 도은 엄마가 뒤
늦게 인사치레를 했다.

"도은이 데리러 오는 거면서 이런 걸 뭐하러 사냐고, 돈 아깝
게."

화려한 치장으로 값만 턱없이 비싼 과일 바구니를, 엄마는
정말 '돈 아깝다'는 표정으로 쳐다봤다.

"한우 잔뜩 사 보낸 지가 며칠이나 됐다고……."

"돈 많은 사위 덕 보는 건 흉이 아녜요."

강 사장이 아내의 말을 즉시 받았다.

"밖에 나가면 그것 땜에 제법 목에 힘 좀 주잖아요, 당신."

"무슨⋯⋯."

도은 엄마는 남편을 향해 눈을 흘겼다.

"도은아. 네 엄마 스타다, 스타. 계모임 가면 그냥 누구 장모네, 하면서 다들 부러워한다더라."

"아니, 무슨 소릴 하는 거예요?"

아내는 남편의 팔을 툭 쳤다.

"내가 없는 말 했어요? 당신이 그랬잖아요, 재벌 장모님 소리 듣는다고⋯⋯."

"어휴, 정말 이 주책⋯⋯."

강 사장 부부의 토닥거림을 보며 도은과 중락은 웃음을 참느라 고개를 숙이거나 슬며시 외면했다.

"아 참, 이왕 왔으니 저녁 먹고 가지?"

도은 엄마는 중락을 보며 청하다, 금세 '아니다'며 부정했다.

"이런 내 정신, 그럼 어머님 혼자 드실 텐데 그럼 안 되지. 도은아. 어서 가라, 응?"

"아닙니다. 먹고 가도 됩니다."

"어머님 오늘 친구분들이랑 모임 있으셔서 저녁 드시고 오셔."

중락의 말에 도은이 보충설명을 했다.

도은 엄마는 '그래?' 하며 대번에 반색하더니 아직 5시도 안

됐건만 저녁 준비한다고 주방으로 향했다.

"도은아."

강 사장이 그런 제 아내의 뒷모습을 바라보다 그 눈길을 그대로 도은에게 옮기며 목소리를 깔았다.

"너, 네 남편 간수 잘해라."

"응……?"

"네 엄마가 차 서방 하도 좋아해서 나도 질투 날라고 하거든. 너도 조심해."

"아빠는……."

도은이 푸하하, 웃음을 터뜨리자 중락도 주먹을 입에 댄 채 어깨를 들썩거렸다.

도은은 남편과 함께 친정 부모와 즐거운 식사를 하고 8시 조금 넘어, 역시나 남편이 운전하는 차에 실려 집으로 향했다. 은주를 배웅하러 간 유찬이 그때까지 돌아오지 않은 것이 다소 마음에 걸려 전화를 해볼까 했지만 연애 같은 사적인 것에 너무 관심을 보이는 것도 예의는 아니다 싶어 그만두었다.

[도은 씨. 나, 은주예요.]

이튿날 도은의 핸드폰으로 은주에게서 연락이 왔다. 도은은 약간 놀랐지만 반갑게 응했다.

[오늘 잠깐 시간 좀 되면 만났으면 하는데……. 부탁해요.]

은주의 만나자는 청에 도은은 흔쾌히 장소와 시간을 잡고, '휴일에 나만 두고 어디 가냐'는 중락의 불만을 뒤로한 채 약속 장소로 향했다.

　커피전문점에 은주는 먼저 나와서 기다리고 있었다. 두 사람은 의례적인 인사를 나누고, 커피는 은주가 주문해서 가져왔다.

　"만나자 해서 놀랐죠? 미안해요……."

　은주는 머그잔을 만지작대며 어색한 웃음을 머금었다.

　"아녜요. 우리 이제 가족 될지도 모르는 사이인데……."

　도은은 말끝에 머뭇거리며 은주의 눈치를 살폈다.

　"맞죠? 결혼 생각하니까 양가에 서로 인사도 가고, 그런 거 아닌가요?"

　"네. 사실은……."

　은주는 고개를 주억거리며 입을 열었다.

　"임신 중이에요."

　"네……?"

　"8주 됐어요."

　도은은 깜짝 놀랐다.

　"그럼 결혼식을 서둘러야겠네요? 오빠도 당연히 알죠?"

　은주는 다시 고개부터 끄덕였다.

　"곧 유찬 씨 부모님께도 말씀드린다고 했어요. 저희 부모님은 아시구요."

"근데……."

도은은 은주의 안색을 살피며 바로, 그러나 소심스럽게 입을 열었다. 임신에 관해 말하는 은주에게서 특별한 점을 발견할 수는 없었지만 먼저 '만나자'고 한 이상 내심은 약간 불안했다.

"무슨 문제라도…… 있어요, 오빠랑?"

"오해하지 말고 들어주세요, 도은 씨."

"네에……."

도은은 저도 모르게 숨을 들이켰다.

"나, 그거…… 알거든요. 유찬 씨랑 도은 씨 친남매 아닌 거."

"그, 그렇긴 하지만……."

"알아요. 친남매 이상인 거."

도은은 멍하니 은주를 바라보았다. 그 사이 은주는 커피를 한 모금 마신다.

"도은 씨가 더 잘 알겠지만 유찬 씨 말예요, 자존심이 좀…… 세잖아요. 아무리 그래도 그렇지 그게 무슨 비밀이라고……."

"네……? 그게 무슨……."

도은은 속이 타들어갔다.

"그동안 도은 씨에 대해 거의 말을 안 했어요. 그냥 결혼한 여동생이 있다, 정도만 말했죠. 그러다 어제 유찬 씨 집에 가서

어머님 말씀 듣고서야 알았잖아요."

"뭐, 뭘요……?"

"도은 씨 남편분이 차 기획 건설의 대표라고……."

도은은 내심 '으잉?' 했다.

"물론 놀라긴 했는데……."

은주는 말끝에 다시 커피를 한 모금 마셨다.

"그래도 따질 수 있는 거 아닌가요? 어제 도은 씨 잠깐 자리 떴을 때 내가 그랬거든요. 매제가 차 기획 건설 대표라는 거 왜 말 안 했냐구, 그랬더니 그게 우리랑 무슨 상관이 있냐고, 갑자기 화를 벌컥 내는 거예요? 그건 순전히 동생 몫이고, 우리 집 이랑 아무 상관도 없다, 그렇게 딱 못 박듯 하더라구요."

도은은 아리송한 얼굴로 듣고만 있었다.

"아니, 사람을 뭘로 보고, 난 그냥 그런 말을 왜 진즉 안 했냐 는 뜻으로 물은 건데 꼭 내가 뭘 바란 사람 모양 몰아가니 화가 안 나요? 그래서 그냥, 여동생인데 왜 상관이 없냐고, 매제가 준 재벌은 될 텐데 덕 좀 보겠다, 솔직히 그런 생각 해본 적 없냐고 쏘아붙였더니, 사람 완전 이상하게 취급하더라구요……."

도은은 저도 모르게 푹, 웃음을 터뜨렸다. 순간적으로 '오빠 답다' 생각하면서였다. 도은의 웃음을 본 은주는, 처음에는 어 설피 따라 웃으려다 곧 아니다 싶었는지 웃음을 도로 거두려 했 으나 그것이 그리 금방 척척 되는 것이 아니라서 그녀의 얼굴은 그만 묘하게 일그러지고 말았다. 그것이 도은의 눈에는 더 웃겼지만 은주 딴에는 심각하다는 것을 알기에 억지로 웃음을 삼켰다.

"우리 오빠가요……."

도은은 입을 열었다.

"자존심보다는…… 뭐랄까, 그게 결벽증 같은 거예요."

"맞아요. 결벽증……."

은주는 박수까지 한 번 치며 동의했다.

"그 사람이 치과에도 왜 오게 된 거냐 하면요……."

은주는 말 나온 김에 잘 됐다는 듯 이야기를 늘어놓았다. 유찬이 너무 '깔끔 떤' 나머지 특정 제품의 구강 청정제를 너무 많이 사용했다는 것이다. 그 특정 제품은 아주 독해서 일주일에 한 번 이상 사용하면 안 되고, 또 반드시 물로 헹구어내야 하는데 유찬은 도리어 청정제를 사용 후 그대로 수면에 들어 결국 치아를 삭게 만들었다고 했다. 그렇게 삭은 치아는 충치와 동일하다는 것이 은주의 설명이었다. 그것을 도은은 신중한 얼굴로 들으며 내내 고개를 끄덕거렸다.

"그러니까요……."

은주의 설명이 대충 끝날 기미가 보였을 때 도은은 맞장구를 쳤다.

"언니가 이해를 많이 해야 할 거예요."

"사실은…… 오빠 깔끔한 게 싫은 건 아닌데……."

은주는 민망한 듯 씩, 웃었다.

"이번 경우엔 나야말로 자존심이 좀 상해서 부러 삐뚤게 나간 거거든요. 그러니 오해하는 거 아니죠, 도은 씨?"

"네? 내가 뭘……?"

"오빠랑 싸운 내용, 혹시 오빠가 도은 씨한테 말하면 나 오해받기 딱 좋잖아요."

"아녜요. 전혀……."

도은은 손사래 쳤다.

"일단 오빠가 그런 걸 누구한테 말할 사람이 아니구요. 오죽하면 연애하는 것도 언니 초대한다고 할 때야 알았겠어요? 그리고 무엇보다 준재벌이라는 게 터무니없어요. 그거야말로 진짜 오해예요."

도은의 말이 단지 겸손만은 아니었다. 부와 유명세를 하나로 보는 착각에서 빚어진 세간의 오해였다. 즉 중락의 이름이 제법 알려지다 보니 엄청 부를 쌓은 줄 아는 것이다. 물론 중락이 젊은 나이에 자수성가한 것은 맞지만 준재벌은 과장이고, 건실한 중소기업의 오너 정도가 맞을 것이다.

"암튼……."

은주는 고개를 끄덕였다.

"말하고 나니 속은 편하네요. 도은 씨까지 나 이상하게 볼까 진짜 마음 불편했거든요."

"그건 걱정할 거 없구, 오빠랑 화해는 한 거예요?"

은주는 고개를 흔들었다.

"유찬 씨가 버티네요. 평소엔 사과도 잘하더니. 근데 나도 사과하기 싫어서……."

"언니가 사과를 왜 해요? 아이도 가졌는데, 튕겨야지. 맞다, 이렇게 해봐요."

"어떻게요?"

은주는 솔깃한 표정을 지었다.

이틀 후 도은은 다시 은주의 전화를 받았다. 그녀는 유쾌한 목소리로 '오빠의 사과를 받아냈다'고 했다.

[근데 그게 왜 먹히는지 신기하네요? 아니, 이상하다고 해야 하나……?]

은주는 이어서 물었다.

[어차피 임신 사실을 부모님께 알려야 하는데 도은 씨가 아는 건 왜 싫어하지? 절대 동생한텐 말하지 말라고 신신당부를 하던데요. 나중에 어쩔 수 없이 알게 될 때까진 입 다물라구요.]

"아, 그게……."

도은은 쓸쓸한 웃음을 머금었다. 그녀가 은주에게 제안한, 유찬에게서 사과를 받아낼 방법이란 사실 별것이 아니었다. 은주가 유찬에게 '예비 시누이가 될 도은과는 나이도 비슷하니 친구처럼 사이좋게 지내고 싶다'는 핑계로 '도은을 만나겠다' 하고, 이어 '예비 시부모님이 놀라지 않게 임신을 알리는 방법도 시누이와 의논하겠다'라고 말하라 한 것이었다. 예상대로 유찬은 펄쩍 뛰었던 모양이다. 그러다 보니 자연 유찬과 은주, 둘의 미묘한 냉전은 해소되었을 테고, '동생에게 임신 사실을 말하지 말아달라'는 부탁을 하기 위해서라도 유찬은 은주의 기분을 맞춰줄 수밖에 없었으리라 짐작되었다.

"오빠가 내 걱정을 해서요."

[도은 씨 걱정?]

"사실은 시집에서 아이를 기다리거든요. 근데 아직 안 생겨서……."

[아…….]

은주는 잠시 침묵했다.

"난 괜찮아요. 결혼한 지 이제 2년 됐는데요, 뭐. 다만 우리 남편이 좀 늙어서 그렇지……."

도은은 부러 호호 웃었다.

[미안해요.]

은주의 목소리에 진심이 실려 있어 도은은 도리어 더 미안했다.

며칠 뒤, 도은은 엄마의 전화를 받아, 은주의 가족과 상견례를 갖기로 했다는 소식을 들었다.

[너도 차 서방이랑 올래?]

"당연히 나가야지. 그걸 왜 물어?"

[응? 아니…… 차 서방이 워낙 바쁘니까 그렇지…….]

엄마는 말을 약간 더듬었다.

"차 서방 바쁘다 그러면 나 혼자라도 가지, 뭐. 근데 결혼 되게 빨리 진행하네?"

도은은 모르는 척 물었다.

[으응……, 서로 좋다니 미적거릴 거 뭐 있어? 혼사라는 건 인연될 때 후딱 치러 버리는 게 좋은 거야. 오빠 나이도 그 정도면 꽉 찼고.]

"응. 며느리 생기는 걸 축하합니다. 홍 여사님."

[까분다…….]

엄마는 낮은 웃음소리를 냈다. 전화를 끊은 후 도은은 괜한 한숨을 길게 내쉬었다. 언제부터인가, 한 일 년 되었을까. 친정에서는 도은에게 '아이 소식이 없느냐' 등의 질문을 일절 하지 않았다. 결혼 후 처음 일 년 동안은 대수롭지 않게 묻고는 했던 질문이었다. 그러더니 급기야 예비 며느리의 임신 사실까지 편히 말 못 할 정도가 된 것이다.

그날 저녁 식사 때 도은은, 마침 중락이 일찍 퇴근해 저녁 식사를 함께할 수 있어 오빠의 결혼 소식을 알렸다. 물론 시어머니인 노부인도 함께였다.

"경사구만. 축하드린다, 먼저 전해드려라."

노부인은 말했다.

"네. 어머님."

"날짜가 정해진 건가?"

중락이 물었다.

"그건 상견례 후에 정하겠죠. 그래도 가을을 넘기진 않을 거래요."

"가을이라 봐야 곧인데?"

7월 중이니 10월에 한다고 쳐도 석 달도 안 남기는 했다.

"서두는 이유가 있는 거겠지."

노부인이 국 한술 입에 떠 넣고는 끼어들었다. 감을 잡은 얼굴이었다. 그런데도 전혀 눈치를 못 채고 있는 중락을 향해 도은이 '8주래요' 했다.

"뭐가 8주야?"

"뭐가 8주긴, 이 둔탱이 위인아. 뱃속에 애가 8주란 얘기다."

노부인의 면박에 중락은 바로 입을 다물었다. 노부인은 잠시 후 밥그릇을 반 정도만 비우고 자리에서 일어났다.

"왜요? 더 드시지……."

도은도 따라 일어섰다.

"나, 내일 절에 가서 며칠 있을 테니 그리 알어."

"네에……."

노부인의 그 말은 곧, 아이가 생기게 해달라고 부처님께 공양하러 간다는 의미였다. 노부인은 나름 도은이 느낄 부담을 저어해, 대놓고 아이에 대한 말을 꺼내는 대신 '절에 간다'는 것으로 표현을 했다. 그런데 요즘 노부인의 절에 가는 횟수가 점차 빈번해지고 있어, 도은이 느끼는 부담은 이래저래 매한가지였다.

"밥 먹어."

노부인이 사라진 곳을 망연히 보고 있는 도은에게 중락이 말했다.

"그래야 기운 내서 사랑도 하지."

도은은 눈을 가늘게 떴다. '농담이 나오느냐' 하듯.

"그렇게 섹시하게 보니 가슴 설렌다. 도은아."

"둔탱이."

"나, 이제 바보에서 둔탱이 된 거야?"

"웃음이 나와요?"

도은은 톡 쏘아붙였지만 일찍 퇴근한 중락이 서둘러 침대로 끌어들였을 때는 마지못하듯 끌려갔다. 겨우 밤 9시였다. 하늘을 봐야 별을 딸 테니, 남편의 요구에 도은은 생리 때만 아니면 무조건 순순히 응했다. 그러니 아이가 왜 안 생기는지, 답답하기로만 하면 도은이 노부인보다 더하면 더했지 덜할 것도 사실 없었다. 병원 진료도 받아보았지만 도은은 물론 중락에게도 아무 문제없었다. 두 사람 다 건강했으니까.

"도은아……."

도은의 상념 속으로 중락의 목소리가 나직이 스며들었다.

"응……?"

정신을 차린 도은이 보니, 중락은 그녀의 가랑이 사이에서 고개만 든 모습으로 있었다.

"나 지금 씨받이 상대해?"

"네……?"

몸을 일으킨 중락의, 사뭇 화가 난 얼굴을 보며 도은은 더욱 어리둥절해했다. 그녀의 남편은 더 이상 입을 열지 않고 일어나, 의자에 걸쳐 있는 가운을 들고 파티션 너머로 사라졌다. 부부 침실은 파티션을 사이에 두고 침대와 작은 응접실 같은 곳으로 나뉘어 있는데 그 응접실의 소파에 중락이 앉아서 담배를 피워 물고는, 연기와 함께 헛웃음도 짧게 뱉어냈다. 어처구니없다는 듯.

도은이 중락 앞에 모습을 보인 것은, 그로부터 약간의 시간이 흐른 후였다. 그녀는 가운도 입지 않은 발가벗은 몸 그대로 사뿐사뿐 다가왔다. 마침 담배를 비벼 끈 중락은 제 앞에 선 아내를 가만히 쳐다봤다.

"안아주세요."

도은은 정말 사랑스럽게 말했다. 중락은 대번에 그녀를 잡아 끌어 제 무릎 위에 놓고 입술을 덮쳤다. 입맞춤은 길고, 깊고, 격렬했다. 두 입술이 마침내 떨어졌을 때는 서로의 거친 숨결이 입술보다 더 진하게 섞여 들 정도였다.

"사랑이 먼저, 그 다음이 아이야."

중락은 말했다.

"맞아요."

도은은 하얀 이를 드러내며 웃음 지었다.

"나한텐 도은이, 네가 가장 먼저……."

말끝에 중락은 그녀의 목덜미를 물었다.

"영원히 먼저."

이어 그는 그녀의 귓가에 대고 뜨거운 목소리로 속삭였다. 도은의 대답은 '으음' 하는 신음이었다. 중락이 그녀의 젖가슴 하나를 와락 움켜잡았던 것이다. 그는 이어 도은의 목덜미에서 부터 그 아래를 향해 천천히, 제 뜨거운 입술로 훑어 내렸다. 그의 입술이 지나간 자리에는 열꽃이 피듯 붉은 자국이 생겨났 다.

"아아……."

도은의 신음이 고조되었다. 그것이 중락의 귀를 즐겁게 했 고, 그녀의 가랑이 사이, 은밀한 곳에서 바삐 움직이는 그의 손끝을 흠뻑 적신 것은 그의 마음을 기쁘게 했다. 그는 아내의 다리 하나를 소파의 등받이에 걸쳐 놓고 다른 쪽 다리만을 높이 잡아들고는, 그렇게 적나라하게 드러난 그녀의 '수줍음'을 한 입에 덥석 물었다.

"읏……."

처음부터 맹렬히, 뱀처럼 파고드는 중락의 혀끝에 도은은 몸서리를 쳤다. 손끝의 지배에서 혀끝으로 넘어가니 그녀의 달뜬 신음은 거의 흐느낌처럼 변해 버렸다.

중락은 그녀의 은밀한 숲에서 가장 위에 있는, 작은 콩알만 한 그것에 입술을 완전히 밀착시켜 힘껏 빨았다. 또한 동시에 그 아래, 깊은 동굴로는 손가락 하나를 밀어 넣었다. 그러자 얼마 지나지 않아 도은은 울부짖었다. 격렬한 몸부림도 동반되었다. 몸부림 끝에 머리가 소파 아래로 떨어져 목이 뒤로 꺾였는데도 그녀는 제 몸의 전율을 이기지 못해 숨넘어가는 소리를 냈다. 그녀의 열을 다소 식히기 위해 중락은 그녀의 허벅지 안쪽을 지그시 물어주었다.

"자, 우리 와이프……."

중락은 도은을 안아 소파 등받이에, 가슴 아래를 받친 채 엎드린 모습으로 놓았다.

"힘들겠어?"

아내를 그렇게 만들어놓고 그는 물었다. 도은은 '도리도리'

한다. 중락은 그녀의 뒤로부터 힘 있게 들어왔다. 도은의 흔들림을 최소화하기 위해 그녀의 허리를 잡고 행위를 시작해 점차 몸을 기울여 팔로 그녀의 몸을 휘감았다. 도은 역시 제 허리 아래에 힘을 주어 호응했다. 그녀는 이 체위를 싫어하지 않았다. 제 엉덩이 쪽에서 부딪쳐 오는 남편의 격한 움직임이 색다르면서도 짜릿한 자극이어서 더 쉽게 절정에 오를 때가 많았기 때문이다. 소파에서 하는 것은 물론 처음이었지만 말이다.

중락은 한 번 더 체위를 바꿔, 소파 위에 아내와 함께 모로 누운 모습으로 절정을 향해 달려갔다. 넓고 편한 침대 놔두고 좁고 불편한 소파 위에서 두 사람은, 또 바로 그런 까닭에 더욱 뜨거운 사랑을 불태웠다.

천고마비의 계절이라는 말이 괜히 생긴 것은 아닌 듯 하늘이 정말 높고 푸르렀다. 10월 말이었다.

한 결혼식장의 예식관 앞에서 강 사장 부부가 하객들을 맞아 인사를 나누고 있었다. 옥색 치마에 자주색 저고리의 고운 한복을 입은 도은 엄마와 진한 회색 슈트를 입은 강 사장의 얼굴에는 시종 웃음이 떠나지를 않았다.

"저기, 사돈 오셨네."

강 사장이 먼저 발견한 눈빛으로 말했다. 그러자 도은 엄마가 반갑게 앞으로 움직여 딸과 사위, 사돈을 맞았다.

"와주셔서 감사합니다."

도은 엄마는 노부인 앞에 고개를 깊이 숙였다. 노부인 역시 마찬가지로 인사하며 '축하드린다' 답례를 했다.

"오빠는?"

도은이 엄마를 보며 나직이 물었다.

"친구들이 와서 잠깐……. 금방 올 거야."

도은은 노부인을 향했다.

"어머님. 전 올케 언니 잠깐 보고 들어갈게요."

"그래라."

도은은 중락에게 '어머님 먼저 모시고 들어가라' 한 다음 신부 대기실을 찾아 움직였다.

"아가씨."

신부대기실에서 친구들에 둘러싸여 있던 은주는 아주 반가운 얼굴로 도은을 맞았다. 임신 5개월 차로 접어든 그녀는, 허리를 압박하지 않게끔 가슴 아래에서 적당한 폭으로 떨어지는 디자인의 웨딩드레스를 입고 있었는데, 그것이 그녀를 더욱 우아하게 보이도록 했다.

"드레스 너어무 잘 어울린다니까."

도은은 과장되게 칭찬했다.

"네. 누구 덕분이네요."

은주는 소리 내어 웃었다. 은주가 웨딩드레스를 고를 때 함께 가서, 지금 입고 있는 드레스를 적극 추천했던 사람이 바로 도은이었다. 도은은 은주가 웃는 사이 그녀의 배 부분에 가만히 눈을 두고 있었다.

예식관 앞에서는 유찬이 강 사장 내외와 함께 하객을 맞고 있었다. 진한 감청색의 턱시도 예복이 그의 맑은 얼굴과 아주 잘 어울렸다. 신부대기실에서 나와 다시 예식관 앞으로 온 도은은 유찬 뒤에서 '오빠'라고 부르는 대신 등을 툭 쳤다.

"어……."

유찬은 돌아보았다.

"왔다는 말은 어머니한테 들었는데 차 서방하고도 아직 인사 못 했다. 넌 신부 대기실에 있다 온 거야?"

"응. 축하해."

"뭘 새삼스럽게."

유찬은 피식 웃었다. 그런 유찬을 도은은 물끄러미 쳐다봤다.

"응? 왜……?"

도은의 눈길을 의식한 유찬이 멋쩍은 얼굴을 해보였다.

"세상에서 오빠 사랑을 받는 여자가 젤로 행복할 거라 생각했어."

도은이 말했다.

"근데 알고 보니 오빠 두 번째네."

"뭐?"

"첫 번짼 우리 남편."

"어쩐지 비행기 태우더라."

"대신 오빠 올케 언니의 첫 번째잖아. 행복하고, 또 행복하게 해줘야 해."

"그래. 너도."

예식관 입구에서 중락이 두 사람을 보며 서 있었다. 아내가 오지 않아 나와본 차에 본 것이었다. 그는 계속 서서 기다리고 있다가 도은이 유찬으로부터 몸을 돌려 입구를 향했을 때 손을 내밀었다. 도은은 남편의 그 손을 잡고 함께 예식관으로 들어갔다.

예식과 폐백, 피로연은 순조롭게 치러졌다. 도은은 친정 부모와 함께 움직이며 일손을 도왔고, 신행을 위해 공항으로 출발하는 오빠 내외를 배웅했다. 중락은 그 사이 어머니를 집에 모셔다 드린 후 시간 맞춰 처가로 향했다. 아내를 데리러 가는 것이다.

"저녁 때 다 됐는데 밥 먹고 가든가."

도은 엄마는 아쉬운 듯 말했다. 중락이 와서 한 시간 정도 흐른 뒤였다.

"배도 안 고픈데, 뭐. 그냥 갈래."

그렇게 말하는 도은의 얼굴이 약간 피곤해 보였다.

"그래도……."

"가라고 해요. 도은이 얼굴을 봐. 얼른 가서 쉬는 게 낫겠어."

강 사장이 끼어들었다.

"고생했다. 도은아."

"아녜요. 아빠. 내가 뭐 한 게 있다구……."

"어디 아픈 건 아냐?"

엄마는 딸의 얼굴을 찬찬히 살폈다.

"차라리 여기서 좀 누워 있는 게 편하지 않겠어?"

도은은 고개를 흔들었다.

"요즘 소화가 잘 안 되나 봅니다."

도은 곁에서 중락이 말을 보탰다.

도은은 남편의 차로 집에 가는 도중에 약국 앞에서 잠깐 세워 달라 했다.

"소화제 사려고? 가만있어. 내가 사올게."

"아녜요. 내가 살게요."

중락이 약국 앞에 차를 세우자 도은은 재빨리 먼저 내려 약국으로 들어갔다. 그런데 그녀가 산 것은 소화제가 아닌 임신 테스트 시약이었다. 생리 거른 지 꽤 됐다는 것을 바로 엊그제

의식한 그녀였다. 때문에 혹시나 하는 마음이 생겼고, 오늘 은주를 보며 문득 다시 떠올라 시약 테스트부터 먼저 해보자 마음먹었다.

집에 돌아온 도은은 밤 10시가 돼서야 침실 내 화장실에서 임신 테스트를 할 수 있었다. 결과는 두 줄이었다. 그것을 보며 도은은 눈물을 왈칵 쏟을 정도로 감격했지만 병원에 가서 확진을 받을 때까지 혼자만 알고 있기로 했다. 혹시 임신이 아닐 경우 그 실망도 혼자서만 감당하면 되니까.

이틀 후, 도은은 산부인과에 들렀고 의사로부터 '임신 6주'라는 결과를 통보받았다. 진료실을 나온 도은은 그 길로 화장실로 달려가 다시 왈칵, 눈물을 쏟아냈다. 입으로는 웃음소리를 낸 것과 동시였다.

✦

"와아……."

도은은 감탄했다. 그녀의 눈앞에는 이국적인 외양의 단독주택 건물이 우뚝 서 있었다. 붉은빛 나는 지붕에 나머지 외벽은 흰색인 이층집이었다. 1, 2층이 하나의 벽으로, 그러나 각각 세 개의 아치형 문으로 장식해 그 안쪽을 회랑으로 만들고, 특히 2층에는 테라스까지 만들어 분위기를 더했다.

"멋져요."

"아직 외관만 완성한 상태야."

중락이 설명했다. 진즉부터 준비해 온 아내를 위한 집이 거의 완성 단계에 이르러, 그것을 보여주기 위해 도은을 데려온 것이었다. 도은은 임신 7개월로 접어들어 배가 제법 나온 모습이었다.

"내부 장식은 장인어른께 부탁할 건데, 어때?"

"당연히 오케이죠."

도은은 활짝 웃고는 집 주변을 훑어보았다. 단독주택을 낀 부지가 상당히 넓었다. 집이 무척 마음에 들다 보니, 그곳에 정원을 어떻게 꾸밀지 절로 머리에 떠오를 정도였다.

"정원은 내 마음대로 꾸밀 거예요."

"그러시죠. 부인."

중락은 아내의 어깨에 팔을 둘러, 함께 천천히 집 주변을 거닐었다.

"하나는 이루었다."

"응? 이룰 게 또 있어요?"

"우리 아이를 위한 집."

"아이들. 못 해도 둘은 낳을 거니까."

"좋았어. 또 매일 하는 거야."

"어휴, 신났어, 우리 남편."

"당연하지. 그 맛에 사는데."

"어휴, 어휴, 어휴……."

두 사람의 웃음소리가 아름다운 집 위로 울려 퍼졌다.

〈끝〉